Knaur.

Über die Autorin:
Ines Thorn wurde 1964 geboren und verbrachte ihre Kindheit und Jugend in Leipzig. Sie arbeitete als Buchhändlerin und Journalistin. 1992 übersiedelte sie nach Frankfurt/Main und studierte dort Germanistik und Slawistik. Ines Thorn hat bereits mehrere Kurzgeschichten und Kurzromane in Anthologien und Zeitschriften veröffentlicht. Sie lebt und arbeitet in Offenbach. *Der Maler Gottes* ist ihr erster Roman.

INES THORN

Der Maler Gottes

Roman

Knaur Taschenbuch Verlag

Besuchen Sie uns im Internet:
www.knaur.de

Vollständige Taschenbuchausgabe Dezember 2004
Knaur Taschenbuch
Ein Unternehmen der Droemerschen Verlagsanstalt
Th. Knaur Nachf. GmbH & Co. KG, München
Copyright © 2002 Droemersche Verlagsanstalt
Th. Knaur Nachf., München
Alle Rechte vorbehalten. Das Werk darf – auch teilweise –
nur mit Genehmigung des Verlages wiedergegeben werden.
Umschlaggestaltung: ZERO Werbeagentur, München
Satz: Ventura Publisher im Verlag
Druck und Bindung: Clausen & Bosse, Leck
Printed in Germany
ISBN 3-426-62673-X

2 4 5 3 1

1. KAPITEL
Der Maler Gottes

Gestern, bei Einbruch der Matthiasnacht, der Nacht der Orakel, hatte die Hebamme Efeublätter in eine Schüssel mit Wasser gelegt. Jetzt, am frühen Morgen, lange vor der Dämmerung, schwimmen die meisten der Blätter noch immer unberührt auf der Wasseroberfläche. Doch zwei sind durchweicht, halb versunken, mit kraftlosen, welligen Blatträndern, die sich wie im Schmerz krümmen.
Jeder weiß, was das zu bedeuten hat: Krankheit und Leid.
Der Maler und Bildschnitzer Hans steht untätig in seiner Werkstatt und lauscht auf die Geräusche aus dem oberen Stockwerk des Hauses.
Viel hört er nicht. Nur die schnellen Schritte der Hebamme oder der Magd, das Knarren des Gebärstuhles und manchmal ein Stöhnen.
Hans schließt die Augen, faltet die Hände und betet. Zuerst betet er das Ave Maria, fügt einige Zeilen des Rosenkranzes hinzu, doch dann fließen ihm die Worte direkt aus dem Herzen in den Mund.
»Heilige Mutter Gottes, steh meiner Frau Roswitha und dem Kind, das jetzt kommen soll, bei. Du weißt, dass wir schon zwei Kinder verloren haben. Vor drei Jahren starb Georg kurz nach der Geburt. Die Hebamme hat ihn nottaufen müssen. Roswitha ist damals nur knapp mit dem Leben davongekommen. Im letzten Winter ist uns Susanne gestorben. Gerade ein Jahr alt war sie, als sie plötzlich am Morgen nicht mehr aufwachte. Nur Johannes, der Älteste, ist uns geblieben. Und nun die beiden durchweichten Efeublätter. Maria, Mutter Gottes, halt deine Hand über uns und bewahr uns vor Krankheit und Leid.«
Von oben dringt ein Schrei bis in die Werkstatt hinunter.

Gleich darauf hört Hans die Hebamme rufen: »Schnell, hol heißes Wasser, bring Tücher und ruf nach dem Priester.«
Hans stürzt aus seiner Werkstatt, hält die Magd, die in die Küche nach dem Wasser eilt, am Arm fest.
»Was ist los? Wozu der Priester?«
»Das Kind! Ganz blau ist es und hatte einen Strick um den Hals, als es kam. Einen Strick wie ein Gehängter! Das Orakel hat Recht!« Die Magd bekreuzigt sich. Ihre Augen sind vor Entsetzen weit aufgerissen.
Die durchweichten Efeublätter! Ein Strick um den Hals wie ein Gehängter! Hans lässt sich auf einen Schemel fallen und ringt die Hände. Warum hat sie damals nicht auf mich gehört?, denkt er. Warum hat Roswitha unbedingt den Gehängten sehen müssen? Er erinnert sich noch genau an diesen Tag im Spätherbst des letzten Jahres, als die Nachbarin kam und von dem Mönch erzählte, der sich selbst aufgehängt hatte an einem Baum nahe dem Kloster. Eigenartig und verschlossen sei er schon immer gewesen, dieser Mönch, den die Antoniter Cyriakus nannten. Ausgerechnet nach dem Nothelfer Cyriakus, dem Patron gegen die Besessenheit. Er selbst soll besessen gewesen sein, hatten die Leute erzählt. Tagelang sei er allein im Wald umhergestreift mit irrem Blick. Die Schwermut soll er gehabt haben, dieser Cyriakus. Und zu niemandem ein Wort gesprochen. Am Schluss hat er sich aufgehängt. Gesündigt hat er damit gegen Gott. So schwer gesündigt, dass er wohl nun in der Hölle schmoren wird bis zum Jüngsten Tag und darüber hinaus.
Hans hatte befürchtet, dass Roswitha sich an dem Gehängten versah, wenn sie ihn da an dem Baume erblickte. Aber sie hatte nicht gehört, war mit der Nachbarin und den anderen Weibern hingelaufen. Und alles Beten danach hatte nichts geholfen. Sie hatte sich an Cyriakus ver-

sehen und alle Eigenschaften des Gehängten auf das Kind in ihrem Leib übertragen. Der Strick um den Hals des Neugeborenen ist der Beweis.
Die Magd kommt zurück, trägt eine Schüssel in den Händen und Tücher über dem Arm.
Hans steht auf. »Lebt es?«, fragt er. »Das Neugeborene, lebt es? Und Roswitha?«
»Die Herrin lebt und auch das Neugeborene.«
»Hat der Strick keinen Schaden gebracht?«
Die Magd schüttelt den Kopf, sieht nach oben und flüstert dann: »Als das Kind aus dem Mutterschoß kam, hat die Hebamme ihm den Strick geschwind über den Kopf gezogen. Aber ich habe ihn trotzdem gesehen. Der Junge trug ihn bei seiner Geburt um den Hals wie ein Gehängter. Mit eigenen Augen habe ich es gesehen. So wahr mir Gott helfe.«
»Ein Junge, sagst du?«
»Ja, Herr, ein Junge. Und kräftig dazu.«
»Kein Zeichen von Besessenheit?«
»Nein, Herr, noch ist nichts zu merken.«
Oben wird eine Tür aufgerissen.
»Schwatz nicht, bring das Wasser, die Tücher, schnell!«, ruft die Hebamme. Sie beugt ihren Kopf nach vorn und sieht Hans am Fuße der Treppe.
»Habt Ihr schon nach dem Priester geschickt?«, fragt sie.
Hans schüttelt den Kopf.
»Lasst den Johannes zur Kirche laufen. Er soll sagen, es eilt nicht.«
Hans nickt gehorsam und stößt einen Seufzer aus. Der Priester braucht sich nicht zu eilen. Das heißt, Roswitha und das Neugeborene werden leben. Das Efeu-Orakel hat sich getäuscht. Oder einen anderen gemeint. Jemanden, der nichts mit dem Maler und Bildschnitzer Hans und seiner Familie zu tun hat. Denn hier, in diesem Haus in

Grünberg-Neustadt, scheint alles in bester Ordnung. Gepriesen sei Gott.
»Und Ihr, steht nicht herum«, unterbricht die Hebamme seine glücklichen Gedanken.
»Kommt herauf und schaut Euch Euren Sohn an. Aber erst holt die Nachbarin. Sie soll helfen, das Taufmahl zu richten.«
Die Hebamme geht zurück in das Wehzimmer und lässt Hans allein.
Erleichtert und dankbar, dass ihm ein Sohn geboren ist und die Frau noch lebt, faltet er die Hände und betet inbrünstig: »Ehre sei dem Vater und dem Sohn und dem Heiligen Geist. Wie am Anfang, so auch jetzt und alle Zeit in Ewigkeit. Amen.«
Er ruft nach Johannes, dem Ältesten, und schickt ihn mit dem Auftrag der Hebamme zur Kirche. Dann macht er sich auf den Weg zur Nachbarin. An die durchweichten Efeublätter denkt er nicht mehr.
Und später, als er den Sohn im Arm hält, hat er auch den Strick des Gehängten vergessen.

Am Nachmittag des 24. Februar 1481 tauft der Priester den neugeborenen Sohn des Malers und Bildschnitzers Hans und seines Eheweibes Roswitha in Grünberg-Neustadt auf den Namen Matthias. Zum Taufpaten wird der Papiermacher Georg bestellt, dessen Sohn Markus das Patenkind des Malers Hans ist.

2. KAPITEL
Der Maler Gottes

Von St. Paul ist das Mittagsgeläut noch zu hören, als Matthias mit seinem Vater Hans das Haus verlässt. Sie sind auf dem Weg zum Papiermacher Georg, dem Patenonkel von Matthias. Der Vater braucht Papier, um gemeinsam mit Johannes, der inzwischen als Geselle in der Werkstatt des Vaters arbeitet, Entwürfe für eine hölzerne Statue der heiligen Elisabeth zu fertigen. Der Auftrag kommt aus dem Antoniterkloster. Der Präzeptor Jakob Ebelson hat beschlossen, das Elisabethenhospital, ein Feldsiechenhaus vor den Toren der Stadt, neu herzurichten. Die Bauarbeiten gehen zügig voran, und das Korn auf den Feldern steht schon vor der Reife. Am Tag der heiligen Elisabeth, am 19. November, soll mit der Enthüllung und Segnung der Statue das neue Hospital eröffnet werden. Der Vater und Johannes müssen sich eilen, wenn sie bis dahin fertig werden wollen.

Matthias und sein Vater bahnen sich mühsam einen Weg durch die Straßen. Händler, die mit Karren voller Feldfrüchte zum Marktplatz ziehen, verstopfen die engen Gassen, in denen es nach Unrat, Kot und verwestem Fleisch riecht. Eben geht wieder ein Fenster auf, und schwungvoll schüttet eine Hausfrau einen Eimer stinkendes Spülwasser auf die Straße.

Am Diebesturm biegen sie nach Osten ab und laufen über den Markt, auf dem trotz der frühen Stunde schon reichlich Betrieb ist. Ein Verkaufsstand reiht sich an den anderen. Es riecht nach Fisch, nach frischem Brot und nach gegerbtem Leder. Handwerker, Hausfrauen und Bauern aus den umliegenden Weilern drängen sich an den Ständen, Lehrjungen versuchen mit lautstarkem Gebrüll, Kundschaft anzulocken, Beutelschneider und

Straßenjungen treiben ihr Unwesen. Eine größere Menschenmenge hat sich in einer Ecke des Marktes versammelt, um den Bütteln des Schultheiß bei der Arbeit zuzusehen. Gerade werden zwei Taschendiebe aus dem Diebesturm zur Richtstatt gebracht. Einer wird an einen Pfahl gebunden, zwei Büttel halten den anderen fest, während ein Dritter ihm mit einer glühenden Zange ein Mal auf die Wange brennt. Eine junge Frau steht am Pranger, die Röcke über dem Kopf zusammengebunden, und muss sich unter dem lauten Gelächter der Menge vom Gerichtsdiener den prallen, weißen Hintern auspeitschen lassen als Strafe für unzüchtige Kleidung. Daneben steckt ein dicker Mann bis zur roten Knollennase in einem Fass voller Fäkalien, und die Zuschauer bewerfen ihn mit faulem Obst und Pferdeäpfeln. Es ist ein Bäcker aus der Altstadt. Er soll, so hört Matthias zwei Marktweiber sagen, zu viel Wasser in die Brote gepanscht haben, um das Gewicht zu erhöhen.
Matthias bleibt an einem Stand mit Messern und Klingen stehen und betrachtet die Auslage.
»Vater, ich bitte Euch, kauft mir ein Messer«, bettelt der 14-jährige.
»Zum Kuckuck, nein!«, bestimmt der Vater. »Was willst du damit? Geistlicher sollst du werden, nicht Bildschnitzer. Die Werkstatt ist zu klein, sie reicht nicht, um die Mäuler zweier Familien zu stopfen. Johannes wird sie übernehmen, und du gehst nach dem Sommer zu den Antonitern ins Kloster.«
Nachdenklich betrachtet er seinen jüngsten Sohn, sagt dann: »Matthias, du hast keine Gabe fürs Malen und Schnitzen. Erbauen muss man die Menschen mit den Bildern und Statuen, nicht in Verwirrung stürzen. Dein Verstand jedoch verweigert die Erbauung. Immer stellst du nur Fragen, die die Verwirrung deines Geistes zeigen.«

Der Vater hat mehr zu sich als zu Matthias gesprochen, achtet nicht auf das verständnislose Gesicht seines Sohnes. Er zieht den Jungen weiter, und bald haben sie die Papiermühle erreicht.

Die Geschäfte sind schnell abgewickelt. Georg, der Papiermacher, schenkt seinem Patensohn Matthias ein paar Papierabfälle, grobfaserige Stücke, zu schlecht, um sie zu verkaufen. Ehe der Vater es sieht, steckt Matthias die Stücke unter seinen Kittel.

Wenig später sitzen sie im Grünen Krug, einem Wirtshaus am Markt. Die Gaststube ist voll. Alle Bänke sind besetzt. Handwerker, Bauern aus der Umgebung, sogar Kaufleute auf der Durchreise von Frankfurt nach Kassel tauschen dort Neuigkeiten aus. Georg und der Vater setzen sich zu einigen Bauern an den Tisch und bestellen einen Krug Dünnbier. Matthias hockt still daneben und betrachtet die Gesichter ringsum. Kleine Augen unter buschigen Augenbrauen, aufgerissene Münder mit fauligen Zähnen, zwischen denen die Zunge einer Eidechse gleich hin und her schlängelt. Er sieht Hände und Finger mit blutigen Nägeln, die, krumm von der Gicht, nach dem Bierbecher greifen, sich daran klammern wie knochige Aststücke an einen Baum.

Besonders aber interessiert ihn Ursula, die 17-jährige Wirtstochter. Wie gebannt hängen seine Blicke an ihr, verfolgen jeden Faltenwurf ihres Kleides, jede Locke des braunen Haares, das nur unzulänglich von einer Haube gehalten wird. Das runde Gesicht mit den dunklen Augen, die kleine Nase, die aufgeworfenen Lippen – Matthias betrachtet alles so genau, als wolle er es sich in sein Hirn brennen.

Ein herber Schlag auf den Hinterkopf holt ihn in die Gegenwart der lauten Gaststube zurück.

»Glotz nicht, Junge, trink lieber!«, schimpft der Vater

und schiebt ihm einen Becher mit verdünntem Bier zu.
Die Bauern lachen, schlagen sich auf die Schenkel. »Kannst es wohl nicht abwarten, da mal richtig hinzulangen, was?«, grölt einer, hält Ursula am Arm fest, zieht sie zu sich auf den Schoß und grapscht nach ihrem Busen. Das Mädchen kreischt auf und will sich losmachen.
»Nimm deine schmierigen Pfoten weg, du Grobian«, kichert sie und schlägt dem Bauern mit gespieltem Unmut auf die Finger, die unter ihrem Brusttuch wühlen.
»Zier dich nicht und zeig dem Grünschnabel, was du unterm Kleid hast«, lärmt der Bauer, steckt dem Mädchen seine dicke rote Zunge in den Mund und zieht ihr das Kleid hoch, so dass Matthias die prallen weißen Schenkel sehen kann.
Und er schaut hin, ganz genau schaut er hin, doch er sieht nicht die Schenkel eines Weibes, er sieht die Beine einer Statue, die er liebend gern schnitzen würde. Die schlanken Knöchel, die birnenförmigen Waden, das blanke Rund der Kniescheiben, die schimmernden weißen Oberschenkel, zwischen denen sich die braune, grobe Männerhand reibt wie eine verwitterte Wurzel zwischen jungen Birkenstämmen. Matthias schaut, nein, er stiert geradezu, die Augen zu schmalen Schlitzen verengt.
»Was gafft der so?«, keift das Weib, schaut den Jungen argwöhnisch an und befiehlt dem Mann, auf dessen Schoß sie sitzt: »Sagt ihm, er soll woanders Maulaffen feilhalten. Seht nur seine Augen. Sie sind schwarz und lodernd wie das Höllenfeuer. Er macht mir Angst.«
Die Männer lachen: »Angst, dass er dir was weggguckt? Schade drum wär's. Er hat halt noch nie ein Weib gesehen. Lass ihn.«

»Nein. Ich mag seine Blicke nicht.«
Ursula schiebt die braune Hand weg, steht auf, zerrt an ihrem Kleid, lässt sich dabei den Hintern tätscheln, hat ihre Angst schon vergessen. Sie grinst die Männer an, fährt sich dabei mit der Zunge über die feuchten roten Lippen und stolziert davon. Die Männer greifen nach den Bechern, schlucken am Bier und am Weib, reden dann über dies und das. Sie klagen über den Zehnt und über einen neuen Ablass, der verkündet wurde, über Steuern, über die Saat.
»Wie sollen wir über den Winter kommen? Wenn alle Abgaben geleistet sind, haben wir nicht mal Saatgut fürs nächste Jahr«, klagt der, der die Wirtstochter auf dem Schoß hatte. Nun klingt seine Stimme ernst und besorgt.
»Gott schenke den Gäulen unserer Herren ein langes Leben, sonst reiten sie eines Tages auf uns«, sagt ein anderer.
Der Vater steht auf, legt ein Geldstück auf den Tisch.
»Auch den Handwerkern geht es nicht gut in dieser Zeit. Die Herren sind schnell mit den Aufträgen, aber langsam mit dem Zahlen. Wird Zeit, dass sich was ändert.«

Doch es hat sich auch drei Monate später nichts geändert.
Zu Erntedank hört Matthias die Bauern wieder klagen. Die Ernte ist noch schlechter als erwartet, doch die Herren nehmen keine Rücksicht auf den Hunger der Bauern. Die kümmern sich nur um ihre üppigen Feste.
Auch der Vater klagt. Die Mutter braucht einen neuen Umhang für den Winter.
»Wo soll ich den hernehmen?«, fragt er. »Vom Kloster habe ich bisher keinen roten Heller gesehen. Trotzdem kommen sie und schauen, wie weit ich mit der Statue bin. Es geht ihnen kaum schnell genug. Froh können wir sein,

wenn sie uns überhaupt etwas geben. ›Euer Sohn geht in unsere Schule‹, sagen sie. ›Ist das nicht genug, was wir für Euch tun?‹ Was soll ich da erwidern?«
Die Mutter seufzt, streicht dem Jungen hastig über den Kopf. »Lass gut sein. Meinen Umhang werde ich flicken. Matthias ist bei den Antonitern gut aufgehoben. Wo soll sonst einer wie er hin?«
Matthias steht dabei. Einer wie ich, überlegt er. Was ist an mir anders? Er denkt an die Klosterschule der Antoniter, die er seit dem Sommer besucht. Vorher hatte er in der Dorfschule Lesen, Schreiben und viele Gebete gelernt. Die anderen Jungen aus der Schule sind anschließend zu einem Meister in die Lehre gekommen. Nur ihn hatte keiner haben wollen. Zu klein, zu schwächlich sei er, hatte es geheißen, doch Matthias wusste, dass das nicht stimmt. Er war nicht kleiner als die anderen, auch nicht schwächer, trotz der hängenden Schultern und des schmalen Gesichtes mit der übergroßen, leicht gekrümmten Nase, den schwarzen bohrenden Augen unter ausgeprägten dunklen Brauen, dem spitzen, nach vorn geschobenen Kinn und den schmalen Lippen. Hässlicher vielleicht, doch keinesfalls weniger stark.
Und eines Tages hatte er gehört, wie die Magd vor der Haustür mit anderen Mägden über ihn sprach. Er habe den bösen Blick, hatte sie gesagt und flüsternd hinzugesetzt, was in der Nacht seiner Geburt geschehen war. Von durchweichten Efeublättern hatte sie gesprochen und von einem Strick, den er um den Hals gehabt habe wie ein Gehängter. Und im Sommer soll er Ursula, die Wirtstochter, verhext haben. Angestiert habe er sie, und am nächsten Tag sei ein Ausschlag gekommen, der ihren ganzen Körper entstellt hatte. Vom Teufel besessen sei er, besessen von der ersten Stunde seiner Geburt an.

Und an das Gespräch zwischen dem Präzeptor Ebelson und dem Vater erinnert er sich.

»Er ist ein lieber Junge, doch er hat eine schwache Vernunft«, hatte der Vater gesagt.

Und der Präzeptor hatte genickt. »Sein Verstand ist verquer. Manchmal scheint es mir gar, als zweifle er an der Schönheit und Erhabenheit der Schöpfung, als vermute er, dass es noch Größeres, Erhabeneres dahinter gibt. Etwas, das für uns andere nicht sichtbar ist. Der Teufel muss ihm die Zweifel und den Hochmut eingegeben haben.«

Der Präzeptor hatte geseufzt, sich sorgenvoll übers Kinn gestrichen und den Vater prüfend angesehen. Dann hatte er gesagt: »Der Geist des Knaben muss gebrochen werden. Sorgt Euch nicht, Meister Hans, wir werden seiner Gedanken schon Herr werden.«

»Peitscht ihn kräftig durch. Mir ist lieber, ihn ehrlich zu beerdigen, als unehrlich verloren zu sehen.«

Seitdem ist Matthias in der Klosterschule. Neben dem Schreiben und Rechnen erhält er täglich sechs Stunden Unterricht im Katechismus, in der Grammatik und Stillehre, in Latein und Chorgesang. Und immer wieder kriegt er die Peitsche zu spüren. Sein Rücken ist voller Striemen, die nicht verheilen können, weil täglich neue dazukommen. Erst gestern hat er wieder Schläge bekommen und weiß nicht, wofür.

Vom lieben Jesuskind hatte der Mönch erzählt, von einem milden, sanftmütigen Jesus, der die Kinder auf seinem Schoß sitzen lässt und als Gefangener vor Königen steht, sich wüste Beschimpfungen anhört, ohne ein Wort zu erwidern. Barmherzig, gnädig, gütig, nachsichtig, alles verstehend, alles verzeihend.

»Liebt eure Feinde, tut wohl denen, die euch hassen, segnet, die euch verfluchen; bittet für die, die euch beleidigen.

Und wer dich auf die eine Wange schlägt, dem biete die andere auch dar, und wer dir den Mantel nimmt, dem verweigere auch den Rock nicht.«

»Ihr malt ein falsches Bild des Herrn Jesus«, hatte Matthias eingewandt. »Ihr zeigt ihn zu sanft, zu milde. Doch er war stark. War ein Zimmermann mit Schwielen an den Händen wie alle Handwerker. Und als Jesus in den Tempel von Jerusalem stürmte, um die Händler fortzujagen, wagte es nicht einer, sich der Glut seines gerechten Zornes zu widersetzen. Stark war er, stark, mit breiten Schultern und fähig zum Zorn. So war er und nicht, wie Ihr ihn zeigt.«

Der Mönch, bei dem er den Katechismus lernt, hat einen zornroten Kopf bekommen und nach der Peitsche gegriffen.

»Du Wechselbalg, verfluchter«, hat er gekeucht und die Peitsche dabei durch die Luft pfeifen lassen.

»Ich werde deine verdammte Seele aus dir herausprügeln, wenn du es wagst, an der Milde und Güte des Herrn zu zweifeln. Bereue deine Worte, bereue, du Ungläubiger!«

Lange musste der Mönch auf ihn einschlagen, ehe Matthias bereit war, Jesus laut und vernehmlich um Vergebung für seine Worte zu bitten. Der Junge betete, und doch war in seinen Worten keine Reue zu spüren.

Heute muss er dem Vater und dem Bruder in der Werkstatt helfen, wie immer, wenn er nicht bei den Antonitern ist. Er fegt die Werkstatt, hält das Feuer am Brennen und sieht dem Vater und Johannes genau auf die Finger. Der Vater stellt Farben her für ein Tafelbild, das der Schultheiß bei ihm bestellt hat. In einem Mörser zerkleinert er Glassplitter zu feinem Pulver, während über dem Feuer Lauch und Kohl zu einem dicken, grünen Brei verkochen, den Matthias ständig umrühren muss. Später, wenn der Brei getrocknet ist, wird er ihn zu Pulver zerreiben und das Pulver mit Leinöl binden. Erst dann ist die grüne Farbe fertig.

Johannes schnitzt an der Statue der heiligen Elisabeth, und jedes Mal, wenn er das Messer ansetzt, verspürt Matthias einen Stich in seinem Herzen. Er sieht, dass der Faltenwurf des Kleides falsch angelegt ist, nicht mit der Körperhaltung der heiligen Elisabeth in Einklang steht. Er sieht das fertig geschnitzte Gesicht der Statue, das derb wie das einer Landmagd wirkt und nichts von der viel gerühmten Zartheit der Heiligen hat.

»Was glotzt du so?«, herrscht Johannes ihn an.

»Der Faltenwurf des Kleides ist falsch«, erwidert Matthias. »Sie neigt den Oberkörper nach rechts, also müssen die Falten auf der linken Seite kürzer sein.«

Dann rührt er weiter, duckt sich nur unter dem Holzblock, den Johannes wütend nach ihm wirft. »Halt's Maul, du Höllenbrut, und kümmere dich um deinen eigenen Dreck.«

Der Vater hat es gehört, kommt herüber und nimmt Johannes die Statue mit einem Seufzer aus der Hand. Mit den Fingern fährt er über das geschnitzte Holz und schüttelt den Kopf.

»Hast du nichts gelernt bei mir?«, fragt er. »Das ist keine Statue, das ist ein Unglück. Die Antoniter werden uns an den Pranger stellen für diese heilige Elisabeth.«

Mit der misslungenen Figur in der Hand lässt er sich auf einen Schemel fallen. Johannes hat die Unterlippe trotzig vorgeschoben und kratzt mit dem Schnitzmesser an einem Aststück herum.

»Im Feldsiechenhaus ist es dunkel, die künftigen Bewohner alt und krank. Wen kümmern da die Falten?«, fragt er.

»Mich kümmern sie!«, donnert der Vater voller Zorn. »Es ist meine Ehre, die da beschmutzt wird. Die Ehre

des Handwerkers, meines Standes. Es geht um meinen Ruf als Maler und Bildschnitzer. Nach so einer Arbeit wird uns niemand mehr einen Auftrag erteilen. Begreifst du nicht?«
Johannes zuckt gleichgültig mit den Schultern und kratzt stumm mit dem Messer Dreck unterm Daumennagel hervor.
»Für eine neue Statue ist es zu spät. Es bleibt nur noch wenig Zeit bis zur Einweihung des Hospitals. Wir müssen ohnehin schon bangen, dass die Farben trocknen bis dahin. Und auch die anderen Aufträge müssen fertig werden.«
Der Vater seufzt noch einmal, sagt dann müde: »Wir machen Schluss für heute. Es ist schon spät. Morgen wirst du, Johannes, die Farben anrühren, und ich werde an der heiligen Elisabeth weiterarbeiten.«
Matthias hat Mitleid mit dem Vater. Sie werden es nicht schaffen, denkt er. Die Antoniter warten nicht, und auch der Schultheiß duldet keinen Aufschub.
Mit hängenden Schultern schlurft der Vater aus der Küche. Schweigend isst er seine Suppe. Schwer lasten die Sorgen auf ihm. Zu groß ist die Angst, bei den Antonitern, seinem Hauptauftraggeber, wegen einer schlecht ausgeführten Arbeit in Ungnade zu fallen. Die gesamte Existenz der Familie hängt derzeit von der Statue der heiligen Elisabeth ab, die Johannes so verdorben hat.

Es ist schon spät, beinahe Mitternacht, als Matthias sich heimlich aus der Schlafkammer im ersten Stock, die er mit seinem Bruder teilt, nach unten in die Werkstatt schleicht. Alle im Haus schlafen schon. Aus der Kammer der Eltern dringen die regelmäßigen Schnarchtöne des Vaters und das gleichmäßige Atmen der Mutter.
Matthias schleicht an der Magd vorbei, die in der Küche

neben der Feuerstelle auf einer Bank liegt. Vorsichtig öffnet er die Werkstatttür. Er nimmt die Statue der heiligen Elisabeth und das Schnitzmesser des Vaters. Der Mond scheint so hell durch das Werkstattfenster, dass Matthias sich einen Schemel dorthin rückt, um im Mondlicht zu arbeiten. Ganz behutsam umfasst er die Statue mit seinen Händen und schließt die Augen. Er fühlt das Holz, fährt mit den Fingerspitzen an der Maserung entlang, erforscht den Holzkörper, der für ihn mit Leben erfüllt ist. Matthias kann das wahre Wesen der heiligen Elisabeth, das noch unbehauen im Holz schlummert, fühlen. Er sitzt allein auf dem Schemel im Mondlicht, hält die Augen geschlossen und erspürt mit seinen Fingern bereits jetzt die fertige Statue. Ganz versunken sitzt er da, ganz weltabgewandt, alle seine Gedanken und Sinne auf das Holzstück in seiner Hand konzentriert. Er hört nicht das Mitternachtsläuten, und er hört auch nicht, dass sich die Tür zur Werkstatt leise öffnet. Er sieht seinen Vater nicht, der ihn durch den geöffneten Türspalt einen Moment betrachtet und dann leise, ganz leise, die Tür wieder schließt und zurück nach oben in die Schlafkammer geht.

Lange sitzt Matthias so. Erst als er jedes noch so kleine Stück der Figur fertig in seinem Inneren sieht, es in seinen Fingern spürt, öffnet er die Augen. Er nimmt das Messer in die Hand und beginnt zu arbeiten. Behutsam setzt er das Werkzeug an und formt die Gewandfalten mit ruhigen Bewegungen aus dem Holz. Als er damit fertig ist, zieht die Dämmerung bereits am Himmel auf. Er glättet die Falten, arbeitet bis zum allerersten Hahnenschrei. Dann erst stellt er die Statue zurück an ihren Platz und schleicht nach oben in die Kammer, in der Johannes sich unruhig im Schlaf hin- und herwirft.

Am nächsten Tag schläft Matthias in der Schule ein und bekommt dafür wieder einmal die Peitsche zu spüren. Ge-

lassen nimmt er die Strafe hin, doch als der Mönch die Peitsche zur Seite legt und mit einem Holzscheit auf seine Hände zielt, bricht er in Tränen aus.
»Nein!«, schreit er mit vor Verzweiflung schriller Stimme. »Nicht auf die Hände!«
Der Mönch hält verblüfft inne. Matthias reißt sich den derben Kittel vom Leib, bietet dem Mönch seine Brust, bittet kniefällig, ihn dorthin zu schlagen und die Hände zu verschonen. Tränenüberströmt rutscht er auf dem harten Steinfußboden, umklammert die Füße des Mönches, beschwört, fleht den Mann geradezu um Schläge auf seinen mageren Brustkorb an.
Ist es die Inbrunst der Bitte, die den Mönch dazu bewegt, ein Einsehen zu haben? Er legt das Holzscheit zur Seite und greift erneut nach der Peitsche. Mit beinahe glücklichem Gesicht empfängt Matthias die Schläge. Er verzieht noch nicht einmal den Mund, als die Peitsche blutige Wunden über seinen Oberkörper zieht und die Haut auf seiner Brust reißt.
Als er am Nachmittag nach Hause in die Werkstatt kommt, fällt sein erster Blick auf die Statue, die unberührt dort steht, wo er sie im Morgengrauen hingestellt hat. Matthias lächelt, als er den Faltenwurf betrachtet, und wendet sich ab. Sein Blick kreuzt sich mit dem seines Vaters, der ihn anschaut, als habe er ihn vorher noch nie gesehen. Und zum ersten Mal befiehlt er, der seinen Sohn lieber totgeschlagen als verloren sehen wollte, seiner Frau, dem Jungen die Wunden mit Kamille zu behandeln, und schickt ihn zum Ausruhen hinauf in seine Kammer.
Wie ein Stein im Fluss versinkt Matthias in traumlosen Schlaf. Doch in der Nacht, als die anderen längst zur Ruhe gegangen sind, schleicht er sich wieder hinunter in die Werkstatt. Und wieder rückt er einen Schemel ins Mondlicht, befühlt die Statue mit geschlossenen Augen und

macht sich daran, die zarten Gesichtszüge der heiligen Elisabeth sacht aus dem Holz zu arbeiten.

Noch viele Nächte sitzt Matthias in der Werkstatt. Der Vater verliert kein Wort über die Statue, doch Matthias sieht an seinem Gesicht, dass eine Last von ihm abgefallen ist. Mit keiner Silbe und keiner Geste verrät er, dass er weiß, dass Matthias die Statue des Nachts zur Vollendung bringt. Nur einmal, als der Präzeptor des Klosters in die Werkstatt kommt, sich nach dem Fortgang der Arbeit erkundigt und die noch unfertige Figur mit den Worten: »Es ist die Arbeit eines Meisters. Eines Meisters zwar, der sein Handwerk noch lernen muss, der es aber eines Tages zu etwas Großem bringen wird«, lobt, bejaht der Vater und wirft Matthias einen anerkennenden Blick zu. Mehr nicht. Der Präzeptor nickt noch einmal bestätigend und klopft Johannes anerkennend auf die Schulter. »Du machst deinem Vater viel Ehre, mein Sohn«, sagt er, und Johannes wirft sich in die Brust und schaut Matthias, der den Boden fegt, triumphierend und etwas blöde an. Der Jüngere senkt den Kopf, weicht den Blicken aus und kehrt so beflissen weiter, als sei dies das Einzige, wozu er taugt.
Als Matthias in der nächsten Nacht nach unten in die Werkstatt schleicht, liegt neben der Statue ein nagelneues Schnitzmesser. Ein Messer, wie er es sich schon so lange gewünscht hat. Er nimmt das Werkzeug in die Hand, prüft vorsichtig die Schärfe der Klinge und lächelt. Dann macht er sich an die Arbeit. Das Messer schwebt in seinen Händen, schwebt über dem Holz, lässt beinahe wie von selbst die heilige Elisabeth in dieser dunklen Werkstatt von Grünberg-Neustadt in all ihrer Schönheit und Zartheit wieder auferstehen. Auferstanden unter den Händen eines Jungen, dem es bestimmt ist, Geistlicher zu werden.

Einige Nächte später ist die Statue endlich fertig. Ein Glücksgefühl durchströmt Matthias, ein Gefühl, das so groß ist, wie er es vorher noch nie erlebt hat. Er hält die Figur in den Händen, lächelt still vor sich hin und streichelt das Holz. Dann erst sinkt er auf die Knie und betet aus tiefstem Herzen zu Jesus, seinem Heiland.

3. KAPITEL

Das Ende der Welt ist nahe, die Zeit der großen Schrecknisse gekommen. Furchtbare Zeichen am Himmel verkünden die Ankunft des Jüngsten Gerichts. Gerüchte durchstreifen wie Rudel wilder Hunde das Land, dringen in jede Stadt, jedes Dorf, jedes Haus. Die Leute glauben, was sie hören: Blutiger Regen fällt vom Himmel, Kometen verglühen und malen dabei lodernde Kreuze in die Nacht, Meteore schleifen die langen Haare ermordeter Frauen durch den Weltenraum. Kälber mit zwei Köpfen werden geboren, Dürre versengt die Felder, macht die Ernte zunichte. Die Menschen in den Städten und Dörfern werden von einer Geißel Gottes in Form einer seltenen Krankheit heimgesucht, die Soldaten aus Italien mitgebracht haben: Syphilis. Propheten ziehen von Marktplatz zu Marktplatz, um vom Zorn Gottes zu künden.
Auch in Grünberg scharen sich die Bewohner um die Wanderpropheten. Sie sind sicher, dass die Rache Gottes hinter all den Schrecken und Zeichen zu suchen ist. Diese Gewissheit erfüllt sie mit Verzweiflung. Auch Matthias hört von all dem, und auch er hat Angst. Angst vor dem strafenden Gott, vor dem Teufel, vor Dämonen und vor all den Zeichen und Geschichten, die er hört.
Der Prophet, der heute auf dem Grünberger Marktplatz predigt, bestätigt Matthias' Ängste. Er beschwört die Menge mit Zitaten aus der Offenbarung: »Und die Menschen werden den Tod suchen und nicht finden, sie werden sterben wollen, doch der Tod wird vor ihnen fliehen. Heuschrecken werden kommen, groß wie Rösser und zum Krieg gerüstet mit Menschengesicht, mit Haaren wie Frauenhaar und Zähnen wie Löwenzähne.«
Auch Matthias spürt die Unruhe dieser Zeit, in der die

Astrologen nicht müde werden, die Apokalypse in den Sternen zu lesen, in der alle Menschen ratlos und rastlos nach Gott suchen, nach dem Heil, nach einer Zuflucht und nach Trost für den Leib und für die Seele. Und auch Matthias sucht nach dem Heil, sucht es in den Ritualen des Betens, schließt die Augen beim Abendmahl, wenn er den Leib des Herrn mit seinen Lippen empfängt. Doch der Leib schmeckt wie immer, nämlich fade wie Papier. Matthias wartet, dass sich der Wein in seinem Mund zu Blut verwandelt, wartet auf den süßlich dicken Geschmack, doch der Wein bleibt Wein, rinnt ihm essigsauer die Kehle hinab. Haben selbst die Symbole ihre Kraft verloren? Warum gelingt es ihm nicht, die Stimme des Herrn zu hören? Warum gelingt es ihm nicht, teilzuhaben am Trost des Herrn, den die Mönche, glaubt man ihren Worten, allein mit dem Betreten der Kapelle erfahren?

Er schaut beim Gottesdienst auf die Lippen des Priesters, wartet darauf, von den Worten berührt zu werden, doch seine Seele bleibt stumm. Ist er wirklich ein Kind des Teufels? Nicht fähig, den Herrn zu spüren? Nicht fähig, in den Zeremonien, dem Weihrauch, den Kerzen, den Gesängen den Geist Jesu zu empfinden, so wie die anderen?

Matthias hat sich die Begegnung mit Jesus anders vorgestellt, nein, er weiß, dass sie anders ist. Größer, strahlender, gewaltiger. Zu klein, zu hässlich, zu schäbig kommen ihm die Anstrengungen der Grünberger vor, zu banal ihre Worte, zu gewöhnlich ihre Taten, zu gering für Jesus. Ist er der Einzige, der so empfindet? Ist er der Einzige, der die Hässlichkeit der Kapelle, die Gewöhnlichkeit der Anbetung, die Banalität der Rituale sieht?

Gelingt es ihm deshalb nicht, Jesus zu finden? Weil er sich nicht zufrieden geben kann mit dem, was seinen Alltag bestimmt, und eine Sehnsucht im Herzen trägt nach etwas, das schöner, gewaltiger ist. Denn die Gegenwart erscheint ihm noch im hellsten Sonnenlicht grau und hässlich.

Zwei Jahre ist er nun schon bei den Antonitern und bereitet sich dort auf den Beruf des Geistlichen vor. Am Anfang schien ihm das Kloster selbst die geheimnisvolle, sichtbare und unsichtbare Verkörperung des lebendigen Jesus zu sein. Hier, so hatte er geglaubt, würde er dem Herrn ganz nahe sein können. Doch gegenwärtig scheint Jesus höchstens im Zeugnis der anderen Ordensschüler und Klosterbrüder, die nicht müde werden, seinen Geist heraufzubeschwören. Warum nur ist er, Matthias, bedürftiger als die anderen? Ist das Böse in ihm so stark, dass es ihn blind und taub macht für die Zeichen?

Immer wieder spricht der Präzeptor vom Opfer, das Gott den Menschen mit seinem Sohn gebracht hat. Immer wieder fordert er Dankbarkeit dafür ein. Dankbarkeit und Liebe.

Und Matthias strebt mit allen Kräften danach, diese Dankbarkeit und Liebe zu empfinden. Immer wieder kniet er, im Gebet versunken, auf den kalten Steinen der Klosterkapelle. Jeden Tag mehrere Male. Vergeblich. Ja, er geißelt sich sogar. Über den nackten Körper zieht er ein grobes Büßerhemd, schlägt sich selbst, um im Schmerz zu Jesus zu finden. Matthias fastet, vertauscht sein Schlaflager mit dem harten, kalten Steinboden, doch alles ist vergebens. Jesus zeigt sich ihm nicht. Jesus schweigt.

Wie soll er den Menschen später einmal als Geistlicher von Jesus sprechen, wenn er ihn nicht kennt? Wie soll er die Gläubigen erbauen, wenn er selbst von einer Traurigkeit ist, die sich durch nichts lindern lässt?

Der Präzeptor Jakob Ebelson weiß auch keine rechte Antwort auf Matthias' Fragen. »Du musst dein Heil im Gebet suchen. Im Gebet und in guten Taten. Achte die Gebote und bete. Einen anderen Weg gibt es nicht.«

Ebelson sieht die Mutlosigkeit im Blick des Jungen und nimmt Matthias mit in die Klosterbibliothek. Er mag den Jungen, den die anderen als melancholisch und schwer zugänglich beschreiben. Schon lange hat er erkannt, dass sich hinter Matthias' Zweifeln und seiner Nachdenklichkeit das ehrliche Bemühen um Gott verbirgt. Ein Bemühen, das ihm überspannt erscheint, doch deshalb nicht weniger aufrichtig ist. Ein Ringen auch gegen die Zweifel und Anfechtungen, ein Ringen in Angst. Er möchte ihm gern helfen, doch all die Gespräche mit ihm haben nur gezeigt, dass der Junge sein Heil wohl nicht zwischen den Mauern dieses Klosters finden wird. Seine Denkweise, sein Charakter entsprechen nicht dem eines Ordensbruders. Matthias ist nicht geschaffen für ein Leben im Kloster, fühlt keine Berufung. Und doch versucht es der Präzeptor immer wieder. Heute zeigt er ihm in der Bibliothek eine Stelle in der Bibel, von der auch die vielen Wanderprediger immer wieder sprechen. Römer 1,17. Matthias liest: »Im Evangelium wird offenbart die Gerechtigkeit, welche kommt aus Glauben in Glauben, wie geschrieben steht. Der Gerechte wird aus dem Glauben leben.«

»Du musst glauben, Matthias. Ganz fest musst du glauben und die Zweifel aus deinem Herzen jagen«, beschwört ihn Ebelson. Er ringt um diesen Jungen. »Bete, faste! Hör nicht auf damit, dann wird sich dir der Herr auch zeigen.«

Matthias nickt und schleicht aus der Bibliothek. Der Präzeptor meint es gut mit ihm. Matthias weiß es. Doch er selbst ist kein Gerechter. Er kann nicht aus dem Glauben leben. Nicht so. Nicht durch Fasten und Beten und Geißelungen. Er hat es ja versucht. Ist sein Glaube zu schwach? Zu sehr von Zweifeln durchsetzt? Wie soll ein Gerechter sein? Und wer ist ein Gerechter? Die Klosterbrüder der Antoniter, die offenbar glauben, mit ein bisschen Weihrauch die bösen Geister vertreiben zu können?

Matthias lässt sich auf einen Mauervorsprung im Klostergang nieder und sinnt nach. Vier Jahre noch, dann wird er die Schule beendet haben und sein erstes Gelübde ablegen. Er wird Novize sein und fortan im Kloster leben. Matthias friert bei dem Gedanken. Er rafft seinen Kittel über der Brust zusammen und seufzt. Nein, so möchte er nicht leben. Hier im Kloster wird er Gott nicht finden. Er weiß es, spürt es mit jeder Faser seines Körpers. Doch was soll er sonst tun? Noch einmal seufzt er tief, steht auf, um nach Hause in die Werkstatt des Vaters zu gehen. Dort wird er gebraucht.

»Matthias! Matthias, so warte doch!«, hört er eine Stimme hinter sich. Er bleibt stehen und dreht sich um. Bruder Benedikt, ein Mönch aus der Schreibstube, rennt auf ihn zu. Kurz vor ihm bleibt er stehen, zieht Matthias am Arm hinter eine Säule.

»Was ist?«, fragt Matthias. »Ich bin in Eile. Der Vater wartet.«

»Pscht!« Bruder Benedikt legt den Finger auf den Mund. »Sprich nicht so laut. Es könnte uns jemand hören.«

Der Mönch späht den Klostergang auf und ab, dann beugt er sich dicht an Matthias' Ohr und flüstert: »Ich habe gehört, du schnitzt Heiligenfiguren. Oder malst sie auf kleine Holztafeln, wenn du welche hast. Bitte, Matthias, mach auch mir eine solche Figur. Eine Maria möchte ich. Eine Maria mit dem Jesuskind im Arm. Und eil dich damit. Ich werde dich gut bezahlen.«

Matthias schüttelt verwundert den Kopf: »Woher wisst Ihr das, Bruder Benedikt?«

»Pah!« Bruder Benedikt lacht dunkel auf. »Das ganze Kloster spricht davon. Als Bruder Ignatius krank dar-

nieder lag, hast du ihm eine kleine Statue geschnitzt. Und was ist passiert? Er ist gesund geworden und schwört bei Gott, dass es ihm besser ging in dem Augenblick, als er die Statue in den Händen hielt.«
Wieder späht Bruder Benedikt hinter der Säule hervor, dann spricht er weiter. »Es ist kein Geheimnis, dass uns die Heiligen schützen vor Krankheit, Leid und Tod, wenn wir sie nur nahe genug bei uns haben. Mach mir auch eine solche Figur. Schnitz mir eine Maria oder mal sie mir. Das Holzbrett bringe ich dir. Und zu keinem Menschen ein Wort!«
»Warum schweigen? Es ist nicht verboten zu malen und zu schnitzen.«
Der Mönch an seiner Seite zappelt unruhig, lugt schon wieder hinter der Säule hervor nach allen Seiten, winkt Matthias so dicht an sich heran, dass dieser den Weinatem des Bruders im Gesicht spürt.
»Bruder Martin, du weißt schon, der den Schlüssel zum Weinkeller hat. Gestern nach dem Abendläuten hat er gesehen, wie die Weinfässer tanzten. Mit eigenen Augen hat er es gesehen!«
Bruder Benedikt sieht Matthias an, und in seinen Augen glitzert die Angst. »Es ist ein Zeichen!«, flüstert er furchtsam.
Matthias lächelt. Er kennt Bruder Martin und seine Liebe zu den Weinfässern.
»Er wird sich den Humpen zu oft gefüllt haben«, vermutet er.
»Nein! Nein! So war es nicht. Nüchtern war er, nüchtern wie ein Stockfisch. Ich habe ihn getroffen. Er kam aus dem Keller gerannt, als wäre der Leibhaftige hinter ihm her. Gezittert hat er am ganzen Körper, der Angstschweiß lief ihm übers Gesicht. Die Fässer haben getanzt, so glaub es doch!«

Bruder Benedikt packt Matthias bei den Schultern und schüttelt ihn beschwörend. »Mal mir eine Heilige! So schnell es geht! Wenn erst die anderen Brüder von den tanzenden Weinfässern hören, dann kommen sie alle zu dir. Doch ich war der Erste. Mir musst du zuerst eine Heilige machen. Und schwöre, dass du den anderen nichts erzählst!«
Matthias schüttelt die Hände des Mönches ab.
»Gut!«, sagt er. »Ich werde Euch eine Heilige malen. Doch erst bringt mir das Holz und seht auch, dass Ihr Farben bekommt.«
Dann dreht er sich um und geht rasch davon.
Am nächsten Tag schon bringt ihm Bruder Benedikt das Holz und die Farben. Die Geschichte von den tanzenden Weinfässern scheint sich im Kloster inzwischen herumgesprochen zu haben, denn auch Bruder Martin, Bruder Josef und einige andere Mönche bestellen bei Matthias kleine Heiligenbilder oder Figuren.
Nachts arbeitet Matthias in der Werkstatt seines Vaters an den Aufträgen der Klosterbrüder. Seit er vor zwei Jahren hier die Statue der heiligen Elisabeth geschnitzt hat, sitzt er oft von Mitternacht bis zum Morgengrauen in der Werkstatt und meißelt und zeichnet. Der 16-jährige ahnt, dass der Vater davon weiß, doch er hat nie ein Wort darüber verloren. Wie gern würde Matthias einmal ein großes Tafelbild auf Holz malen, doch die Farbherstellung ist kostspielig, langwierig und schwierig. Woher soll er Farben nehmen, woher das Holz? Nein, ihm bleiben nur die groben Holzscheite zum Schnitzen und die Papierreste, die er manchmal von seinem Paten bekommt, um mit Kohle darauf zu zeichnen.
Von Benedikt hat er eine kleine Holztafel bekommen. Fein geschliffenes Eichenholz, gut abgelagert und getrocknet. Auch die Farben sind gut, sogar ein wenig Blatt-

gold ist dabei. Ganz vorsichtig zeichnet Matthias mit schmalem Strich die Umrisse der Gottesmutter auf das grundierte Holz. Jung ist sie, seine Maria, mit rundem Gesicht und langem Haar, das ihr wie Wasser über die Schultern fließt.

Ganz vorsichtig trägt er nun die Farben auf. Rot für das Kleid der Jungfrau, Blau für den Umhang, Gold für ihr Haar als Sinnbild der Göttlichkeit. Für das Gesicht der Maria, für den Körper des nackten Jesuskindes und für die Windel braucht Matthias weiße Farbe. Doch der Mönch hat ihm kein Weiß gegeben. Matthias streift durch die Werkstatt des Vaters. Er braucht das Weiß, alle anderen Farben würden die Heiligkeit der Jungfrau und des Gottessohnes beschmutzen! Er schaut in jede Schale, in jede verschlossene Flasche, in jeden Krug. Nirgends findet er die gesuchte Farbe. Selbst auf den Mischpaletten kleben keine Reste mehr.

Matthias ist ratlos. Er braucht das Weiß, dringend! Soll er sich an die geheimen Vorräte des Vaters wagen? Er kann die Jungfrau nicht ohne Weiß malen. Er muss es tun. Doch ihm ist nicht wohl, als er im Mondlicht zum Misthaufen auf dem Hof schleicht und mit bloßen Händen nach der Kiste mit den Bleitafeln gräbt.

Matthias weiß genau, wie schwierig es ist, weiße Farbe herzustellen. Er weiß, wie teuer die Bleiplatten sind, die man in Kisten oder Fässern verstaut, mit dem Urin von Pferden tränkt und dann in die Mitte des Misthaufens stellt. Genau in die Mitte, denn nur dort herrscht eine gleichmäßige Temperatur. Matthias weiß auch, wie viel Zeit vergehen muss, bevor sich endlich durch eine Reaktion des Bleis mit dem Pferdeurin eine weiße Schicht auf den Platten bildet, die man abkratzen, mit Eiklar vermischen und dann endlich auftragen kann.

Matthias weiß das alles, und doch gräbt er unter dem

Mondlicht mit beiden Händen nach der Kiste. Nur eine Bleiplatte nimmt er heraus, eine einzige. Behutsam entfernt er die weiße Schicht, schiebt die leere Platte in die Mitte des Stapels, verschließt die Kiste und gräbt sie wieder ein. Vorsichtig trägt er die Schale mit dem weißen Pulver in die Werkstatt. Einen Teil hält er zurück, den anderen vermischt er mit ein wenig Kalk, einem Tropfen Rot, einem Hauch Gelb, so dass schließlich eine Mischung entsteht, die der Farbe seiner eigenen Haut gleicht. Mit dem Finger tupft er in die Masse, verstreicht einen winzigen Klecks auf der Innenseite des Handgelenks, hält das Handgelenk ins Mondlicht, in den Schatten. Ja, er hat es geschafft. Jetzt hat die Mischung den Ton seiner Haut.
Sein Herz klopft zum Zerspringen, als er den Pinsel endlich in die Farbe taucht. Seine Hand zittert vor Aufregung bei den ersten Strichen. Behutsam, ganz behutsam haucht er seiner Maria Leben ein. Ein Gesicht entsteht, so rein und klar, so göttlich und unschuldig, wie es nur ein einziges gibt.
Matthias' Hände malen wie von selbst. Es ist, als würde der Pinsel von jemand anderem geführt. Matthias malt und malt. Er hat alles rings um sich vergessen: die Werkstatt, das Kloster, Bruder Benedikt, sogar seinen eigenen Namen. Nur den Pinsel nimmt er wahr, das Gesicht der Jungfrau, das Jesuskind. Dann ist das Bild fertig. Matthias sitzt davor, betrachtet es. Betrachtet es lange, und plötzlich spürt er sein Herz laut und heftig wie nie schlagen. Es hämmert gegen seine Brust, das Blut dröhnt ihm in den Ohren, Tränen rinnen ihm aus den Augen. Farben erscheinen vor ihm, so leuchtend und von so überirdischer, strahlender Schönheit, wie er sie noch nie gesehen hat. Weiß, Purpur, Königsblau, Orange, Tannengrün, Flieder, Rosa, Sonnengelb. Die Farben vermischen

sich, bilden neue Töne, werden wieder klar, verbinden sich erneut zu den schönsten Färbungen. Sie spielen, tanzen, Regenbogen entstehen, leuchten satt, dann sanft. Ein göttlicher Reigen, ein himmlischer Rausch vor seinen Augen, der ihn blind und zugleich sehend macht. Es ist, als würde Jesus selbst ihm diese Farben schicken, ihn übergießen mit überirdischen Farben und Tönen.
Er weiß nicht, wie ihm geschieht. Er weiß nur, dass er sich Jesus noch nie so nahe gefühlt hat wie in diesem Augenblick. Seine Seele füllt sich mit Dankbarkeit, sprudelt über. Er kann Jesu Liebe fühlen, sein ganzer Brustkorb ist voll davon. Leicht fühlt er sich. Leicht und froh und beglückt. Endlich spürt er ihn, spürt ihn mit jeder Faser seines Herzens, seines Körpers. Er sinkt auf die Knie und ist zu bewegt, um das, was er fühlt, in Worte zu kleiden. Er faltet die Hände und flüstert heiser: »Danke, Herr Jesus. Hab Dank für das Zeichen.«

Bruder Benedikt wartet schon im Klostergang auf ihn.
»Hast du mir die Heilige Jungfrau gemalt?«
Matthias nickt und zieht das Bild unter seinem Kittel hervor.
»Seid behutsam damit, fasst nicht auf die Farben. Sie sind noch nicht alle durchgetrocknet.«
Eifrig greift der Mönch nach dem Holzbrett, betrachtet es und erstarrt. »Es ist die schönste Jungfrau, die ich je gesehen habe«, flüstert er ergriffen. Dann wühlt er in den Taschen seiner Kutte und drückt Matthias ein Geldstück in die Hand. »Da, nimm! Gott segne dich für dieses Bild. Danke, Matthias, danke!«
Das Bild wie eine Kostbarkeit vor sich her tragend, hastet er durch den Gang.
Matthias steht da und betrachtet das Geldstück. Einen

Gulden. So viel. Dafür bekommt man auf dem Markt ein Viertel Schwein. Matthias hat noch nie so viel Geld besessen, hat noch nie welches benötigt. Auch jetzt will er den Gulden nicht. Er hat das Bild zum Lob Gottes gemalt, nicht für Geld. Jesus hat sich ihm gezeigt, das ist mehr, als er erwartet und erhofft hat. Wenn er daran denkt, fließt ein warmes, gutes Gefühl durch seinen Körper. Die weiße Farbe fällt ihm ein. Die Bleiplatte, die er heimlich aus dem Misthaufen geholt und abgekratzt hat. Er schließt seine Hand um den Gulden. Er weiß jetzt, was er damit machen wird. Er wird dem Vater neue Bleiplatten kaufen und sie zurück in den Misthaufen legen.

Lächelnd eilt er durch den Gang, will in das Studierzimmer, gleich wird der Unterricht beginnen.

Noch keine Stunde ist er mit Latein beschäftigt, als ein Mönch den Raum betritt und Matthias bittet, mit ihm zu kommen. Der Mönch führt ihn in die Stube des Präzeptors.

Jakob Ebelson steht hinter seinem Schreibpult. Vor ihm trippelt Bruder Benedikt mit sorgenvollem Gesicht von einem Bein auf das andere und schaut immer wieder auf das Pult des Präzeptors. Matthias reckt sich und sieht seine Heilige Jungfrau dort liegen.

»Hast du dieses Bild gemalt?«, fragt Ebelson.

Matthias nickt. Der Präzeptor schickt Bruder Benedikt zurück an seine Arbeit. »Und mein Bild?«, greint der Mönch.

»Du bekommst es zurück«, verspricht Ebelson und betrachtet die Heilige Jungfrau. Noch lange, nachdem Bruder Benedikt die Klosterstube verlassen hat, schaut er auf die kleine Holztafel.

Dann sieht er hoch und Matthias direkt in die Augen.

»Die heilige Maria trägt ähnliche Züge wie die Statue der heiligen Elisabeth aus der Werkstatt deines Vaters. Ich meine die Statue, die seit zwei Jahren im Feldsiechenhaus vor der Neustadt steht.«

Der Präzeptor sieht ihn noch immer an, doch die Strenge ist aus seinem Blick gewichen.

»Du warst es also, der die heilige Elisabeth geschnitzt hat«, stellt Ebelson fest. »Nicht Johannes, dein Bruder, war es und auch nicht dein Vater. Du warst es, Matthias.«

Wieder nickt der Junge, weicht dem Blick des Präzeptors nicht aus.

Ebelson kommt hinter seinem Schreibpult hervor, tritt zu dem Jungen und legt ihm die Hände auf die Schultern.

»Matthias«, sagt er. »Gott hat dich mit einer großen Gabe beschenkt. Du musst sie nutzen, diese Gabe. Dein Platz ist nicht im Kloster. Maler und Bildschnitzer musst du werden. Das ist Gottes Wille. In der Statue und in dem Bild der heiligen Maria hat er sich dir offenbart.«

Matthias sieht in das gütige, verstehende Gesicht des Präzeptors und nickt.

Ebelson hat ihm bestätigt, was er schon lange ahnt und was ihm seit der letzten Nacht zur Gewissheit geworden ist. Er, Matthias, hat seine Aufgabe auf dieser Welt. Malen muss er, malen und schnitzen, um den Menschen das wahre Gesicht des Herrn zu zeigen. Es ist kein Zufall, dass sich Jesus ihm beim Malen gezeigt hat. Es ist eine Aufforderung, sich seiner Aufgabe zu stellen. Und er ist bereit für diese Aufgabe. Egal wie, er wird malen und schnitzen.

Ebelson unterbricht die Gedanken des Jungen mit keinem Wort. Erst als Matthias ihn mit klarem, wachem Blick anschaut, sagt er: »Ich werde mit deinem Vater sprechen. Er soll dich als Lehrling in die Werkstatt nehmen. Für deinen Unterhalt wird das Kloster sorgen. Als Gegenleistung wirst du uns einen heiligen Antonius für die kleine Seitenkapelle schnitzen.«

Der Präzeptor lächelt leise und fügt hinzu: »Und natürlich musst du auch weiterhin die kleinen Heiligenbilder und -figuren für die Klosterbrüder anfertigen.«

Matthias scheint es, als wäre Johannes alles andere als froh darüber, dass er die Klosterschule verlassen hat und nun in der Werkstatt des Vaters als Lehrling arbeitet. Vom ersten Tag an behandelt er den kleinen Bruder wie einen Leibeigenen. Sobald der Vater der Werkstatt den Rücken kehrt, schickt Johannes Matthias zum Holzhacken, obwohl der Stapel im Hof noch Manneshöhe hat, lässt ihn ein winziges Schälchen Wasser am Brunnen auf dem Markt holen, ungeachtet der vollen Eimer und Schüsseln, oder weist ihn an, an zwei Tagen hintereinander ein und dasselbe Beet im Garten umzugraben. Doch Matthias beklagt sich nie. Wenn der Vater jedoch in der Werkstatt arbeitet, schaut er ihm genau auf die Finger, stellt eine Frage nach der anderen, lässt sich die verschiedenen Schnitztechniken erklären und lernt alles über Farbherstellung, Farbauftrag und Malweise.

Er müsste glücklich sein, doch er ist es nicht. Eine Traurigkeit, die er sich nicht erklären kann, überschattet alle Tage, macht ihn wortkarg und zurückgezogen. Während die anderen Grünberger Jungen beginnen, den Mädchen hinterherzusteigen, sitzt Matthias gedankenversunken am Rand und träumt sich in eine andere Welt. Die Vergnügungen der anderen langweilen ihn, ihre Scherze belustigen ihn nicht, zu ihren Gesprächen weiß er nichts beizutragen. Und doch betrachtet er manchmal wehmütig die raufende, lachende Bande und wünscht sich, dabei zu sein, einen Freund zu haben, Kameraden, Gefährten. Er ist allein und hat mehr als einmal erfahren, dass die anderen ihn nicht wollen, mit ihm genauso wenig etwas anfangen können wie er mit ihnen. Liegt das Unvermögen, mit den anderen in Verbindung zu treten, an ihm? Ist er schlechter als die anderen? Und deshalb mit Traurigkeit gestraft?

Nur beim Malen und Schnitzen lebt er auf, zeigt Mut und Temperament.

Zwei Jahre geht das so, dann weiß er alles, was der Vater ihm beibringen kann. Johannes hat er längst überflügelt. Er weiß es, und Johannes weiß es auch. Die schwierigen Aufträge bekommt nun Matthias zur Ausführung. Die Auftraggeber, unter ihnen auch immer wieder der Präzeptor des Antoniterordens, sind voll des Lobes.

Gerade hat Matthias begonnen, eine Statue des Jüngers Johannes zu schnitzen. Er schnitzt den Schutzpatron der Maler und Bildhauer, den Namenspatron seines Vaters und Bruders, für den Vater. Er will ihm zeigen, wie viel er von ihm gelernt hat, will ihm seine Dankbarkeit zeigen. Dankbarkeit vor allem dafür, dass er seufzend einverstanden gewesen war, dass Matthias die Klosterschule verlassen und als Lehrling in die Werkstatt kommen sollte. Und Matthias hat viel gelernt in den letzten Jahren. Der 17-jährige ist noch lange kein Geselle, doch seine Fähigkeiten sind bereits so entwickelt, dass sie dem Vater alle Ehre machen.

Doch Johannes neidet ihm seine Fertigkeiten und seinen Erfolg.

»Matthias muss fort«, fordert er eines Tages vom Vater. »Ich gehe auf Brautschau, will mich bald verheiraten. Er ist der Zweitgeborene, hat nicht das Recht auf einen Platz in Werkstatt und Haus. Spätestens wenn ich mir eine Frau ins Haus hole, muss er weg.«

Matthias steht dabei und schweigt. Der Vater will beschwichtigen: »Noch ist es nicht so weit. Musst erst noch Meister werden, ehe du heiraten kannst. Du kennst die

Regeln unserer Zunft. Sie verlangen ein Meisterstück oder die Übernahme einer Werkstatt nach dem Tod des Meisters. Aber noch lebe ich.«

»Doch deine Tage sind gezählt«, murmelt Johannes leise, aber so, dass Matthias die Worte gut hören kann.

Wenige Wochen später erfüllt sich Johannes' bittere Prophezeiung. Von einem Tag auf den anderen wird der Vater krank. Vom Fieber geschüttelt, liegt er in der Schlafkammer, trinkt kaum, isst noch weniger. Mit jedem Tag wird er schwächer. Die Mutter, die nicht von seiner Schlafstatt weicht, ringt die Hände. Zwei Wochen bangen sie um den Vater, dann schickt die Mutter Matthias zum Pfarrhaus.

»Hol den Geistlichen. Es ist Zeit für die letzte Ölung.« Sie nimmt ein Tuch und tupft damit dem Vater die Stirn.

Matthias sieht das eingefallene Gesicht des Vaters, das vor Schmerz ganz grau scheint. Er sieht, wie sich die knochigen Hände in der Decke verkrallen, die trüben Augen ziellos im Zimmer umherirren, die geschwollene Zunge sich immer wieder zwischen die aufgesprungenen Lippen schiebt.

Gerade noch rechtzeitig kommt der Geistliche. Wenige Stunden nach der letzten Ölung schließt der Maler und Bildschnitzer Hans aus Grünberg-Neustadt für immer seine Augen.

Die Mutter sitzt neben dem toten Mann, hält noch lange seine Hand und weint leise. Dann kommen die Leichenwäscherinnen, um den Vater herzurichten. Auch ein Klageweib ist dabei. Sie heult und klagt, und es ist, als ob es der Schmerz der Mutter ist, den sie sich aus der Kehle weint, während die Mutter noch immer wie leblos dasitzt, den Blick nicht von ihrem toten Mann wenden kann und die Tränen stumm rinnen lässt.

In der Nacht, bevor der Leichnam des Vaters auf dem

Friedhof beigesetzt werden soll, hält die Familie Totenwache.
Die Mutter sitzt auf einem Schemel und wiegt sich langsam hin und her. Johannes hat die Hände gefaltet und murmelt leise Gebete.
Matthias sitzt stumm und schweigt. Er gönnt dem Vater den Tod, der die Erlösung von dem Leiden brachte, weiß nicht, warum er weinen soll. Sie klagen um das, was sie verloren haben, denkt er, ihre Trauer ist Selbstmitleid. Sie weinen um sich, nicht um den Vater.
Er beobachtet die Mutter am Totenbett: den Ausdruck ihrer Augen, die Blässe ihres Gesichts, die tiefen Falten um den Mund. Alles prägt er sich ein, jede Furche, jede Linie. Auch den toten Vater betrachtet er, das gequälte, wachsbleiche Gesicht, das der Tod im Schmerz erstarren ließ, die eingefallenen Wangen und die Augen, die tief und für immer geschlossen in den Höhlen liegen. Lange sitzt er und schaut. Dann holt er ein Blatt Papier, spannt es auf ein Holzbrett und beginnt zu zeichnen.
Er hört, wie die Mutter aufsteht und um die Lagerstatt zu ihm herüberkommt, doch er sieht nicht auf. Er ist zu beschäftigt damit, die Gesichter der Eltern auf das Papier zu bannen. Matthias erschrickt, als die Mutter ihm das Blatt heftig aus den Händen reißt, es vor seinen Augen in Stücke fetzt und in das Feuer wirft.
»Versündige dich nicht!«, schreit sie mit schriller Stimme und schlägt mit beiden Fäusten auf ihn ein. »Wie kannst du es wagen, mit einem Bild die Trauer um den Vater zu stören? Kein Mensch bist du. Kein Mensch wie die anderen. Du bist vom Teufel besessen. Und besessen von deinen Farben, von Bildern, Pinseln, Schnitzmessern und Holz. Nicht einmal der Tod deines Vaters ist dir heilig. Nicht einmal ihn kannst du mit den Augen des Sohnes sehen, nur mit den Augen des Malers.«

Matthias versteht die Mutter nicht, doch er hat gelernt, dass ihr Verhalten in den Augen der anderen das richtige ist, seine Art der Trauer aber die falsche. Er ist es, der gegen eine Regel verstoßen hat, die er nicht aufgestellt hat, doch die allgemein gültig ist. Allein fühlt er sich nun auch inmitten der Familie, inmitten derer, die ihm am nächsten sein sollten, doch so weit weg sind, als seien sie Fremde.
Matthias greift nach ihren Händen, die auf seine Schultern schlagen, greift nach ihnen und hält sie fest, bis die Mutter aufhört zu schreien. Er führt sie zu dem Schemel, sagt: »Mit meinem Bild, Mutter, lasse ich ihn wieder auferstehen. Es ist Gottes Werk, nicht das des Teufels.«
Als die Mutter das hört, schlägt sie vor Entsetzen das Kreuzzeichen und flüstert mit vor Angst brüchiger Stimme: »Das hat dir der Teufel eingegeben, Matthias. Du versuchst Gott. Er allein ist der Schöpfer. Wie kannst du es wagen, dich mit ihm zu vergleichen? Geh weg, Matthias, geh weg von hier. Du bist nicht wie wir, bist keiner von uns.«
Und sie setzt sich hin, die Hände vors Gesicht geschlagen, weint mit bebenden Schultern, und ihr Schluchzen dringt aus der Kammer bis hinunter in die Küche, wo die Magd, die alles gehört hat, stumm steht und sich bekreuzigt, als Matthias an ihr vorbei und hinaus auf die stillen, nächtlichen Straßen von Grünberg-Neustadt läuft.
Matthias eilt durch die engen Gassen, vorbei am Gasthaus zum Grünen Krug, über den Marktplatz hinüber zum Diebesturm und von dort zur Klosteranlage. Auf einem Stein am Wegrand lässt er sich nieder. Die Mutter hat Recht, denkt er. Ich bin nicht wie Johannes, bin nicht wie der Vater, wie Georg und all die anderen hier in Grünberg. Ich kann mich nicht zufrieden geben mit dem, was ich hier finde. Raus will ich, raus aus der dumpfen Enge ihres kläglichen Lebens, weg von den verlogenen Regeln und

Gesetzen, die für mich keine Gültigkeit haben. Hier ist alles kleinmütig, beschränkt, es erdrückt mich. Ich will über meine Grenzen, über den Horizont. Meine Sehnsucht nach Schönheit, Wahrheit und Größe ist es, die mich wegtreibt. Ich will diese Schönheit finden und sie in meinen Bildern festhalten.
Die Stadt ist zu eng für einen wie mich. Ich will weg, muss fort von hier. Mein Weg führt in die großen Städte, führt zu anderen Meistern, von denen ich noch lernen kann. Nach Frankfurt werde ich gehen. Nach Frankfurt und mir dort einen Meister suchen.
Langsam steht er auf und langsam geht er denselben Weg zurück, den er gekommen ist. Mit wachen Augen betrachtet er jedes einzelne Haus, an dem er vorbeikommt, betrachtet die Holzfassaden, die Erker und die mit Fenstern versehenen Balkone, die im Sommer die engen Gassen beschatten. Er geht über das Kopfsteinpflaster des Marktplatzes, schöpft am Brunnen eine Hand voll Wasser und biegt schließlich in die Gasse ein, in der er wohnt.

Gleich am nächsten Tag, der Vater ist kaum unter der Erde, fällt Johannes die Entscheidung: »Seit Vaters Tod bin ich der Meister der Werkstatt. Ich will dich nicht mehr hier haben. Du musst gehen, Matthias. Räum die Kammer, pack dein Bündel und verschwinde, so schnell es geht.«
Johannes' Stimme klingt hart. So hart wie seine Worte. In seinen Augen funkeln Neid und Hass. Matthias schweigt.
»Lange genug hast du dich im Lob der Antoniter gesonnt«, spricht Johannes weiter. »Hast ihnen geschmeichelt, dem Präzeptor Honig ums Maul geschmiert. Zeit ist es, dass die Herren sehen, wer der wahre Meister in diesem Hause ist.«

Er schlägt mit der Faust auf den Tisch, beugt sich zu dem jüngeren Bruder und zischt, dass Matthias die Speicheltröpfchen ins Gesicht fliegen. »Geh, sage ich dir. Wenn du morgen noch immer an diesem Tisch sitzt, werfe ich dich hinaus.«
Matthias sieht zur Mutter, die bei ihnen sitzt und auf ihre Hände sieht. Er wird gehen, wird dieses Haus und die Werkstatt verlassen. Er wird gehen, weil er selbst es will, weil er es beschlossen hat. Aber nicht so, nicht auf diese Weise möchte er sich von Mutter und Bruder trennen. Er wartet auf ein versöhnliches Wort, auf eine beschwichtigende Geste. Doch vergeblich. Die Mutter sitzt und schweigt.
»Mutter«, sagt Matthias und berührt die Hand der verhärmten Frau. Die Mutter zieht die Hand weg, versteckt sie unter dem Tisch, sieht auch jetzt den jüngsten Sohn nicht an.
»Johannes hat Recht«, flüstert sie. »Es ist besser für uns alle, wenn du gehst. Du passt nicht hierher, gehörst nicht zu uns.«
Dann steht sie auf und schlurft aus der Kammer.
Da geht auch Matthias und packt seine wenigen Sachen. Nichts hält ihn mehr in diesem Haus, in dem er nicht wohl gelitten ist.
Am Abend geht er noch einmal zu den Antonitern ins Kloster, um sich vom Präzeptor Jakob Ebelson zu verabschieden.
»Vater Jakob«, sagt Matthias. »Ich danke Euch, dass Ihr mir geholfen habt, den rechten Weg zu finden. Morgen früh werde ich Grünberg verlassen und nach Frankfurt gehen. Wünscht mir Glück, so wie ich Euch Glück und Frieden wünsche.«
»Ich habe geahnt, dass es eines Tages so kommen würde. Vergib deinem Bruder, wenn du kannst«, erwidert der Prä-

zeptor. »Es gibt viele Dinge, die das Herz eines Menschen verhärten lassen.«

Matthias nickt. »Ich trage ihm nichts nach. Jeder muss sehen, wie er zurechtkommt. Mit sich und mit Gott.«

Jakob Ebelson geht zu seinem Pult und schreibt für Matthias einen Brief. Es ist ein Empfehlungsschreiben, in dem er die Antoniter in Frankfurt bittet, sich des Jungen anzunehmen und ihm zu helfen, in der großen Stadt Fuß zu fassen und einen neuen Meister zu finden.

Er reicht ihm das Pergament: »Gott segne dich und schütze dich, Matthias«, sagt er und schlägt das Kreuz über ihm.

Noch vor dem Morgenläuten bricht Matthias am nächsten Tag auf. Die Mutter hat ihm ein wenig Proviant eingepackt.

»Gott schütze dich, mein Sohn«, murmelt sie, als Matthias über die Schwelle tritt, und drückt ihm noch einige Groschen in die Hand. Es ist alles, was sie hat.

Vom Bruder kein Wort, kein Gruß. Sein letzter Weg, bevor Matthias die Stadttore von Grünberg-Neustadt hinter sich lässt, führt ihn auf den Friedhof zum Grab des Vaters. Er hat noch ein Geschenk für ihn, die geschnitzte Figur des Jüngers Johannes. Vorsichtig klopft er die Erde glatt und stellt die Statue auf das Grab. Es ist sein Abschiedsgeschenk, denn Matthias ahnt bereits, dass er nie mehr nach Grünberg zurückkehren wird.

4. KAPITEL
Der Maler Gottes

Matthias wandert von Grünberg aus über die sanften Hügel des Vogelsberges, kommt am zweiten Tag bis zum Städtchen Friedberg und sieht am Abend des dritten Tages in der Ferne die Kirchtürme Frankfurts im Schein der untergehenden Sonne. Er weiß, dass er die Stadt erst nach Schließung der Tore erreichen würde, deshalb sieht er sich nach einer Herberge um. Es ist der März des Jahres 1499, und die Nächte sind noch zu kalt, um sich draußen auf einer Wiese oder unter einem Baum einen Schlafplatz zu suchen. Er schaut sich um, doch außer einer Wassermühle befinden sich weit und breit kein Hof und kein Haus in der Nähe. Das Klappern des großen Mühlrades durchbricht als einziges Geräusch die Abendstille. Matthias seufzt. Ausgerechnet eine Mühle! Selbst in Grünberg hatte jeder gewusst, dass der Müller zumeist nicht der Einzige ist, der vor den Toren einer Stadt in der Mühle sein Gewerbe anbietet. Und auch Matthias kennt den Unterschied zwischen Straßen-, Bäder- und Mühlendirnen aus den Erzählungen der Männer im Wirtshaus. Schwankend zwischen Neugier und Furcht, nähert er sich der Mühle.

Matthias ist fast enttäuscht, als auf sein Klopfen ein hagerer Mann mit mehlbestäubtem Kittel öffnet.

»Was wollt Ihr?«, fragt er nicht unfreundlich, doch nach einem Blick auf Matthias' bäuerliche Kleidung, die schäbigen Beinkleider, das grobe Wams verdüstert sich sein Blick. Der hier hat keinen roten Heller in der Tasche, denkt er.

»Eine Herberge für die Nacht und vielleicht eine Schüssel Hafergrütze«, erwidert Matthias.

»Kannst du bezahlen?«, fragt der Müller barsch und baut sich breit in der Tür auf.

Matthias nickt. Er hat noch immer den Gulden, den er damals von dem Antonitermönch für sein Marienbild bekommen hat. Und die Mutter hat ihn beim Abschied noch einige kleine Geldstücke zugesteckt. Jetzt zieht Matthias den Geldbeutel aus der Tasche und hält ihn dem Müller klimpernd vors Gesicht. Der volle Beutel zaubert ein falsches Lächeln um den Müller-Mund, und ein gieriges Glitzern tritt in seine Augen. Eine pralle Börse, woher hat ein Bauernlümmel wie der so viel Geld?, denkt er und sieht die Münzen schon in seine Taschen wandern.
»Kommt herein, nur herein mit Euch«, sagt er leutselig und klopft dem Gast auf die Schulter.
»Magdalena, schür das Feuer. Wir haben einen Herbergsgast«, ruft er in Richtung Küche, dann führt er Matthias in einen Raum, der einer Wirtsstube ähnelt.
»Setzt Euch, das Mädchen wird Euch eine Schüssel Grütze und einen Krug Wein bringen. Und einen rechten Batzen Fleisch dazu.«
»Nein, kein Fleisch. Eine Schüssel Grütze nur und einen Krug Wasser. Das reicht.«
Der Müller verzieht das Gesicht, dann besinnt er sich und grinst. »Ihr seid bescheiden, junger Mann, verschmäht den guten Braten und den köstlichen Wein. Doch wenn Ihr Appetit auf einen guten Nachtisch habt, so sagt Magdalena Bescheid. Sie wird Euch jeden Wunsch von den Augen ablesen.«
Matthias fühlt brennende Röte im Gesicht. Ertappt senkt er den Blick, zuckt unbeholfen mit den Schultern und will zu einer Erwiderung ansetzen. Doch die Worte bleiben in seiner Kehle stecken. Er schluckt und krächzt in viel zu hoher Tonlage: »Danke, Meister, ich brauche keinen Nachtisch.«
»So?«, erwidert der Müller und leckt sich die Lippen. »Wartet, bis Ihr Magdalena gesehen habt. Eine Haut wie

Milch und Honig und Lippen wie Zuckerstücke. Da hat noch jeden die Naschlust überfallen. Und sie kostet nicht viel, ist fast geschenkt. Für ein paar Groschen könnt Ihr sie die ganze Nacht haben und eine gute Kammer mit weicher Bettstatt dazu.«

Hartnäckig schüttelt Matthias den Kopf und wagt noch immer nicht, die Augen zu heben.

Der Müller lacht, haut ihm derb auf die Schulter, sagt: »Einmal ist immer das erste Mal«, und stapft derben Schrittes aus der Stube.

Einen Moment später hört Matthias leise, leichte Schritte, eine Schüssel wird über den Tisch geschoben, ein Korb mit Brot dazu. Matthias sieht hoch in ein ovales Gesicht, mit schön geschnittenen, ovalen Augen, die unter den schweren Lidern ein bisschen verhangen wirken. Blaugrau wie zarte Nebelschleier am Morgen, die sich gerade auflösen wollen. Darunter eine schmale, gerade richtig große Nase, der Mund, so groß, rot und rund wie eine reife Kirsche, lacht ihn an, am Kinn glänzt ein rundes Grübchen. Die Zähne sind so weiß wie frisch geborene Zicklein, und schön ist auch das Haar. Rotgolden fällt es dem Mädchen über die Schultern bis hinab auf die Hüfte, bedeckt einen Teil des Gesichts wie ein Schleier aus kostbarer Seide. Ein Strahlenkranz aus leuchtendem Haar, ein Heiligenschein, der die ganze Gestalt des Mädchens umschwebt.

Matthias starrt sie an und kann nicht beschreiben, was ihn an diesem Mädchen fasziniert. Sie ist nicht schön im eigentlichen Sinne. Viel zu hoch ist ihre Stirn, so fliehend, dass die Ausgewogenheit des Gesichtes gestört ist, die schmalen Brauen scheinen dort zu sitzen, wo bei anderen Mädchen schon die Nase beginnt. Was also ist so eindrucksvoll an Magdalena? Ist es der Ausdruck ihrer Augen, ist es ihre Mimik, die sie heraushebt aus der Masse der anderen?

Matthias starrt sie an, will das Besondere mit seinen Augen erfassen, festhalten, benennen, doch es gelingt ihm nicht.
»Ist alles nach Wunsch?«, fragt das Mädchen mit einer Stimme, heller und reiner als die Glocken, die zur Messe läuten, und beugt sich über den Tisch, so dass Matthias das prall gefüllte Mieder sehen kann.
Er starrt mit offenem Mund, kann kaum nicken, viel weniger noch sprechen. Das Mädchen lacht.
»Du bist keiner aus der Stadt«, sagt sie, setzt sich zu ihm, bricht das Brot und reicht ihm ein Stück.
Matthias schüttelt den Kopf, stammelt: »Aus Grünberg komme ich und will nach Frankfurt, einen neuen Lehrmeister suchen.«
»Einen Lehrmeister? Was soll er dich lehren?«
»Das Handwerk des Malers und Bildschnitzers.«
»Ein Maler bist du?«, fragt sie und lacht mit weit nach hinten geworfenem Kopf. »Beweise es mir! Zeichne mich! Warte, ich hole Kohle und Papier.«
Sie springt auf und eilt mit fliegenden Röcken aus der Stube.
Matthias kann die Kohle kaum in seinen feuchten, verschwitzten Händen halten, als er das Mädchen Magdalena zeichnet. »Dein Haar bedeckt deine linke Wange. Mach es weg, dann kann ich dich besser zeichnen.«
Das Mädchen schüttelt den Kopf und zieht das Haar noch weiter ins Gesicht.
Der Haferbrei ist längst kalt, das bisschen Fett darauf erstarrt, als er fertig ist.
Er reicht dem Mädchen das Blatt. Magdalenas Gesicht zeigt Bestürzung. »Du hast mich als eine Heilige gemalt!«
Und als sie diesen Satz ausspricht, erkennt Matthias das Besondere an dem Mädchen. Sie trägt die Unschuld, die Arglosigkeit, die Gutgläubigkeit eines Kindes im Ge-

sicht – eine Unschuld und Reinheit, die im krassen Gegensatz zu dem steht, was sie hier in der Mühle tut. Es ist die Doppelgesichtigkeit, das Widersprüchliche, das ihn reizt.
Matthias nickt, Magdalena schüttelt den Kopf, reicht ihm das Blatt zurück: »Da, nimm! Ich will es nicht haben. Ich bin keine Heilige, ich bin eine freie Tochter, eine gemeine Frau, eine Dirne.«
Jetzt schüttelt Matthias den Kopf. »Deine Augen sind rein und voller Tugend. So rein, gütig und alles verstehend wie die Augen einer Heiligen. Ich kann darin deine Seele sehen …«
Matthias will weitersprechen, doch in diesem Moment reißt der Müller die Stubentür auf und geleitet zwei Reiter mit schlammbespritzten Beinkleidern herein.
Der mantelartige Waffenrock mit dem Messer im Gürtel verrät sie als Wachmannen einer Burg. Bedienstete eines Ritters mögen sie sein, die in die Stadt geschickt wurden, um eine Nachricht zu überbringen oder einen Auftrag zu erledigen.
»Magdalena, kümmere dich um die Gäste«, ruft der Müller barsch, dann wendet er sich an Matthias, verfällt vom höflichen »Ihr« ins »Du« des Herrn dem Niederen gegenüber.
»Du kannst in der Scheune schlafen, die Kammern im Haus sind nun alle belegt. Geh, denn jetzt warten die anderen auf den Nachtisch, den du verschmäht hast.«
Er wedelt mit der Hand, als sei Matthias eine lästige Stubenfliege, und wendet sich anbiedernd den Reitern zu.
Die Reiter grinsen verächtlich auf den Jungen herab, und einer klatscht Magdalena derb seine schwielige Hand auf den Hintern, so dass das Mädchen zusammenzuckt.
Matthias steht auf, nimmt das Blatt und reicht es erneut Magdalena. Das Mädchen schlägt den Blick nieder und

schüttelt den Kopf. »Nimm es«, sagt Matthias. »Es zeigt dich, wie du bist.«

Er drückt ihr das Blatt in den steifen Arm, ehe der Müller seine Hand danach ausstrecken kann, dann greift er sein Bündel, nimmt die Laterne und verlässt die Stube. Im Gehen hört er, wie der Müller mit den beiden Reitern um den Preis für das Mädchen feilscht.

Nachts, in der Scheune, liegt er noch lange wach. Er hat die Hände unter dem Kopf verschränkt, hält die Augen geschlossen. Ganz heiß ist ihm, sein Körper scheint zu glühen. Er hört das Klappern des Mühlrades, das Rauschen des Baches, das raue Lachen der Männer, hört derbe Reden, grobe Scherze, dazwischen Magdalenas Stimme, dann Türenschlagen.

Er denkt an Magdalena, die jetzt wohl in einer der Mühlenkammern ihre Dienste anbietet. Er sieht sie vor sich, sieht die nebelblauen Augen, das fließende Haar, den roten Mund. Er sieht den schlanken Hals und die Ansätze der vollen Brüste. Noch heißer wird ihm dabei. Er nimmt die Arme unter dem Kopf hervor und dreht sich auf die Seite. Zusammengekrümmt wie ein Säugling liegt er da, die Hände fest zwischen die Schenkel gepresst. Seine Phantasie gaukelt ihm Bilder vor, Bilder, die er gleichermaßen herbeisehnt und verwünscht. Er sieht eine Magdalena, die langsam ihr Mieder öffnet, es über die milchweißen Schultern gleiten lässt und ihre Brüste, leicht zitternde Brüste, so zart und weich wie frisch geschlüpfte Küken, darbietet. Matthias spürt die Hitze in seinem Schoß und stöhnt. Fest presst er die Hände gegen sein hartes, schwellendes Glied. Er drückt und presst, will das Begehren erdrücken, doch die Lust ist stärker. Sein Glied drängt durch den groben Stoff des Beinkleides gegen seine Hand, seine Hand gehorcht ihm nicht mehr, sie reibt den Stoff, und noch immer sieht Matthias die weißen Brüste, die von hellen Adern durchzogen sind, vor sich. Er beißt sich auf die Unterlippe, will sich Magdalenas Unschuldsgesicht vor sein inneres Auge holen, doch seine Hände reiben und drücken und pressen alle Unschuld, alle Heiligkeit weg.

Ganz fest kneift Matthias die Augen zusammen, damit die heilige Unschuld ihm wieder erscheint, doch das Gesicht, das ihm die Phantasie vorgaukelt, ist nicht mehr das einer Keuschen, Tugendhaften. Eine Magdalena mit leicht geöffnetem Mund und glühenden Wangen sieht er vor sich, die ihr Kleid langsam über die Schultern gleiten lässt, mit den Händen über ihre Brüste streicht, die davon zum Beben gebracht werden.

Er stöhnt und wirft sich auf die andere Seite, seine Hand schlüpft gegen seinen Willen unter den Hosenlatz, er spürt ein wenig Feuchtigkeit, will die Hand zurückziehen, doch noch immer gehorcht sie nicht, sondern reibt und drückt und presst, bis er sich schließlich mit einem Stöhnen ergießt.

Ein Geräusch, das Öffnen und Schließen des Scheunentores, lassen seine Hände erstarren. Das Phantasiebild löst sich auf, nichts drückt mehr gegen den Stoff des Beinkleides. Ertappt zieht er die Hände hervor, richtet sich auf, um zu sehen, woher das leise Rascheln kommt. Im Schein des Mondlichtes, das durch das undichte Scheunendach fällt, sieht er Magdalena, sieht direkt in ihre Augen, die jetzt ganz dunkel sind, sieht die Erschöpfung in ihrem Gesicht, das nun nicht mehr weiß und unschuldig, sondern fahl und müde aussieht.

Sie kommt zu ihm, lacht leise und sagt: »Du hast dich auf meinen Schlafplatz gelegt. Es ist der wärmste Platz in der ganzen Scheune.« Sie bückt sich und holt hinter einem Pfosten eine Pferdedecke hervor.

Wortlos steht Matthias auf, breitet seinen Umhang so auf

das Stroh, dass er Platz bietet für zwei, legt die Decke darüber, setzt sich im Schneidersitz darauf. Magdalena setzt sich neben ihn, den Rücken an den Pfeiler gelehnt, so dass ihre Schulter die seine berührt. Eine Zeit lang sitzen sie schweigend nebeneinander, dann fragt Magdalena leise: »Warum schläfst du nicht? Du musst müde sein nach dem langen Weg.«
»Und du?«, fragt Matthias zurück. »Bist du nicht müde?«
Magdalena schüttelt den Kopf. »Ich sitze oft in der Nacht hier. Die Gedanken sind heller, wenn es dunkel ist.«
»Woran denkst du?«
Magdalena beugt sich nach vorn, betrachtet sein Gesicht, als wolle sie prüfen, ob er versteht, was sie sagen will, ob er es wert ist, dass sie ihm ihre Gedanken mitteilt.
»Ich denke über das Leben nach«, sagt sie einfach. »Ich möchte nicht glauben, dass die Mühle und die Männer hier, dass all die Grobheit und Plattheit, all das Nichtssagende und Fade das Leben sein sollen. Ich träume mir einen Platz voller Licht und Wärme, ein Zuhause voller Blumen und Duft, träume mir Liebe und Farben. Farben, die bis in den letzten Winkel meiner Seele leuchten und mich erheben über all das Grau, all die Trostlosigkeit ringsum. Wäre ich ein Maler wie du, so würde ich losziehen und die Farben suchen, die das Leben so malen, wie ich es mir wünsche. Ich würde Bilder malen, die voller Anmut und Schönheit sind, aber auch das Böse nicht verleugnen.«
Mit jedem Wort, das Magdalena gesprochen hat, geht Matthias' Atem schneller.
»Glaubst du, dass es sie gibt, diese Farben?«, fragt er in fieberhafter Erwartung. So sehr ähneln Magdalenas Gedanken seinen eigenen, dass er kaum mehr zu atmen vermag.
»Ja. Ich bin ganz sicher. Diese Farben kommen von Gott.

Sie sind wie Jesus, unser Herr. Wer sie sucht, der wird sie finden«, erwidert Magdalena.

Ganz heiß wird Matthias bei diesen Sätzen, die klingen wie das Echo seiner eigenen Stimme. Er hat sie gesehen, diese Farben. In der Nacht, als er die Heilige Jungfrau malte, hat er sie gesehen. Farben, die von Jesus kamen.

Noch nie hat er jemanden getroffen, der so ähnlich denkt und fühlt wie er, der ein ähnliches Erlebnis hatte. Heiß wie Blut strömt das Glück durch seine Adern, vertreibt alle Traurigkeit aus seinem Herzen. Endlich, endlich hat er einen Menschen getroffen, der ihm ähnlich ist. Ist er also doch nicht schlechter als die anderen? Hat er in Magdalena vielleicht sogar den lang ersehnten Freund gefunden? Einen Freund, eine Freundin, eine verschwisterte Seele?

Behutsam nimmt er Magdalenas Hand, sieht in ihr Gesicht. Ihre Blicke treffen sich. Sie lesen ineinander wie in einem Buch. Ihre Gedanken begegnen sich, ihre Gefühle, ihre Seelen berühren sich. Noch nie hat sich Matthias so glücklich gefühlt wie in diesem Augenblick. Alle Traurigkeit ist so vollständig von ihm abgefallen, als hätte es sie nie gegeben. Hat ihm Jesus dieses Mädchen geschickt? Hat er sie an den Anfang des Weges gestellt, den er gehen muss, gehen will? Ist sie ein Zeichen? Das Symbol seines Aufbruchs?

Leise sagt er: »Ich werde die Farben finden. Bilder werde ich malen damit, die schöner sind als alle, die es je gab. Ich weiß, dass ich das kann, dass ich das tun muss.«

Und ebenso leise erwidert Magdalena: »Du wirst sie finden. Und ich werde eines Tages von einem Bild hören, das du gemalt hast. Ein Bild, vor dem die Menschen stehen und weinen.«

Ein Bild, vor dem die Menschen stehen und weinen. Ja, das ist es, was Matthias will. Ein Bild schaffen, das die Seelen der Menschen berührt, das tiefe Gefühle freisetzt. Ein Bild, ein Gleichnis will er schaffen, das aufregender, schöner, größer und wahrer ist als die Wirklichkeit. Das ist seine Aufgabe, seine Berufung, sein Ziel. Vor Magdalena hat er es bekannt, hat es damit versprochen.

Sie reden noch lange in dieser Nacht, erzählen einander ihre Wünsche und Träume, ihre Hoffnungen und Sehnsüchte, wie man das nur des Nachts kann. In der Dunkelheit, die jede Scham zudeckt und den Blick in das tiefste Innere erlaubt, sind sie sich so nahe, dass sich ihre Seelen berühren, ohne im Körperlichen einen Ausdruck zu finden. Sie sitzen nebeneinander, halten einander fest und reden. Mehr nicht. Nicht weniger.

Als ihnen vor Müdigkeit die Augen zufallen, legen sie sich hin, Magdalena kuschelt sich zusammen, birgt ihren Kopf an seiner Schulter, so dass ihr Haar sein Gesicht berührt. Matthias riecht den Duft ihres Haares, riecht auch den Schweiß fremder Männer darin. Magdalena seufzt, und ihr Körper bebt dabei. Matthias zieht sie in seine Arme, hält sie ganz fest, wiegt das Mädchen ganz sanft und streicht ihr über das Haar.

Er fühlt ihre Brüste an seinem Oberkörper, spürt ihre Schenkel an seinen. Er streicht ihr das Haar aus dem Gesicht, streichelt behutsam ihre Wange – und fühlt eine lange, breite Narbe. Für einen Moment erschrickt er und zieht seine Hand zurück. Dann sieht er Magdalenas prüfenden Blick, und ganz behutsam liebkost er die wulstige Verunstaltung in ihrem Gesicht, die bisher unter ihrem Haar verborgen lag. Und Magdalena ist dankbar, dass er keine Frage stellt, und schmiegt ihr Gesicht in seine streichelnde Hand.

Sie seufzt noch einmal aus tiefster Seele wie ein Kind, schlingt voller Vertrauen beide Arme um seinen Hals und drückt ihre warme Wange gegen seine. Sie halten sich

umschlungen, halten einander fest. Und Matthias streichelt ihr Haar, atmet den Geruch der fremden Männer ein, streichelt ihren Rücken und flüstert unbeholfen die Worte, die er einmal von einer Amme gehört hat: »Magdalena, alles wird gut.«
Und Magdalena flüstert: »Jetzt ist es gut, Matthias.«
Als Magdalena eingeschlafen ist, löst sich Matthias vorsichtig aus ihren Armen und betrachtet sie. Er holt ein Skizzenbuch, das Abschiedsgeschenk seines Paten Georg, hervor, entzündet die Stalllaterne und zeichnet Magdalena im Schlaf. Er zeichnet ihr Gesicht, ihr Haar, das im Laternenlicht wie Gold über das Stroh fließt, die kleine Nase mit den zarten Flügeln, den Mund, fast zu rund, fast zu rot für dieses arglose Gesicht, die noch kindlich gerundeten Wangen, das Kinn mit der Andeutung eines kleinen Grübchens, den schlanken Hals. Er zeichnet ihr nacktes Gesicht, zeichnet auch die Narbe, die sich in einem Bogen vom Augenwinkel bis zum Ohrläppchen zieht und ihr im fahlen Mondlicht das Aussehen eines gequälten Tierchens verleiht. Er entblößt sie mit seinem Stift, entblättert sie, ohne ihre Kleidung auch nur zu berühren. Matthias hat in diesem Moment das Gefühl, Magdalena weit mehr zu besitzen als jeder vor und nach ihm, der für sie bezahlt.
Mehrere Blätter zeichnet er voll, ehe er mit seiner Arbeit zufrieden ist. Er steckt das Skizzenbuch zurück in sein Bündel, streicht mit dem Finger noch einmal zart über das wulstige Mal, legt dann die Arme um sie und sinkt in den Schlaf.

Als Matthias am Morgen erwacht, ist der Platz neben ihm leer. Nur das zerdrückte Stroh erinnert noch an Magdalena.
Matthias presst sein Gesicht hinein, um einen Rest von

ihrem Geruch einzufangen. Ganz tief saugt er den leisen Duft ein, streicht mit seinen Händen sanft über die Stelle, auf der sie noch vor kurzer Zeit gelegen hat.
»Magdalena«, flüstert er und lächelt dabei.
Vom Hof hört er Geräusche, Schritte klappern, eine Tür wird aufgestoßen, die Stimme des Müllers: »Magdalena, hol Wasser.« Ein Fuhrwerk rollt rumpelnd auf den Hof, Säcke werden abgeladen, Weizen und Roggen zu Mehl gemahlen.
Matthias nimmt sein Bündel und geht in die Gaststube. Die beiden Reiter sitzen bereits vor einer Schüssel mit Gerstenbrei, essen weißes Brot dazu. Matthias beachtet sie nicht, will sie nicht sehen, erwidert auch den höhnischen Gruß nicht. Er sieht zur Tür, wartet nur auf Magdalena. Endlich kommt sie. Sie lächelt ihn an, berührt leicht seinen Arm, als sie ihm die Grütze hinstellt. Langsam, ganz langsam isst Matthias sein Morgenmahl. So langsam, dass die Reiter endlich aufbrechen, während er noch immer vor seiner Schüssel sitzt. Er hört, wie der Müller Befehle durch die Küche brüllt, hört, wie das Feuer geschürt wird, hört Klappern von Töpfen und Pfannen. Als er sein Bündel schnürt und einige Groschen auf den groben Holztisch legt, kommt Magdalena noch einmal. Sie drückt ihm die Zeichnung, die er gestern von ihr gemacht hat, in die Hand.
»Ich bitte dich, bringe sie meiner Mutter. Nimm sie mit nach Frankfurt. Meine Mutter soll wissen, dass es mir gut geht. Geh bis ans Ende der Petersgasse, bis hin zur Kirche. Sie wohnt im Küsterhaus. Geh zu meiner Mutter und sage ihr, dass ich bald wieder in die Stadt komme.«
Matthias nimmt die Zeichnung und nickt. »Wann kommst du? Wann sehe ich dich wieder?«, fragt er.
Magdalena sieht in Richtung Küche. »Sobald es geht«, flüstert sie.

»Ich werde auf dich warten. Deine Mutter wird wissen, wo du mich finden kannst«, verspricht er.
Magdalena nickt ernst. »Ich werde kommen.«
Sie stellt sich auf die Zehenspitzen und haucht Matthias einen leichten Kuss auf die Wange. Eine Besiegelung ihres Versprechens.
»Gott schütze dich«, sagt sie und verlässt eilig die Gaststube.
»Gott schütze dich auch«, ruft Matthias hinter ihr her und betastet mit vorsichtigen Fingern die Stelle in seinem Gesicht, auf der noch die leise Feuchtigkeit von Magdalenas Kuss liegt. Dann verlässt er ebenfalls die Mühle, die Zeichnung aus Angst vor Beschädigung zusammengerollt in der Hand tragend.

Die letzten Morgennebel verbergen noch die Spitzen der fernen Kirchtürme. Klamme Feuchtigkeit liegt in der Luft, schwindet mit der gleichen Geschwindigkeit, mit der Matthias der Friedberger Warte, dem nördlichen Tor Frankfurts, näher kommt. Er läuft über einen von Fahrrinnen und Hufabdrücken durchfurchten Pfad direkt auf die mächtige Stadtmauer aus Stein zu, die in regelmäßigen Abständen von hohen Wachttürmen überragt wird.
Er geht schnell, beschwingt sogar, denn Frankfurt ist für Matthias über Nacht zu mehr als einem Ort geworden, in dem er sein Handwerk vervollkommnen wird. Magdalena. Er sieht ihr Gesicht ganz deutlich vor sich, den Mund, der verspricht: »Ich komme bald.«
Magdalena, ich warte auf dich, denkt er und fühlt sein Blut ganz heiß durch den Körper rinnen. Noch nie zuvor hat er mit einem Menschen so lange geredet, niemandem vorher so viel über sich erzählt. Jetzt, da Magdalena so vieles von ihm weiß, ist er mit ihr verbunden. Er kann sie sogar fühlen, diese Verbindung zwischen ihnen beiden. Er

fühlt sie als warmes Streicheln in seinem Bauch, als ein leises Pulsieren, bei dem ihm wohl wird, als Lächeln auf dem Gesicht. Magdalena, seine Freundin, seine Vertraute, seine verschwisterte Seele.
Als er das Stadttor Friedberger Warte erreicht, ist die Sonne bereits aufgegangen und hat die Schieferdächer in funkelndes Licht getaucht. Der nahe Taunus umrahmt die zahllosen Häuser der Stadt, die wie in einem Kessel zwischen den Hügeln geborgen sind, mit violetten Schatten.
Am Tor herrscht Gedränge. Nichts bewegt sich. Die Torwächter versuchen mit Mühe, für eine Planwagenkolonne mit Kaufmannsgut freien Platz zur Durchfahrt zu schaffen.
»Macht Platz! Geht zur Seite, Leute! Die Welser-Wagen kommen. Nun hört doch. Geht zur Seite! Macht schon!«
Die Menge vor dem Tor, wandernde Handwerksburschen, Fahrende, Bauern, Vaganten und Spielleute, murrt.
»Wir müssen auch in die Stadt, haben auch unsere Arbeit zu verrichten. Wie lange sollen wir hier noch stehen?«
Der Torwächter lässt sich nicht aus der Ruhe bringen.
»Seid still, Leute, und macht Platz für die Wagen. Wenn ihr das nächste Mal kommt, bringt genauso viele Waren wie die Welser, dann müsst ihr auch nicht warten.«
Matthias staunt, als die Kolonne an ihm vorbeirumpelt. Wagen reiht sich an Wagen, alle hoch beladen mit Ballen feinsten Tuches, mit Leinen und anderen Stoffen.
Auf der anderen Seite des Tores wartet ein junger Adliger in kostbarem Gewand mit seiner Gefolgschaft darauf, die Stadt zu verlassen. Hinter ihm in gebührendem Abstand eine Gruppe von Ordensschwestern, die wohl auf Wallfahrt sind. Dazwischen zerlumpte Kinder, die um ein Stück Brot betteln oder versuchen, von den Karren der Bauern Essbares zu stehlen. Vom Wagen eines Abdeckers,

der die Schlachtabfälle und Kadaver unzähliger herrenloser Hunde vor den Toren der Stadt abladen will, dringt süßlicher Geruch, der sich in Haaren und Kleidern festsetzt. Das Rattern der Wagen vermischt sich mit dem Geschnatter der Nonnen, den barschen Befehlen des Adligen, dem Kreischen der Kinder und der Musik eines Spielmannes zu einer kakophonen Melodie, die in Matthias' Ohren schmerzt.
Neben Matthias steht ein Handwerksbursche, an der Kleidung als Zimmermann zu erkennen.
»Na, Bruder, auch unterwegs?«, fragt der, und Matthias nickt, ganz benommen von dem Leben und Treiben am Tor.
»Welcher Zunft gehörst du an, Bruder?«, fragt er weiter.
»Noch keiner«, erwidert Matthias. »Auf der Suche nach einem Meister bin ich, will Maler und Bildschnitzer werden.«
Der Zimmermann nickt. »Geh ins Dominikanerkloster«, rät er. »Der Meister Hans Holbein malt dort einen Altar. Erst vor wenigen Wochen hat er damit begonnen. Riesengroß wird der Altar, und Handwerker aller möglichen Zünfte arbeiten daran mit. Ein Zunftbruder, den ich kürzlich traf, hat mir davon erzählt. Der Zimmermann war dabei, hat mit am Gerüst gebaut. Vielleicht gibt es dort auch für dich ein Auskommen.«
»Hans Holbein sagst du?«, fragt Matthias nach und fühlt sein Herz aufgeregt in der Brust schlagen. Der Zimmermann nickt. Matthias hat den Vater des Öfteren von Holbein und seinen unglaublichen Altarbildern reden hören. Den besten Maler im Heiligen Römischen Reich Deutscher Nation hat er ihn sogar genannt. Einmal hatte der Vater ein Werk Holbeins gesehen. Vor sechs Jahren war es, in Augsburg. Und der Vater hatte in den schillerndsten Tönen die Kunstfertigkeit, die Farben und die Gestaltung

des Weingartener Altars gelobt. Noch immer erinnert sich Matthias beinahe Wort für Wort an den Bericht des Vaters und an den eigenen drängenden Wunsch, einmal ein Bild Holbeins zu sehen. Und jetzt ist Holbein in Frankfurt. Keine Frage, dass Matthias dorthin gehen wird. Nur bei den großen Meistern kann ich das Handwerk so erlernen, wie ich es mir wünsche, nur bei ihnen werde ich erfahren, wie lebendige Bilder entstehen, denkt er und hat inzwischen das Tor erreicht. Die beiden Torwächter durchsuchen ihn, fragen nach dem Wohin und Woher, bevor sie ihn in die Stadt lassen.

Ich bin in Frankfurt, denkt Matthias froh, sieht sich um und wundert sich über die Verkommenheit und Armseligkeit des Viertels gleich hinter dem Tor. Wohnhütten sieht er, ärmliche Holzhäuser mit brüchigen Fensterrahmen, in denen als Schutz vor der Kälte mit Öl durchtränktes Papier hängt. In den Gassen herrscht ein unbeschreiblicher Gestank, der nicht allein von den Schweinen, Gänsen und Hühnern stammen kann, die sich im Dreck tummeln. Ein barfüßiger Junge mit blau gefrorenen Zehen treibt eine klapprige Kuh vor sich her in den nahen Stadtwald. Matthias rümpft die Nase. Hier sieht es nicht anders aus als im Armenviertel Grünbergs, aber es stinkt gottserbärmlich, denkt er, geht weiter in Richtung Stadtinneres und verfolgt staunend, wie sich das Bild ändert, je näher er dem Zentrum kommt. Solide Fachwerkhäuser auf Steinsockeln, mit Fenstern aus Butzenglas, mit Erkern und Balkonen säumen die gepflasterten Straßen. Nur vereinzelt entdeckt Matthias noch Viehzeug in den Abwassergräben zwischen den Häusern. Mägde schütten den Unrat nicht mehr einfach vor die Haustür, sondern entladen den Müll in die Gräben, in denen Hühner nach Fressbarem suchen.

Matthias ist ins Händler- und Handwerkerviertel geraten.

Er erkennt es an den Schildern, die vor den einzelnen Häusern hängen und das Gewerk der Bewohner benennen. In der Krämergasse riecht es nach unbekannten Gewürzen, in der Seifensiedergasse nach Asche und Fett. Im Vorübergehen wirft er einen Blick in die Werkstätten, die im Erdgeschoss liegen. Er betrachtet die Waren auf den heruntergeklappten Fensterläden, hört Käufer und Verkäufer lauthals feilschen und staunt über die ungeheure Vielfalt der angebotenen Waren, über die Menge an Handwerken, von denen er zum Teil noch nie gehört hat. So ähnlich hat er sich Frankfurt vorgestellt. Gewimmel und Lärm in den Gassen, Lachen, Rufen, viele Menschen, Gerüche, Farben und Formen, die Augen und Ohren überspülen wie ein Platzregen.

Bald gelangt Matthias in die Stadtmitte. Hier stehen hohe, mehrstöckige Häuser aus Stein mit prächtig verzierten Giebeln. Es sind die Häuser der reichen Bürger, Ratsmitglieder und Patrizier.

Die Gassen werden breiter, werden zu gepflasterten Straßen mit Bürgersteigen. Unversehens gelangt Matthias zum Herzen der Stadt, zum Rathaus, dem Römer. Auf dem großen Platz davor herrscht gewaltiges Treiben. Der tägliche Markt wird abgehalten. Ein Markt, zehn Mal so groß wie der Grünberger, hundert Mal prächtiger und tausend Mal lauter. Das Rufen der Marktschreier wird übertönt vom harten Klappern der eisenbeschlagenen Wagenräder und dem Getrappel unzähliger Pferdehufe.

Matthias fragt an einem Stand nach dem Weg zum Dominikanerkloster, drängt sich durch das Gewühl des Marktes und sieht schon bald die Bettler und Kranken, die vor der Klostermauer um Almosen betteln.

Ein Klosterbruder öffnet auf sein Klopfen eine Luke in dem großen Holztor.

»Was willst du?«, fragt er barsch.
»Fragen wollt ich, ob Meister Holbein noch einen Lehrling brauchen kann«, erwidert Matthias befangen.
Die große Stadt mit den vielen Kirchen und Klöstern, den unzähligen Gassen und den Menschenmassen hat ihn eingeschüchtert. Der Lärm verstopft seine Ohren, die große Zahl von Bildern und Eindrücken legt sich fast schmerzhaft über seine Augen, sein Kopf dröhnt, die Füße brennen von der ungewohnten Härte des Straßenpflasters.
»Lehrling, sagst du?«, fragt der Klosterbruder und legt die Hand hinters Ohr wie ein Schwerhöriger.
Matthias nickt.
»Leute, die ihm die Zeit stehlen, kann Meister Holbein hier nicht brauchen«, erklärt der Klosterbruder mit einer Mischung aus Stolz auf den berühmten Maler, den die Mauern seines Klosters derzeit beherbergen, und leiser Verachtung für einen, der wohl vom Lande kommt und nicht zu wissen scheint, welch vermessenes Ansinnen er stellt.
»Du musst noch viel lernen, mein Sohn. Komm wieder, wenn du Geselle bist«, fügt der Klosterbruder hinzu und macht mit einem lauten Knall die Luke dicht.
Unschlüssig steht Matthias eine Weile vor dem Kloster herum und überlegt, was er nun machen, wo er hin soll. Das Empfehlungsschreiben für die Antoniter trägt er im Beutel, also entschließt er sich, in deren Präzeptorei zu gehen.

Wenige Tage nur vergehen, dann hat Matthias dank des Schreibens von Jakob Ebelson und mithilfe von Vater Adam, dem Präzeptor der Frankfurter Antoniter, einen neuen Lehrmeister gefunden.
Der Maler und Bildschnitzer Hans Fyoll, ein noch recht

junger Meister, der gerade das 30.Lebensjahr erreicht hat, empfängt Matthias mit offenen Armen. Er ist ein warmherziger Mensch, einer, der sich über jeden Tag und jeden Menschen freuen kann wie über ein Geschenk. Er zeigt Matthias seine Schlafkammer, schöner und bequemer als die, die Matthias in Grünberg bewohnt hat, und weist dem Jungen einen Platz am unteren Ende des Tisches zu.

Friederike, seine Frau, trägt eine große Schüssel mit Suppe herein, stellt Brot und eine Platte mit gebratenen Speckscheiben, ein Fässchen Salz und einen Krug Dünnbier auf den Tisch.

Der Meister sitzt am Kopfende des Tisches, neben ihm seine Frau, auf der anderen Seite die beiden Gesellen, zuerst der ältere, dann der jüngere. Ihnen gegenüber sitzen die beiden Mägde. Dann kommt die Amme mit den beiden kleinen Kindern, auf der anderen Seite der Lehrling, und daneben, am unteren Ende der Tafel, quetscht sich Matthias auf die Bank.

Nach dem Tischgebet wartet Matthias bis zum Schluss, ehe auch er sich eine dünne Scheibe Speck und einen Kanten Brot nimmt. Er taucht als Letzter seinen Holzlöffel in die herumgereichte Suppenschüssel und trinkt aus einem Becher, den er sich mit dem Lehrling teilt, Wasser dazu. Das Dünnbier ist nur für den Meister und die beiden Gesellen bestimmt.

Matthias stützt die Ellbogen auf den Tisch und fällt beinahe gierig über das Essen her. Mit der ganzen Hand greift er nach dem Speckstück, tunkt es in das Salzfass. Mit der anderen bricht er das Brot und schiebt sich das Essen in den Mund. Mit vollen Backen packt er den Becher mit dem Wasser und spült einen kräftigen Schluck hinterher, taucht wieder den Löffel in die gemeinsame Schüssel, tunkt auch sein Brot dort hinein. Dann wischt er sich mit dem Ärmel über den Mund, streift die Hände am Beinkleid ab.

Die beiden Gesellen an Meister Fyolls Tisch grinsen, und auch der Meister kann sich ein Schmunzeln nicht verkneifen. Sogar der Lehrling, ein 14-jähriger verpickelter Bursche, grinst. Nur die beiden Mägde und die Amme verziehen angewidert das Gesicht. Matthias sieht es, hört auf zu kauen, schaut den Meister fragend an.

Der Meister nickt ihm freundlich zu. »Iss nur, Junge. Man sieht, dass es dir schmeckt. Doch eines musst du wissen: Als Maler und Bildschnitzer wirst du es vielleicht später einmal mit der Obrigkeit zu tun haben, denn von ihnen kommen die Aufträge. Dann musst du ihre Sitten und Gebräuche lernen, musst wissen, wie man sich bei Tisch vornehm benimmt, wie man sich kleidet, wie man geistreiche Gespräche führt. Auch das wirst du bei mir erlernen müssen, doch dafür haben wir noch später Zeit.«

Matthias stutzt. »Bisher hat niemand an meinen Tischsitten Anstoß genommen, niemand meine Kleidung bemängelt«, erwidert er ein bisschen beleidigt. »Maler will ich werden und ein gottgefälliges Leben führen, kein Höfling mit Schnabelschuhen und eigenem Messer.«

Die Gesellen lachen jetzt laut heraus, schlagen sich auf die Schenkel.

»Ein Bauer bist du«, sagt einer. »Und wie ein Bauer benimmst du dich, bist gekleidet wie einer vom Land. Jetzt bist du in der Stadt. Also musst du dich benehmen wie ein Städter, wenn aus dir was werden soll. Wes Brot ich ess, des Lied ich sing.«

»Bis dahin ist noch ein weiter Weg«, ermahnt Meister Fyoll seine beiden Gesellen. »Zunächst muss er sein Handwerk lernen, die städtischen Sitten und Gebräuche werden mit der Zeit von ganz alleine kommen.«

Schon am nächsten Tag zeigt ihm Meister Fyoll die Werkstatt. Wenn Matthias bisher gedacht hat, sein Wissen, seine Fähigkeiten reichten aus, um sein Brot notfalls selbst zu verdienen, so merkt er hier ganz schnell, dass sein Können vielleicht für die bescheidenen Grünberger Ansprüche genügt hat, nicht aber für die Verhältnisse dieser Stadt.

Er muss noch einmal ganz von vorne anfangen und erkennt rasch, dass alle seine bisherigen Arbeiten nichts als Fingerübungen gewesen sind. Meister Fyoll hat Italien bereist und gedruckte Blätter berühmter Maler und Kupferstecher gesehen. Auch in den Niederlanden ist er gewesen, hatte dort die alten Meister studiert. Seine Malweise unterscheidet sich gewaltig von der Art des Vaters. Ganz neue Techniken wendet Fyoll an, Techniken, mit denen niemand in Grünberg bisher in Berührung gekommen war, die aber einen ganz neuen Malstil erkennen lassen. Und Matthias ist begierig darauf, diese neuen Techniken zu lernen.

Er steht am Morgen seinem Rang gemäß gleich nach dem jüngsten Lehrling auf, holt Wasser, kehrt zusammen mit dem Lehrling die Werkstatt, schürt das Feuer. Wochenlang grundiert er Malflächen auf Holz, auf Pergament und auf verschiedenen Papieren, übernimmt Handlangerdienste für die Gesellen. Dann übt er sich unter Fyolls Anleitung im Anreiben der Harz- und Wasserfarben, am Mischen der Tinten. Am Anfang ist er mit Begeisterung dabei, doch bald ermüden ihn die sich ständig wiederholenden Arbeitsabläufe, die er längst im Schlaf beherrscht. Er will malen, zeichnen und schnitzen, sich im Gestalten versuchen. Blatt für Blatt soll entstehen, eines immer ein bisschen besser als das vorherige. Hier, wo es scheinbar keinen Mangel an Papier gibt, fällt es ihm besonders schwer, zunächst die Grundlagen des Handwerkes zu vervollkommnen.

Meister Fyoll bemerkt den Ehrgeiz seines älteren Lehrlings, bemerkt auch, dass alles in ihm zu den Stiften und Pinseln drängt. Geduld ist auch etwas, das Matthias noch lernen muss, denkt er und sagt: »Erst wer die Buchstaben kennt, kann Wörter und schließlich Sätze schreiben. Du willst zu viel auf einmal. Warte noch eine kleine Weile, dann kannst du mit dem Kopieren von Vorlagen beginnen.«
»Vorlagen kopieren?«, fragt Matthias verwundert. »Vorlagen kopieren wie der kleine Lehrling?«
Fyoll nickt: »Ja, du musst das perspektivische Zeichnen üben, die Einteilung des Raumes. Ich glaube nicht, dass du bisher gelernt hast, nach Art der italienischen Meister zu zeichnen. Oder doch?« Der Meister stutzt: »Ich habe noch nie eine Zeichnung von dir gesehen. Alles, was du an Arbeiten aus Grünberg mitgebracht hast, waren kleine, flächig gemalte Bilder und ein paar geschnitzte Figuren.«
»Wartet, ich hole ein paar Sachen«, erwidert Matthias, läuft in seine Kammer und kommt mit der Zeichnung und den Skizzen von Magdalena zurück.
Meister Fyoll betrachtet lange die Blätter, sehr lange. Matthias steht daneben, wartet ungeduldig. Endlich sieht der Meister auf. »Eine brauchbare Zeichnung, ganz gut für den Anfang«, sagt er. »Du hast ein unbestechliches Auge. Auch die Raumaufteilung ist recht gelungen, das Licht- und Schattenspiel noch nicht ganz ausgewogen. An der Perspektive musst du allerdings noch arbeiten. Auch das Wesen des Mädchens ist noch nicht erkennbar, es mangelt am Ausdruck in ihrem Gesicht. Wer ist sie?«
Matthias spürt leise Röte im Gesicht. »Ihr Name ist Magdalena«, sagt er nur.
Fyoll sieht ihn fragend an, wartet auf eine Erklärung.
Matthias weicht dem Blick aus, antwortet nicht, reißt Fyoll fast schon die Zeichnung aus der Hand, rollt sie beschämt

zusammen. »Ich habe versprochen, die Zeichnung ihrer Mutter zu bringen«, sagt er hastig und rührt voller Scham in einem Farbbecher.

Meister Fyoll hat Recht, Matthias weiß es. In der Mühle schien ihm die Zeichnung gelungen, doch hier in der Werkstatt hat er Bilder und Zeichnungen entstehen sehen, die weitaus besser sind als alles, was er je gemacht hat. Grob kommt ihm seine Zeichnung nun vor, grob und ungeschlacht, Magdalenas Gesicht flach und leblos. Fyoll hat Recht, denkt er wieder, ich bin ein schlechter Zeichner, muss noch viel lernen und üben, ehe ich es auch nur mit den anderen Gesellen aufnehmen kann. Jetzt bereut er es, die Zeichnung gezeigt zu haben.

Das Lob des Meisters hat er schon vergessen. Es gilt ihm nichts neben all den Mängeln seiner Arbeit.

»Ab heute wirst du alle Gegenstände in diesem Haus zeichnen. Doch vorher wirst du diese Zeichnung für mich kopieren. Am Abend kannst du sie der Mutter bringen«, bestimmt Meister Fyoll und erklärt Matthias die Grundzüge des perspektivischen Gestaltens. Der Junge hat ein wahres Talent, überlegt Fyoll, vielleicht die größte Begabung, die ich jemals in meiner Werkstatt hatte. Aus ihm kann ein großer Meister werden. Und er ist ehrgeizig. Ehrgeiziger, als gut für ihn ist. Ich darf ihn nicht zu viel loben. Was treibt ihn an?

5. KAPITEL

Bis zum Spätsommer des Jahres 1499 malt Matthias jeden Becher, jeden Krug, jeden Topf und jede Schüssel im Haus.
Er sucht nach Wegen zur Anordnung der Gegenstände, übt sich im Aufteilen der Fläche und in der Gewichtung der Kontraste, um die notwendige Bildspannung zu erzeugen. Wenn die Mägde oder die Meisterin einen Haushaltsgegenstand vermissen, schauen sie nicht mehr in der Küche, sondern in Matthias' Kammer nach. Meist finden sie, was sie suchen, denn Matthias entwickelt einen beinahe unwürdigen Ehrgeiz. Er ist besessen, nichts anderes gibt es für ihn. Alles in ihm brennt. Begierig ist er darauf, die neuen Techniken zu lernen. Hohläugig und übernächtigt schleicht er durch die Werkstatt, und an den Fingern, die die Kohle oder den Silberstift halten, hat sich längst eine dicke Schicht Hornhaut gebildet.
Er fühlt sich wie ein Blinder, in dessen Innerem Bilder danach drängen, ans Licht zu gelangen, die noch im Dunkeln bleiben müssen. Rastlos ist er, rastlos, weil er noch nicht so malen kann, wie er gern möchte.
Wenn die Gesellen und der Meister am Abend zum Umtrunk ins nächste Wirtshaus gehen, macht sich Matthias oft auf den Weg in die Kirche. Lange sitzt er vor dem Altar, doch nicht um zu beten. Er betrachtet die Altarbilder, studiert deren Komposition, studiert den Ausdruck in den Gesichtern der Heiligen, wagt erste Kopien, die er noch niemandem zeigt. Denn irgendetwas stört ihn an allen diesen Bildern, etwas, das er nicht greifen, nicht artikulieren kann. Ein Gefühl nur. Die Bilder berühren ihn nicht, sprechen nicht zu ihm, sind bloße Abbildungen ohne Botschaft, ohne die farbige Lebendigkeit, die er

sucht. Er erkennt den Jesus am Kreuz, weil er weiß, dass es sich nur um Jesus handeln kann. Aber er erkennt ihn, den Gottessohn und Menschensohn, nicht am Ausdruck. Er sieht Maria mit dem Kind, doch er sieht darin nur die farblose, flache Abbildung irgendeiner Frau mit irgendeinem Kind und erkennt darin dasselbe Unvermögen in der Darstellung wie in seiner eigenen Zeichnung.

Meister Fyoll beobachtet Matthias. Er sieht, dass der junge Mann auf der Suche ist. Er sucht nach etwas, was er ihm nicht geben kann, etwas, was über die Erlernung der neuen Techniken hinausgeht. Doch der Junge ist schweigsam, beinahe in sich gekehrt, spricht wenig. Wie soll er ihm helfen?

An einem sehr heißen Sommertag, an dem die Luft in der Werkstatt zum Schneiden dick ist und der Pinsel zwischen den feuchten Fingern klebt, klopft eine Frau an die Werkstatttür. Sie sagt wenig, nennt nur Matthias' Namen und hält dabei ein Kleinkind auf der Hüfte, das an ihren strohigen Haaren zieht. Der Meister ruft Matthias und bleibt in der Nähe der Tür stehen, um zu hören, was diese seltsame Frau von ihm will.

»Magdalena kommt«, flüstert sie hastig. »Zwei Wochen nach Bartholomäus, zur Herbstmesse, wird sie hier sein. Kommt am ersten Messtag nach dem Abendläuten hinunter zum Main. Sie wartet auf Euch an der Heilig-Geist-Pforte.«

Matthias nickt nur, fragt nicht, woher die Nachricht stammt. »Danke«, sagt er und: »Gott schütze Euch.«

Die Frau dreht sich um und geht. Matthias kehrt zu seinem Skizzenblock zurück und zeichnet eine Schale mit rotbackigen Sommeräpfeln, als ob nichts gewesen wäre.

»Wer war die Frau?«, fragt Fyoll. »Sie sieht dem Mädchen auf deiner Zeichnung ähnlich.«

»Sie ist ihre Mutter«, antwortet Matthias knapp und denkt

an seinen Besuch im Küsterhaus zurück, als er sein Versprechen, Magdalenas Mutter die Zeichnung zu bringen, eingelöst hat. Matthias denkt an die Enge und Dumpfheit im Küsterhaus, an den brutalen Mann, der selbst in seiner Gegenwart Frau und Kinder geschlagen hat. Dort, in der Petersgasse, hat er verstanden, warum Magdalena selbst eine Tätigkeit in der Mühle dem Leben im Küsterhaus vorzieht. Und er ahnt, woher die Narbe stammt, die ihr Gesicht zeichnet. Noch näher ist ihm Magdalena seit seinem kurzen Besuch bei ihrer Mutter. Auch sie ist gegangen. Gegangen wie er. Geflohen aus der Enge und auf der Suche nach Licht, Liebe und Leben. Und genauso wenig wie er hat sie bisher gefunden, was sie sucht.

Die Zeit bis zur Herbstmesse scheint ihm doppelt so lang wie gewöhnlich. Jede Nacht vor dem Einschlafen denkt er an Magdalena, versucht, sich ihr Gesicht in Erinnerung zu rufen. Doch ein halbes Jahr ist vergangen, seit er sie in der Mühle getroffen hat. Ihr Bild in ihm verwischt, verliert Konturen, ist in Gefahr, sich bald ganz aufzulösen. Nur manchmal, wenn die untergehende Sonne auf das Schieferdach der nahen Kirche scheint, erkennt er in ihren Strahlen den Glanz von Magdalenas Haaren.
Er hat sie inzwischen so oft heimlich gezeichnet, dass ihm jede Linie ihres Gesichtes vertraut scheint, die Form der Augen, des Mundes, die fleischigen Wangen, die wulstige Narbe. Doch allen seinen Zeichnungen fehlt das Entscheidende: der Ausdruck, die Botschaft, die farbige Lebendigkeit.
Es will und will Matthias einfach nicht gelingen, Magdalenas unverschuldete Doppelgesichtigkeit, innerlich vorhanden durch die groteske Verbindung von Hure und Heiliger, äußerlich sichtbar durch die entstellende Narbe auf dem Kindergesicht, darzustellen.

Ich muss sie sehen, denkt er. Ich muss sie unbedingt sehen, muss schauen, wie sie spricht, die Blicke niederschlägt, den Mund verzieht. Erst dann werde ich sie richtig zeichnen können.

Als die ersten Planwagenkolonnen mit Messegut an der Stadtwaage halten, spürt Matthias eine freudige Aufregung in sich. Die Straßen und Gassen werden vom Müll und Dreck gereinigt, die Galgen leer geräumt, herrenlose Hunde eingefangen und die Häuser und Brücken der Stadt mit bunten Wimpeln und Fähnchen geschmückt.
Aus aller Herren Länder treffen Kaufleute in Frankfurt ein. Am Hafen drängen sich die Frachtschiffe, und in den Straßen herrscht ein babylonisches Sprachgewirr. Matthias hört französische, sächsische, englische und niederländische Worte, sieht Wagen aus Oxford, dem Elsass, aus Antwerpen, Brügge, Augsburg, Florenz, Prag und Leipzig.
In den Herbergen und Gasthäusern der Stadt herrscht reges Treiben, die Gastwirte und Herbergsbetreiber machen ein glänzendes Geschäft mit den Messfremden, kein freies Bett, keine freie Kammer ist mehr zu bekommen.
In allen Straßen und Gassen rund um den Römer, der die Waage und die Hallen beherbergt, schlagen Händler, Krämer und Kaufleute ihre Buden und Stände auf. Jedes Fenster wird zum Kramladen, jede Bank zum Marktstand, ja, manche breiten ihre Waren direkt auf dem Pflaster aus. Menschenmassen durchströmen die Stadt, Reiter kommen nur schwer voran, und die Büttel haben alle Hände voll zu tun, der Diebe, Gauner und Beutelschneider, die von der Messe angezogen werden wie die Fliegen vom Rahm, Herr zu werden.
Matthias durchstreift die Gassen und staunt über die Vielfalt der dargebotenen Waren. Waffen und Kriegsgerät sieht er in so reichlicher Menge, als gelte es, für

eine Schlacht zu rüsten. Haushaltsgegenstände, die er noch nie gesehen hat, Gewürze und Spezereien aus dem Orient, Leinen und Tuche aus England, Brüsseler Spitze, kostbare Goldschmiedearbeiten aus Nürnberg, Marmor aus dem italienischen Carrara, Parfüm und Seifen aus Frankreich und unzähligen Putz. Hier preist laut schreiend ein Handschuhmacher seine Waren an, dort wird Glas aus Böhmen angeboten, daneben gibt es Bänder, Knöpfe und Zierrat, wie sie Matthias schöner noch nie gesehen hat.

Er kauft eine Kleiderspange aus Horn für Magdalena, die er bald, in weniger als zwei Stunden schon, zum Abendläuten an der Heilig-Geist-Pforte treffen wird. Er eilt weiter von Stand zu Stand, von Bude zu Bude und gelangt unversehens in die Gasse der Buchdrucker und Buchhändler. Vor manchen Auslagen drängen sich ganze Menschentrauben. Schriftsteller und Philosophen debattieren mit den Ausstellern und Käufern über ihre Schriften, kostbare Bücher werden betrachtet und begutachtet, Kunsthandwerker bieten Holzschnitte und Kupferstiche an, Lehrjungen verteilen bedruckte Zettel mit Passionsspielen und Flugschriften, sogar Nonnen und Mönche bieten gedruckte und kolorierte Erweckungshymnen feil. Matthias drängt sich durch die Menschenmenge, wird vom Strom der Käufer und Gaffer von Stand zu Stand getrieben und reißt staunend die Augen auf. In der Mitte der Gasse zieht ein italienischer Buchdrucker seine Aufmerksamkeit auf sich. Matthias bleibt stehen, sieht gebannt auf die Kupferstiche, die auf einem Tisch angeboten werden. Er steht da, der Mund offen, die Augen zwei brennende Fackeln, und ist vollkommen hingerissen. Alles, was er gerade gemacht und gedacht, ist nicht mehr wichtig. Er spürt die Stöße und Püffe der Leute nicht, hört nicht die Flüche derer, denen er den Weg versperrt. Matthias steht da, hält vor Aufregung den Atem an und fühlt sein Herz so heftig schlagen, dass er meint, damit den Lärm der Messfremden und Einheimischen zu übertönen. Ganz langsam und vorsichtig geht er näher an den Stand, gerade so, als könnte der sich in Luft auflösen, beugt sich über die Stiche und verfolgt mit den Augen jede Linie, jede Schraffur. Lange steht er so und schaut, ehe er sich, vor Erregung atemlos, an den Händler wendet.

»Herr, sagt mir, wer diese Stiche gemacht hat«, stammelt er.

»Was, Ihr kennt Andrea Mantegna nicht?«, fragt der Händler.

»Mantegna? Andrea Mantegna aus Mantua? Der bedeutendste Kupferstecher diesseits und jenseits der Alpen?«, fragt Matthias. Sein Herz schlägt noch schneller. »Mein Meister hat mir von ihm erzählt. Er hat ihn einmal getroffen, als er über die Alpen reiste«, stammelt er und beugt sich wieder über die Stiche.

»Ihr seid selbst ein Maler?«, fragt der Händler, doch Matthias hört ihn nicht. Seine gesamte Aufmerksamkeit, all seine Sinne sind auf die Auslage des Buchdruckers gerichtet.

Besonders ein Kupferstich hat es ihm angetan. Er zeigt die Grablegung Jesu mit Maria und Magdalena. Matthias steht über den Stich gebeugt, spürt nicht seinen schmerzenden Rücken, hört nicht den Lärm in der Gasse. Er sieht nur diesen Stich, prägt sich jede Linie, jedes Detail ein, als gelte es, das Gesehene in sein Hirn einzubrennen. Ja, das ist es, was er so lange gesucht hat! Mantegna hat den Ausdruck des unfassbaren Schmerzes in Marias Gesicht gelegt, Magdalenas namenloses Leid, die unerträglichen Qualen der Kreuzigung und die Erlösung im Tod des Herrn dargestellt. Ihm ist gelungen, was Matthias bisher noch nirgends gesehen hat: Gesichter, die leben, Figuren,

die weit über die bloße Abbildung hinausgehen, die Geschichten erzählen, in ihrer Plastizität wie lebendige Menschen wirken. Eindringlich und so nah, als wäre die Szenerie Wirklichkeit, als wäre der Betrachter des Blattes heimlicher und direkter Zuschauer der Grablegung.
Ohne dass Matthias es bemerkt, treten ihm Tränen in die Augen, rollen über seine Wangen und versickern in seinem Wams. Er ist ergriffen, ist bis ins Innerste berührt. Ja, das ist der Jesus, den er kennt, das ist die Maria, an die er glaubt, und da ist Magdalena, die heilige Hure, die selbst am Grab noch um ihre längst vergangene Schönheit weiß. Eine Magdalena wie die seine, doch viel älter als sie. Jetzt weiß er, dass es geht. Jetzt weiß Matthias, dass es möglich ist, Bilder und Zeichnungen mit Leben zu erfüllen. Er muss nur hinschauen, jeden Punkt des Stiches in sich aufnehmen, um hinter Mantegnas Geheimnis der Darstellung zu kommen.
Eine Stunde fast steht er so, regungslos, die Augen auf den Stich gerichtet, als wolle er allein mit seinen Blicken Löcher in das Papier brennen, dann richtet er sich plötzlich auf, holt mit fliegenden Händen einen gerollten Papierbogen und einen Silberstift aus seinem Bündel und kopiert den Stich Mantegnas Linie für Linie und so gut er eben kann.
Er hört nicht das Abendläuten, bemerkt nicht, dass sich die Gasse langsam leert, achtet nicht auf den Händler, der allmählich seine Waren zusammenpackt. Auch Magdalena, die jetzt an der Heilig-Geist-Pforte auf ihn wartet, hat Matthias vergessen.
Erst der Messeläutner, der die letzten Händler und Besucher mit der Glocke in der Hand an das Ende des Messetages erinnert, reißt ihn aus seiner Arbeit.
Matthias schaut so verstört um sich, als wäre er gerade aus tiefem Schlaf erwacht. Nur allmählich kehrt er in die

Gegenwart der Buchdruckergasse zurück, das Blatt und den Stift noch immer in der Hand haltend. Der Händler betrachtet ihn lächelnd und greift nach dem Kupferstich Mantegnas, um ihn ordentlich bis zum nächsten Messetag zu verstauen. Als er nach dem Blatt greift, fällt ihm Matthias in den Arm.
»Seid Ihr morgen wieder an dieser Stelle?«, fragt er drängend.
Der Händler nickt. »Wollt Ihr morgen weiter zeichnen? Kaufen sollt Ihr den Stich, nicht kopieren. Ich muss auch leben.«
Dann nennt er den Preis für das Blatt. So hoch, dass Matthias nicht glaubt, ihn jemals in seinem Leben zahlen zu können.
Der Händler weiß das längst, hat es auf den ersten Blick gesehen.
»Morgen will ich Euch hier nicht treffen«, sagt er bestimmt. »Ihr verscheucht mir die Kunden. Heute habe ich Euch gelassen, weil mich Eure Begeisterung gerührt hat. Doch ich bin hier, um Geschäfte zu machen. Mit Begeisterung kann ich meinen Magen und die meiner Kinder nicht füllen.«
Matthias antwortet nicht, sondern wendet sich ab und geht blicklos die Gasse hinab, in Gedanken noch immer bei dem Kupferstich. Als er auf den Römerberg gelangt, bemerkt er, dass er noch immer das Blatt und den Stift in der Hand trägt. Umständlich und so, als wäre es eine seltene Kostbarkeit, rollt er das Blatt zusammen und will es in seinem Bündel verstauen, da ertastet er plötzlich mit den Fingern die Hornspange, die er für Magdalena gekauft hat. Er erschrickt. Magdalena! Sie wollte ihn zum Abendläuten treffen! Er hat es vergessen, hat über dem Kupferstich das Mädchen vergessen.
Wie von tausend Teufeln gehetzt, jagt er durch die noch

immer belebten Gassen hinunter zur Heilig-Geist-Pforte. Im Laufen betet er: »Herr im Himmel, lass sie auf mich warten. Lass Magdalena noch nicht weggegangen sein. Herr, ich bitte dich.«
Doch der Herr hat sein Gebet nicht erhört. Verlassen liegt der kleine Platz vor der Heilig-Geist-Pforte, nur die Geräusche vom nahen Mainhafen sind zu hören. Matthias steht da, holt ächzend Luft, keucht, sieht sich nach allen Seiten um. »Magdalena«, ruft er. »Magdalena, wo bist du?«
Niemand antwortet. Nur ein altes, verhutzeltes Weib mit einem Korb auf dem Rücken, aus dem Holzscheite ragen, dreht sich flüchtig nach ihm um, schüttelt den Kopf und schlurft langsam weiter.
Noch einmal vergewissert sich Matthias, dass Magdalena nicht auf ihn gewartet hat. Vielleicht ist sie auch gar nicht gekommen. Er ist enttäuscht und eher ärgerlich als traurig. Wie soll ich ihr Gesicht zeichnen, wenn ich es so lange nicht mehr gesehen habe?, denkt er und geht nach Hause.
Obwohl der Meister und die Gesellen längst zu Abend gegessen haben und nun beim Würfelspiel in der Küche hocken, geht Matthias noch einmal in die Werkstatt. Er breitet seine Mantegna-Kopie aus, holt sich einen neuen Bogen Papier und zeichnet noch einmal nur die Gesichter der abgebildeten Figuren. Die halbe Nacht sitzt er da und übt. Und obwohl die Gesichter nun auch bei ihm an Ausdruck gewonnen haben, ist er nicht zufrieden. Es geht noch besser, weiß er. Ich will genauso gut wie Mantegna zeichnen, doch noch reicht es nicht.
Am nächsten Abend verlässt er die Werkstatt und durchstreift alle Gassen der Stadt. Er sucht Magdalena, will ihr Gesicht studieren, sich den Ausdruck darin einprägen. Und er will ihr die Hornspange geben, die er in seinem

Wams trägt. Noch einmal geht er zur Zeit des Abendläutens zur Heilig-Geist-Pforte. Diesmal ist der Platz belebter. Die Leute kehren von den Messegeschäften in ihre Herbergen zurück, ein Spielmann und ein Gaukler zeigen ihre Künste. Der Musikant hält die Fiedel im Arm und singt ein deftiges Lied. Er läuft dabei einer Magd hinterher und besingt deren Gang, stellt singend Vermutungen an, was die Magd wohl unter dem groben, leinenen Ober-, Unterkleid und Mieder verbirgt. Der Gaukler kommentiert pantomimisch das Geschehen, äfft mal die Magd, mal den Spielmann, mal die Zuschauer nach.

Die Leute lachen und werfen kleine Geldstücke in einen Hut, den der Gaukler ihnen unter die Nase hält. Gibt einer nichts, so muss er sich derb verspotten lassen.

Matthias umrundet zwei Mal den Platz, schaut dabei in jedes Gesicht, doch Magdalena sieht er nicht. Er sucht weiter, fragt in jeder Herberge am Weg, in jedem Badehaus, doch er findet sie nicht. Sogar zum Haus des Küsters in der Petersgasse geht er und versucht, durch die Ritzen der hölzernen Fensterläden einen Blick ins Innere des Hauses zu werfen. Doch alle Mühe ist vergebens. Er findet Magdalena nicht. Nicht an diesem Abend und auch nicht am nächsten.

Am Ende des dritten Messetages verlässt er wieder kurz nach dem Abendläuten die Werkstatt. Diesmal läuft er am Main entlang, versucht vom Ufer aus, die Passagiere des Marktschiffes, das täglich die Strecke Frankfurt-Mainz und zurück befährt, auszumachen. Er gelangt schließlich zu einer Uferwiese, nahe einer Brücke und unterhalb des Frauen-, des Hurenhauses der Stadt gelegen. Auf der Wiese gehen Frauen auf und ab. Ihre Kleidung ist mit einem gelben Stoffstreifen verbrämt, dem Kennzeichen der freien Töchter. Es ist der Platz, an dem zur Messezeit die ambulanten Huren auf ihre Freier warten. Nur wegen der

Messfremden, die guten Umsatz versprechen, sind sie aus den umliegenden Orten nach Frankfurt gekommen. Die Frauen lachen und schwatzen. Manche haben ihre Mieder so weit aufgeschnürt, dass man ihre Brüste sehen kann. Matthias bleibt stehen und betrachtet jede Einzelne von ihnen. Er sieht Männer auf die Wiese kommen, Männer in prächtiger Kleidung, Kaufleute, Händler, ein paar Handwerker. Sie gehen von Frau zu Frau, betrachten ihre Gesichter, begaffen die Brüste im Mieder, als wären es Waren in einer Auslage, greifen nach Hintern und Schenkeln. Die Frauen stellen sich in Pose, recken und strecken sich, schäkern laut oder flüstern heisere Versprechungen. Haben die Männer gefunden, was sie suchen, nehmen sie die Frau beim Arm und verlassen die Wiese. Manche gehen nur ein Stück weiter hinter einen Busch, andere streben nach der Stadt zu einem stillen Winkel, bestenfalls zu einem Herbergsbett.
Eine Frau ist dabei, deren Gang Matthias an etwas erinnert. Er betrachtet sie genau, betrachtet den geschminkten roten Mund, das halboffene Mieder, das über eine Schulter geglitten ist und warme, weiche Haut enthüllt, betrachtet die Haube, an die ein kleiner Schleier geheftet ist, der die linke Hälfte des Gesichts bis hinunter zum Ohr verdeckt. Sie lacht laut, lacht mit weit offenem Mund, den Kopf zurückgeworfen. Dabei verrutscht ihr die Haube, und einige Haarsträhnen lösen sich. Rotgoldenes Haar, auf das die Abendsonne fällt.
Ein Mann steht vor ihr, an seiner Kleidung als Handwerker auszumachen, und greift nach ihr. Die Frau legt die Hände schützend auf ihr halb offenes Mieder, lacht gekünstelt und ruft den anderen Frauen ein paar Worte zu. Matthias sieht, wie der Handwerker ein Geldstück aus dem Gürtel zieht, es der Frau langsam und genüsslich zwischen die Brüste schiebt. Mit der anderen Hand knetet

er ihren Hintern wie Brotteig, leckt mit der Zunge ihren Hals. Schließlich hakt sich die Frau bei ihm ein und zieht ihn in Richtung Brücke, in deren Schutz Matthias steht. Als die beiden näher kommen, erkennt Matthias die Frau, von der er längst ahnt, wer sie ist, es jedoch nicht glauben wollte. Ihr Gesicht weckt trotz des grell geschminkten Mundes Erinnerungen. Es ist Magdalena. Und jetzt hat sie ihn auch gesehen. Wortlos kreuzen sich ihre Blicke, Magdalenas Lachen erstirbt. Beinahe steif steht sie da und sieht zu Matthias. Den Handwerker, der an ihrem Arm reißt, beachtet sie nicht. Sie rafft ihr Mieder zusammen, lässt keinen Blick von Matthias. Der steht da und schaut, hält dabei die Hornspange in der Hand, hält sie so fest, dass die Spange Abdrücke in seiner Haut hinterlässt. Dann wirft er die Hornspange weg, dreht sich um und geht.

»Matthias! Matthias, warte!«, hört er Magdalena hinter sich rufen. Einmal noch dreht er sich um, sieht, wie Magdalena sich von dem Freier losreißen und ihm nachlaufen will, doch er schüttelt nur den Kopf und geht weiter, beschleunigt sogar seine Schritte.

»Matthias, lauf nicht weg«, ruft Magdalena ihm hinterher, und ihre Stimme ist schrill vor Enttäuschung.

Matthias beginnt zu rennen, flieht vor den Rufen, flieht vor den Frauen und Männern auf der Wiese, flieht vor Magdalena, der Hure, mit der er nichts gemeinsam hat, die so nicht seine Freundin, seine verschwisterte Seele sein kann.

Gewöhnlich ist sie, hässlich und banal. Die Frau auf der Wiese hat nichts gemein mit der Magdalena aus der Mühle, die die Farben sucht. Hat sie ihn verraten und getäuscht? Wer ist sie? Die mit der Narbe gezeichnete Hure, die Frau mit dem Kainsmal der Schuld im Gesicht? Oder das Mädchen der Nacht, das seine Sehnsucht teilt?

Matthias rennt bis nach Hause, geht wortlos in die Werkstatt, hört nicht den Meister rufen, geht einfach, setzt sich dort auf einen Schemel und zeichnet.
Er zeichnet ein rundes, zu rundes Gesicht, das sich dem Betrachter entgegenreckt, ihn zu verhöhnen scheint, in dem der weit aufgerissene Mund wie eine blutige Wunde sitzt. Er zeichnet Augen, zusammengekniffen, klein wie zwei dunkle Flecken auf dem Vollmond, so dass die Pupillen wie Fliegendreck wirken. Und er zeichnet die Narbe, einer Sichel, einer scharfen Sense gleich, mit ausgefransten Rändern, wulstig und Schmerz verheißend wie ein böses Geschwür. Auch den nach hinten gebogenen Hals zeichnet er, die runde Schulter und die Brüste, die aus dem Mieder ragen, wie Waffen auf den Zeichner, den Beschauer gerichtet. Er zeigt die Verbrämung am Kleid, zeigt sie so, dass es keiner Farbe bedarf, um deren Bedeutung zu entschlüsseln. Und er fühlt die Macht, die er in diesem Moment über das Mädchen hat. Es ist nicht der Handwerker, der sie jetzt besitzt, es ist Matthias, der sie entblößt, dessen Stift sie sich nackt, ungeschützt, wehrlos und ohne es zu wissen aussetzen muss, dem sie sich hingeben muss und der sie zeigt auf eine Art, gegen die sie sich nicht wehren, nicht rechtfertigen kann.
Er zeichnet wie im Rausch, wirft die Striche, Schraffuren, Linien und Bögen wie Unrat aufs Papier, schleudert sie hin wie Dreck auf den Misthaufen. Er hält inne, holt die Mantegna-Kopie, studiert noch einmal die Linien der Gesichter dort, korrigiert seine Zeichnung, wischt aus, zieht neue Striche und Bögen, seine Zungenspitze drückt sich zwischen die zusammengekniffenen schmalen Lippen, folgt den Bewegungen des Stiftes in seiner Hand.
Endlich lässt er das Blatt sinken. Der Rausch verfliegt, im selben Augenblick fühlt Matthias große Erschöpfung. Er wischt sich den Schweiß von der Stirn, benetzt mit Was-

ser die trockenen Lippen, den trockenen Mund und betrachtet die Zeichnung. Ein Glücksgefühl durchströmt ihn, ein heißes Fließen durch Bauch und Lenden, als er sieht, was er vollbracht hat. Er sieht eine Hure, die niedrigste der Frauen, ohne Scham, ohne Gefühl, voller Bitterkeit nur und Hohn. Er sieht eine Hure, die die Verachtung des Betrachters mit noch größerer Geringschätzung straft. Er sieht in Magdalenas Gesicht, hört aus dem offenen Mund ihre schrillen Worte, sieht in ihren Augen die eigene Herabwürdigung – und ist glücklich und befriedigt. Glücklich ist er, weil ihm gelungen ist, was ihm bisher versagt war. Diese Zeichnung ist das Beste, das er je zu Stande gebracht hat. Matthias hat sich selbst übertroffen, ist dem Wunsch nach gestalterischer Perfektion einen Schritt näher gekommen.

Befriedigt ist er, weil er sich mit dieser Zeichnung gerächt hat an ihr. Gerächt für den Verrat, für die Täuschung. All ihre schönen Worte hat sie Lügen gestraft. Hat ihm von Schönheit, Licht und Farben erzählt, und er hat ihr geglaubt. Und heute nun hat er sie gesehen, in der Dunkelheit, in unerträglicher Hässlichkeit und an einem Ort, an dem das Wort Liebe zynisch klingt, einem Ort, der keinen Unterschied kennt zwischen Demut und Demütigung.

Er schaut mit Genugtuung auf sein Werk und ist vor Anstrengung so müde, dass er die Zeichnung auf dem Werkstatttisch vergisst und in seine Kammer geht.

Als er am nächsten Morgen in die Werkstatt kommt, sieht er die beiden Gesellen die Köpfe zusammenstecken. Sie stehen lachend am Tisch, die Rücken gebeugt. Gebeugt über Matthias' Zeichnung.

Er stürzt hinzu, reißt dem einen das Blatt aus der Hand, drückt es an die Brust und sagt nachdrücklich und beinahe drohend: »Nehmt die Finger davon. Es ist meine Zeichnung. Sie geht Euch nichts an.«

Der ältere Geselle lacht wieder und höhnt: »Hast sie gut getroffen, die Mühlen-Magdalena mit der Narbe.«
Er stößt den anderen Gesellen in die Seite und prustet: »Habe gar nicht gewusst, dass du dir eine Hure leisten kannst. Redest kein Wort, trinkst nie, würfelst nie mit uns und hast es trotzdem faustdick hinter den Ohren.«
Jetzt schaltet sich auch der andere ein. »Die Magdalena schon. Wer will denn eine mit einer Fratze wie eine Gestalt aus der Hölle? Die Narbe drückt den Preis, die Dirne ist schon mit einem Groschen zufrieden. Froh kann sie sein, wenn überhaupt jemand sie anfasst. Sie lebt nicht umsonst da draußen vor dem Stadttor, wo die Leute nicht wählerisch sein können.«
Matthias steht da, in seinen Augen lodert die Wut wie kochender Teer.
»Halt's Maul!«, brüllt er. »Halt dein dreckiges Maul, oder ich stopfe es dir. Niemand nennt sie eine Hure. Hörst du? Niemand!«
Er hat nicht vergessen, dass er es war, der sie so gezeichnet hat. Doch er ist der Einzige, der das Recht hat, sie als Hure zu zeigen. Sie gehört zu ihm, niemand kennt sie so wie er. Es ist ein Unterschied, ob er so über sie denkt oder ob irgendwer anders ihre Schande, ihr Doppelgesicht beim Namen nennt. Er will sich auf den Gesellen stürzen, doch im selben Augenblick kommt Fyoll in die Werkstatt und fällt Matthias in den Arm.
»In meiner Werkstatt gibt es keine Händel«, donnert er. »Lasst die Fäuste stecken und tragt euren Zwist am Abend in den Feldern aus.«
Matthias, aufgeschreckt vom Ton des Meisters, den er an ihm nicht kennt, lässt die Fäuste sinken, doch die Wut wühlt noch immer in ihm. Auch der Geselle steht betreten da. Die Zeichnung flattert unbeachtet auf den Boden.
»Geh Wasser holen, beim Eimerschleppen kannst du dei-

nen Mut kühlen«, herrscht Fyoll Matthias an, hält noch immer seinen Arm fest und stößt ihn vor sich her.
»Du, mach dich an den Seitenflügel des Altars und kümmere dich um den Hintergrund«, bestellt er dem Gesellen. Als Matthias wortlos und mit noch immer brennenden Augen die Werkstatt verlässt, bückt sich Fyoll nach der Zeichnung auf dem Boden, hebt sie auf, betrachtet sie eine ganze Weile, pfeift schließlich durch die Zähne, rollt das Blatt zusammen und geht aus der Werkstatt.
Am Abend, noch vor dem Nachtmahl, sieht der ältere Geselle, wie der Meister im Festtagskleid mit einer Zeichenmappe unter dem Arm das Haus verlässt und den Weg zum Dominikanerkloster einschlägt.

6. Kapitel

Im Gasthaus Zum goldenen Schwan nahe dem Dominikanerkloster sitzen sich Meister Hans Fyoll und Meister Hans Holbein gegenüber. Zwischen ihnen steht ein Krug mit Wein, daneben liegt die Zeichenmappe von Matthias aus Grünberg-Neustadt. Hans Holbein, gerade fünf Jahre älter als Fyoll, betrachtet Blatt für Blatt.
Hans Fyoll versucht im Gesicht des Älteren die Gedanken abzulesen und rutscht unruhig auf der Bank hin und her. Doch Holbein lässt sich nicht drängen. Wortlos besieht er die Arbeiten, hebt ein Blatt manchmal etwas näher an seine Augen, ein anderes Mal rückt er das Talglicht so, dass die Schatten nicht auf die Zeichnung fallen. Endlich ist er beim letzten Blatt angekommen, bei der Zeichnung von Magdalena. Überrascht zieht er die Augenbrauen hoch, studiert Linie für Linie.
»Na, was sagt Ihr, Meister Holbein?«, drängt Fyoll ungeduldig.
»Der Zeichner hat Talent, großes Talent sogar«, erwidert Holbein. »Es scheint ein junger Mann zu sein, der noch um einen eigenen Stil ringt. Eine seltene Begabung, fürwahr. Wer ist er?«
»Matthias aus Grünberg-Neustadt hat zwei Jahre bei seinem Vater gelernt, bevor er nach Frankfurt gekommen ist«, erklärt Fyoll eifrig. »Er ist wie besessen vom Malen und Zeichnen. So sehr, dass ich seinem Eifer Einhalt gebieten und ihn an das Essen und Schlafen erinnern muss. Ein halbes Jahr erst ist er bei mir und hat zumindest im Zeichnen meine Gesellen schon überflügelt.«
Holbein hört mit leicht hochgezogenen Augenbrauen zu, nimmt einen Schluck Landauer aus dem Becher. »Und sonst? Wie ist er sonst?«

Fyoll zuckt etwas ratlos die Achseln. »Schweigsam ist er, in sich gekehrt. Er grübelt sehr viel, doch behält er die Gedanken für sich. Wäre er nicht so jung, könnte man fast sagen, etwas eigentümlich Mystisches gehe von ihm aus. Ansonsten ist er ordentlich, fleißig, voller Ehrgeiz, dabei von großer Bescheidenheit und Gott ergeben. Ein braver Junge, aber einer, der die Menschen meidet.«
Holbein sieht wieder auf die Zeichnung, sagt mit Bedacht: „Im Moment brauche ich niemanden. Aber wenn Ihr ihn mir ab dem nächsten Frühjahr überlassen wollt, so gebe ich ihn als Gehilfen zu meinem besten Gesellen, zu Jörg Ratgeb.«
Fyoll strahlt. »Ich danke Euch, Meister Holbein. Mir liegt an Matthias, doch seinen Wissensdurst kann ich nicht allein stillen.«

Als der Frühling Einzug in Frankfurt hält und mit ihm die ersten Messfremden kommen, ruft Hans Fyoll Matthias zu sich. Der Meister deutet auf Matthias' Arbeiten, die vor ihm liegen, und sagt: »Es ist Zeit, dass wir uns trennen, mein Junge. Ich kann dir nichts mehr beibringen. Ich habe dich alles gelehrt, was ich weiß. Du kannst von mir nichts mehr lernen.«
»Meister, Ihr könnt mich noch nicht auf Wanderschaft schicken«, begehrt Matthias auf. »Ich habe kein Gesellenstück gemacht. Meine Ausbildung ist noch nicht zu Ende. Seid Ihr unzufrieden mit mir?«
Fyoll schüttelt den Kopf. »Nein, mein Junge. Ich schicke dich nicht weg, ich gebe dich weiter, dorthin, wo du mehr lernen kannst als bei mir. Dorthin, wo du ein besseres Gesellenstück malen oder schnitzen kannst als in meiner Werkstatt. Morgen wirst du dich bei Meister Holbein am Dominikanerkloster vorstellen und womöglich als Gehilfe seines besten Gesellen arbeiten.«

Freude steigt in Matthias auf, färbt ihm die Wangen rot. Voller Dankbarkeit nimmt er die Hand des Meisters und küsst sie. »Ich werde Euch immer treu ergeben sein, Meister Fyoll«, verspricht er und lässt zu, dass der Meister ihn in seine Arme zieht und ihm auf die Schulter klopft.

In den zum Kloster gehörenden Werkstätten, in denen allmählich der Altar entsteht, herrscht Betrieb wie auf einem Markt. Unzählige Handwerker der unterschiedlichsten Gewerke sind hier von Sonnenaufgang bis Sonnenuntergang beschäftigt: Tischler, Schreiner, Bauhandwerker, Weißbinder, Färber, Alchimisten, sogar Wasserträger und natürlich Maler und Bildschnitzer, dazu Gehilfen, Lehrlinge und Laufburschen. Zwischen ihnen taucht hin und wieder einmal ein Dominikanermönch in schwarzer Kutte, mit weißem Habit, Schulterkleid und Kapuze auf, das Gewand mit einem einfachen Ledergürtel geschnürt und in den Händen einen Rosenkranz haltend, um nach dem Fortgang der Arbeiten zu sehen und um ein wenig Leben in seinen immer gleichen Klosteralltag zu bringen.

Mit Jörg Ratgeb versteht Matthias sich auf Anhieb. Obwohl der Geselle zehn Jahre älter ist als Matthias, sprechen sie eine ähnliche Sprache, sind eher Freunde als Gehilfe und Geselle. Stundenlang lauscht Matthias wortlos Ratgebs Erklärungen zu handwerklichen Dingen. Geht es aber um thematische Auseinandersetzungen, um Sichtweisen, dann bricht Matthias sein Schweigen und ist sogar bereit, dem Älteren zaghaft zu widersprechen.

»Ihr kommt aus der schwäbischen Schule«, sagt Matthias. »Doch die Mode kommt aus Italien. Ein Maler darf nicht hinter der Zeit zurückbleiben.«

»Nein, du irrst, Matthias. Es geht nicht um den neuen Stil, es geht um die neue Sicht auf die Menschen, es geht um

die Inhalte des Dargestellten. Wie du den Pinsel führst, um einen Menschen zu malen, ist letztendlich gleich.«
»Ihr irrt, Ratgeb. Wenn der neue Stil dazu führt, das Dargestellte lebendiger, farbiger zu machen, dann ist er wichtig, verstärkt die Inhalte noch und macht die neue Sicht deutlicher.«
»Und wie sieht sie aus, deine neue Sicht?«
»Ich weiß es nicht, ich bin noch auf der Suche, aber eines Tages werde ich sie gefunden haben«, erklärt Matthias mit fester Überzeugung.
Sogar Hans Holbein schaut interessiert, als Ratgeb ihm von seinem Gehilfen und dessen Wesensart berichtet: »Der Junge strengt mich an. Fragen über Fragen stellt er und fasst alles so schnell auf, wie ich es noch nie erlebt habe. Doch er fragt nur, spricht nie über sich, führt keine allgemeinen Reden, schwatzt nicht mit den anderen, wirkt fremd und verloren unter ihnen. Für ihn gibt es nichts als das Malen und Schnitzen. Nicht einmal für Weiber, Wein oder Würfelspiel interessiert er sich, geht nie mit uns ins Wirtshaus.«
Holbein lacht, als Ratgeb sich hilflos am Kopf kratzt. »Ihr müsst nicht nur seinen Händen Arbeit geben, auch sein Geist will beschäftigt sein.«
»Sein Geist beschäftigt sich mit Dingen, die mir fremd sind, weil er nichts darüber verrät. Mir scheint gar, würde Matthias mit dem Maul malen, entstünden nichts als zu Farben gewordene Fragen.«
Holbein lacht wieder. »Ruhig, Ratgeb. Matthias ist jung und hat noch nicht viel gesehen, nicht viel erlebt. Wir leben in einer unruhigen Welt, stehen zwischen den Zeiten. Alles ist im Fluss, alles ändert sich. Wie soll sich ein Junger zurechtfinden, wenn selbst die Alten ihren Platz nicht mehr genau kennen? Bindet ihn stärker in den Entstehungsablauf des Altars ein. Er soll lernen, die Tra-

ditionen zu achten, besonders bei den Aufträgen der Kirche.«

Ratgeb tut, wie Holbein ihm geraten. Er stellt Matthias den Tischlern zur Seite, die Arbeiten für den Schrein und die Schreinfiguren ausführen. Anschließend lässt er ihn Handlangerdienste bei der Fassung des Mittelteils, der Flügel, der Predella und des Gesprenges ausführen.

Ratgeb weiht Matthias in das Geheimnis der Holbeinschen Farben ein.

»Für das finsterste Schwarz brauchst du die Wurzeln uralter Weinstöcke. Sie müssen getrocknet und zu Farbpulver zerrieben werden«, erklärt Ratgeb und weist dann auf einige rotgelbe Fäden.

»Schau, das ist Safran, eines der wertvollsten Gewürze der Welt. Im Süden, in Kastilien, wachsen Pflanzen, Krokusse genannt, deren geröstete Blütennarben diese wertvollen Fäden sind. Wir zerstoßen die Blütennarben in einem Mörser, um eine wundervolle goldgelbe Farbe zu erhalten.«

Ratgeb hält Matthias einen Safranfaden hin und lässt ihn daran riechen. Die richtige Farbe, um Magdalenas Haar zu malen, denkt Matthias und verschlingt jedes Wort Ratgebs, als wäre es nahrhaftes Brot.

Dann zeigt ihm Holbeins Geselle eine Purpurschnecke und erklärt, wie daraus das kostbare, leuchtende Rot für die Heiligengewänder hergestellt wird.

Matthias sperrt Augen und Ohren auf, und wenige Wochen später schon mischt er unter Anleitung eines Färbers aus seltenen Spezereien die wundervollsten Farben, als hätte er in seinem ganzen Leben nichts anderes getan, und versucht sich an der Skizzierung einzelner Körperteile.

Eines Tages bleibt Holbein bei seinem Rundgang neben Matthias stehen.

»Na«, sagt er, »woran arbeitest du gerade?«
»Ich skizziere«, antwortet Matthias knapp. »Ich zeichne ab, was ich gerade sehe.«
Matthias hält es nicht für nötig, genauer auf sein Tun einzugehen. Seine Arbeiten scheinen ihm nicht von Bedeutung. Gewandstudien, einzelne Ärmel und Hände, immer wieder Hände zeichnet er. Holbein hat dieserlei sicher schon hundert Mal gesehen. Was also soll er sagen?
Holbein lächelt. »Du hast Talent, Matthias. Meister Fyoll hatte Recht. Eines Tages wirst du ein großer Meister sein.«
»Eines Tages!«, wiederholt Matthias gleichgültig, und in Gedanken setzt er hinzu: Ja, wenn ich erst so weit bin, die Bilder in meinem Kopf so auf Papier oder Holz zu bannen, dann ist der Tag da, an dem mich die Leute fragen sollen, woran ich arbeitete.
Holbein legt dem jungen Mann eine Hand auf die Schulter.
»Strebst du denn jetzt schon nach Vollkommenheit?«, fragt er und fügt eine Volksweisheit hinzu, die Matthias schon zu Hause in Grünberg aus dem Mund seines Vaters in Harnisch gebracht hat: »Es ist noch kein Meister vom Himmel gefallen.«
Matthias antwortet nicht, doch er begegnet Holbeins nachdenklichem Blick offen und selbstbewusst.
»Steck deine Ziele nicht zu hoch, Matthias, noch bist du nicht so weit«, sagt der Meister schließlich.
»Ziele kann man sich nicht hoch genug stecken«, erwidert Matthias überzeugt. »Nur hohe Ziele spornen zu hohen Leistungen an.«
Holbein lacht. »Kluge Worte, doch du willst schon jetzt Grenzen überspringen.«
»Ja, Ihr habt Recht«, gibt Matthias zu, lächelt ehrerbietig und fügt dann einen Satz des vorsichtigen Widerspruchs

an. »Ich möchte Grenzen überspringen, die andere geschaffen haben. Neues will ich schaffen, nie da Gewesenes.«
Holbein sieht ihn sehr ernst an und nickt dann bedächtig. »Du kannst es schaffen zur rechten Zeit, Matthias.«

Ein Jahr nachdem Matthias zum ersten Mal die Werkstätten betreten hat, darf er endlich einen Pinsel in die Hand nehmen. Die Arbeiten am Altar sind nun so weit fortgeschritten, dass mit der Bemalung des Mittelteils und der Flügel begonnen werden kann.
Die Werkstattbänke sind übersät von Einzelstudien. Holbein hat während der langen Monate der Tischler- und Schnitzarbeiten verschiedene Details des Altars wie Figuren, Köpfe und Gewandfalten nach einem Naturvorbild gezeichnet, um diese Studien in den Altar einfließen zu lassen.
Jetzt stehen die Gesellen und Gehilfen und bestaunen, wie der Meister die Komposition des Altars direkt auf den Bildtafeln entwirft. In strengen Linien legt er die Raumaufteilung und die Anordnung der einzelnen Figuren fest, markiert Fluchtpunkte, lässt langsam das Gerüst der Bildergeschichte entstehen. Menschen aller Couleur säumen als dichte Masse den Leidensweg Jesu, zusammengedrängt stellt sich auf schmaler Raumbühne das Geschehen der Passion dar. Und schon die Komposition vermittelt einen Eindruck von der drastisch geballten Erregung des Geschehens.
Dann teilt Holbein den Gesellen einzelne Abschnitte zur Bemalung zu.
Ratgeb selbst arbeitet Seite an Seite mit dem Meister am Mittelteil und weist Matthias an, bestimmte Flächen farbig auszumalen.
Mit Sorgfalt und großer Konzentration malt er die Flä-

chen. Immer und immer wieder fährt er mit dem Marderhaarpinsel über die Palette, tupft vorsichtig Farbe auf, verstreicht sie mit solch großer Behutsamkeit, als würde er eine Frau streicheln. Matthias arbeitet am Hintergrund und muss dabei sehr auf die traditionsgebundene Lichtführung achten, welche die Figuren vorn im hellsten Licht zeigt, das im Hintergrund schwächer wird und schließlich im schwarzen Raum verdämmert.
Er ist stolz. Stolz und glücklich, an einem Altar von Hans Holbein mitarbeiten zu dürfen, doch es ist nicht die Erfüllung, von der er geträumt hat. Es stört ihn nicht, dass er zumeist damit beschäftigt ist, schwarze Farbe in den verschiedensten Schattierungen auf dem hinteren Bildrand zu verteilen. Es ist etwas anderes, das ihn stört.
»Na, wie gefällt dir der Altar?«, fragt Ratgeb eines Abends und wischt sich die farbverschmierten Hände am Kittel ab.
»Er ist gewaltig, beeindruckend, die Farben sind prächtig«, erwidert Matthias und lässt die Blicke über die schon fertigen Figuren schweifen.
»Ja, Hans Holbein ist ein großer Meister. Der größte, für den ich je gearbeitet habe«, sagt Ratgeb nicht ohne Stolz.
Matthias sieht zu Ratgeb, sieht die Zufriedenheit in seinem Gesicht, er zaudert, doch dann spricht er kaum hörbar aus, was er denkt: »Aber er ist nicht groß genug, nicht gut genug.«
Ratgeb fährt auf wie vom Blitz getroffen und sieht seinen Gehilfen entrüstet an. »Was sagst du da?«
Fast stottert er, als er weiterspricht: »Das ... das hat noch keiner gewagt! Woher nimmst du Grünschnabel die Überheblichkeit, die Hoffart, das Werk Holbeins zu bemängeln, der im besten Mannesalter schon weit Größeres geschaffen hat, als du je erreichen wirst?«

Überheblichkeit, Hochmut, diese Worte hört der Zwanzigjährige nicht zum ersten Mal. Matthias weiß, dass es nicht der Hochmut ist, der seine Rede führt. Doch wie soll er es Ratgeb erklären?
Beschwichtigend, demütig fast, legt er ihm seine Hand auf den Arm, deutet mit der anderen auf einzelne Figuren des Altars.
»Seht, Ratgeb, die Gesichter. In einigen ahnt man, was sie fühlen. Ich erkenne Grimm und Hohn, Hass und Bosheit, doch all das ist nur angedeutet. Die Bosheit ist vorhanden, aber sie ängstigt nicht, der Wut mangelt es an zerstörerischer Kraft, der Hohn trifft nicht. Auch der Herr zeigt nicht seine wahre Größe. Das Duldende entspringt eher der Hilflosigkeit als der Überlegenheit, es setzt ihn sogar herab.«
Matthias hält inne, holt tief Luft, seine nächsten Sätze sind drängend, eindringlich. Ratgeb soll verstehen, was er meint.
»Die Figuren handeln wie Schauspieler auf einer Bühne. Sie stellen Erlebtes nach, aber sie erleben es nicht selbst. Es mangelt an Wirklichkeit. Versteht Ihr, was ich meine?«
Ratgeb schaut seinen Gehilfen lange an, sieht das Lodern in den dunklen Augen, sieht die pochende Ader an der Schläfe, spürt, wie sich der Druck auf seinen Arm verstärkt, hört die eindringlichen Worte: »Der Altar ist schön, großartig, gewaltig, aber niemand wird von ihm je sagen, die Menschen hätten davor gestanden und geweint.«
Jörg Ratgeb möchte ihm ins Wort fallen, seinen Reden Einhalt gebieten, doch die Leidenschaft, mit der der Jüngere spricht, lässt ihn schweigend zuhören. So hat er Matthias noch nie erlebt. Niemals hat der Junge so innig und so viel gesprochen.

Matthias reckt das kantige, fliehende Kinn nach vorn wie ein Vogel und redet weiter, als er Ratgebs fragenden, verwunderten Blick sieht.

»Ein solcher Altar sollte alle Sinne in Aufruhr bringen, sollte aufrütteln, den Betrachter peinigen. Aber diese Bilder berühren die Sinne nur mit der Leichtigkeit einer Feder, streichen sanft und beschwichtigend über Auge, Ohr und Seele.«

Nein, Matthias wollte weder Ratgeb noch Holbein mit diesen Worten kränken. Er hat Hochachtung vor ihnen, bewundert das handwerkliche Geschick, von dem ihn noch Welten trennen. Doch Ratgeb ist gekränkt. Matthias spürt die Schmach im Versuch, ihn, den Jüngeren, den Gehilfen, der Lächerlichkeit preiszugeben.

»Was, hoch gelobter, verehrter Meister Matthias aus Grünberg-Neustadt, hätte Hans Holbein Eurer Meinung nach besser machen müssen?«

Matthias schluckt schwer am Spott des Gesellen, senkt beschämt die Augen und antwortet leise, aber noch immer erregt. Seine schmalen Schultern beben, und der schmächtige Brustkorb hebt und senkt sich unter hastigen Atemstößen, als er vorsichtig sagt: »Es ist der Kampf des Bösen gegen das Gute, der hier nahezu müde und starr wirkt. Es mangelt an der sichtbaren Kraft, an der gnadenlosen Gegenüberstellung der Gegensätze von der Schlechtigkeit und Schuld der Menschen und der Liebe und Güte des Herrn. Lebendige Grausamkeit, vom Maler mit der gleichen Kraft auf Opfer und Henkersknechte verteilt ...«

»Holbein ist kein grausamer Mensch«, unterbricht Ratgeb, noch bevor Matthias seinen Satz zu Ende sprechen kann, brüsk und mit so lauter Stimme, dass einige Arbeiter, die noch in der Werkstatt beschäftigt sind, erstaunt innehalten. »Holbein ist kein grausamer Mensch. Du selbst bist in den Genuss seiner Güte gekommen. Und wie dankst du sie ihm?«

Matthias duckt sich unter den lauten Worten. Er hat den Blick auf den Boden gerichtet, scharrt verlegen mit einem Fuß über den kalten Stein. Hat er in Ratgebs Augen eben noch hochmütig gewirkt, scheint er jetzt wieder scheu und in sich selbst zurückgezogen, hat sich mit der Schnelligkeit eines Lidschlages in den Gehilfen Matthias zurückverwandelt, so wie Ratgeb, wie alle anderen Mitarbeiter ihn kennen.

»Meister Holbein hat viel für mich getan«, murmelt er entschuldigend. »Gott weiß, dass ich ihm Dank schulde und dass es mir nicht darum ging, ihn herabzusetzen. Um das Leiden Christi ging es mir, um den Menschensohn, der es verdient, in der ganzen Größe seines Opfers dargestellt zu werden.«

»Die Größe unseres Herrn Jesu lässt sich nicht darstellen. Niemand kann das. Auch du nicht. Niemals. Gelänge dies, wäre es unmenschlich«, antwortet Ratgeb und verlässt voller Zorn und Empörung die Werkstatt.

Matthias steht noch immer an derselben Stelle, sieht noch immer auf den Boden und denkt: Ich werde es schaffen. Eines Tages werde ich es schaffen und nicht eher ruhen, bis es gelingt.

Am nächsten Tag beginnt Matthias mit den Skizzen zu seinem Gesellenstück. Das Abendmahl will er malen, will versuchen, darin die Spannung zwischen Hingabe und Verrat zu zeigen. Beim Morgengrauen sitzt er schon am Mainhafen und beobachtet die Fischer.

Petrus, Andreas, Jakobus und Johannes waren Fischer gewesen, bevor sie von Jesus zu Menschenfischern gemacht wurden. So skizziert Matthias einige Fischer, wie sie ihren nächtlichen Fang an Land bringen und später noch einmal beim Netzeflicken. Auch die Torwächter der Friedberger Warte werden beim Zolleintreiben mit weicher Kreide auf Papier gebannt. Sogar einer Hinrichtung am Galgen wohnt Matthias bei. Ganz nahe heran drängelt er sich, damit er das Gesicht dessen, dem der Tod in den nächsten Minuten gewiss ist, studieren kann. Angst sieht er in den Augen des Diebes, der hier steht, weil er einem Adligen die Geldkatze geraubt hat, Angst und Reue. Auch Jesus wusste beim Abendmahl um die wenigen Stunden, die ihm noch blieben. Hatte auch er Angst? Reute den Menschensohn gar das Opfer, für das er auserwählt, zu dem er verdammt war?

Er betrachtet den Henker, einen kleinen, dicken Mann mit roter Nase und einem gewaltigen Bauch, der wirkt, als könne er keiner Fliege etwas zu Leide tun. Doch in seinen Augen sieht Matthias die Lust am Töten, den Rausch der Macht, die Genugtuung darüber, dass er, der Scharfrichter, der am Rande der Gesellschaft lebt, nun Herr sein darf über Leben und Tod.

Jetzt zieht der Henker eine schwarze Kapuze über den Kopf, stößt den Verurteilten auf die hölzerne Galgenbühne. Die Schaulustigen davor jubeln begeistert, lärmen und werfen mit wüsten Beschimpfungen nach dem Dieb. Der steht da, die Arme mit groben Stricken auf dem Rücken gefesselt, das Gesicht zu einer Grimasse des Entsetzens verzerrt. Als der Gehilfe des Todes ihm den Galgenstrick um den Hals legt, schließt er die Augen, sein Mund öffnet sich zu einem Schrei, der im Lärm der Menge ungehört untergeht. Schon tritt der Henker einen Schritt zurück, der Dieb schüttelt den Kopf, als könne er den Strick abschütteln, sein Mund ist noch immer geöffnet, eine schwarze Höhle, die – als der Scharfrichter endlich sein Amt erfüllt – von der Gewalt des straffen Seils zusammengepresst wird und die Zunge zwischen den Lippen festhält wie in einer Eisenklammer. Einige Augenblicke zappelt der Gehängte im Todeskampf, dann lässt die Spannung nach, die Muskeln erschlaffen, der Körper entleert sich, die Zunge schwillt an, drückt die Kiefer auseinander. Der Henker steht daneben, hat die Arme in die Hüften gestützt und betrachtet zufrieden sein Werk.

Matthias schaut und schaut, kann die Veränderungen im Gesichtsausdruck des Diebes nicht schnell genug zeichnen, kann die Selbstgerechtigkeit des Henkers nicht rasch genug auf das Papier bannen. Er achtet nicht auf Proportionen, nicht auf Perspektiven, er wirft hastige Striche aufs Blatt, Momentaufnahmen, die das Zucken eines Muskels, eine Grimasse nur, festhalten. Matthias fühlt kein Mitleid mit dem Dieb, keine Verachtung für den Henker, er achtet nicht auf die johlende Menge. Es geht ihm einzig um seine Skizzen. Nur um ihretwillen betrachtet er den Todeskampf des Unbekannten. Er sieht nicht den Menschen, der da zappelnd hängt, er sieht ein Objekt, das er zeichnet, eine lebende Vorlage, ein Modell. Er ist Maler, nichts sonst.

Unzählige Skizzen fertigt Matthias in den nächsten Tagen und Wochen an, zeichnet Arme, Hände, Gesichter, fallende Gewänder.

Ratgeb beobachtet das Ringen seines Gehilfen, das Ringen um Wahrhaftigkeit, um Echtheit und Glaubwürdigkeit in der Darstellung. Versteht er nun, was Matthias bei seinem Urteil über den Altar gemeint hat? Sie führen Gespräche, nähern sich einander wieder an, doch über den Holbein'schen Altar fällt nie wieder ein Wort.

Ja, Ratgeb hat verstanden. Zumindest zu einem Teil. Er tröstet den Jüngeren, als er dessen Unzufriedenheit bemerkt. »Jesu Größe lässt sich nicht darstellen«, erklärt er wiederholt. »Du willst das Unmögliche, aber du musst

dich mit dem begnügen, was dem Menschen möglich ist. Arbeite am Handwerklichen, da mangelt es noch.«
Mit ein paar Strichen korrigiert er hier eine Proportion des Armes, dort eine Gewandfalte, vergrößert da einen Schatten, setzt an einer anderen Stelle einen Lichtpunkt, erklärt die Wirkung der Farben zu- und aufeinander. Und Matthias hört zu, verbessert, übermalt, retuschiert, korrigiert, doch zufrieden ist er nicht, denn das Wichtigste fehlt. Immer wieder studiert er seine Arbeitsskizzen, versucht den Gesichtsausdruck des Sterbenden am Galgen in das Gesicht seines Jesus beim Abendmahl zu bringen, will die Dünkelhaftigkeit des Henkers in Judas zeigen. Er will die Angst, die Trauer darstellen, doch es gelingt ihm nicht, die dämonische Unvermeidlichkeit des bevorstehenden Todes, die vorweggenommenen Schmerzen und den Verrat der Jünger zu zeigen. Es fehlt an Spannung in seinem Abendmahl, an Kraft, an Lebendigkeit, an Farbigkeit. Immer weiter malt er an dem Bild, trägt Farbschicht auf Farbschicht, doch alle Versuche sind vergebens. Schließlich sieht er es ein: Seinem Können sind Grenzen gesetzt.
Doch Matthias verzweifelt nicht. Auch seine von Gott gegebene Berufung stellt er keinen Augenblick in Frage. Er weiß, dass er den Höhepunkt seines Könnens noch lange nicht erreicht hat, noch nicht erreicht haben kann. Einundzwanzig Jahre ist er gerade alt. Er muss hinaus, muss auf Wanderschaft gehen, in den Werkstätten anderer Meister arbeiten, sein Wissen, seine Fähigkeiten vervollkommnen. Von den Besten seines Faches muss er lernen, sich jedes Geheimnis der Kunst und jeden Handwerkskniff aneignen. Und vielleicht, vielleicht wird er dann eines Tages wirklich das ausdrücken können, was er in seinem Inneren schon dunkel ahnt. Sein Abendmahl ist nur ein erster Schritt, eine Fingerübung, auch wenn Meister Holbein die Arbeit lobt.

»Du kannst jetzt schon mehr, als ich in deinem Alter konnte«, gibt er mit leiser Bewunderung in der Stimme zu. »Noch ein paar Jahre, dann kann ich von dir lernen.«

Wenige Wochen danach hält Matthias seinen Gesellenbrief in der Hand. Doch noch kann er nicht auf Wanderschaft gehen. Es ist Herbst, bald wird der Winter kommen, Schnee und Eis werden die Straßen und Wege unpassierbar machen. Meister Hans Holbein plant zusammen mit Jörg Ratgeb und Matthias die Wanderroute.
»Du solltest nach Würzburg gehen in die Werkstatt Tilman Riemenschneiders. Er ist der beste Schnitzer von allen. Von ihm kannst du lernen, deinen Figuren noch mehr Lebendigkeit und Plastizität zu geben. Ich werde ihm einen Brief schreiben und dich für das Frühjahr des nächsten Jahres ankündigen. Von dort aus wanderst du dann nach Kronach in die Werkstatt des Meister Lukas. Vater und Sohn zählen zu den bekanntesten und berühmtesten Malern. Du sollst auch von ihnen lernen und dein neues Wissen über das Schnitzen und Malen in deinen eigenen Werken vereinen.«
Matthias nickt. Die Wanderroute entspricht ganz seinen Wünschen. Er weiß auch, dass er ohne Holbeins Fürsprache wohl keine Möglichkeit hätte, bei diesen großen Meistern zu lernen.
Doch zunächst arbeitet er weiter am Dominikaneraltar. Er ist jetzt Geselle, hat nun selbst einen Gehilfen.
Den Gesellenlohn spart er, geizt mit jedem Groschen. Auf der Wanderschaft wird er das Geld brauchen.
Als die Fastenmesse 1502 in Frankfurt stattfindet, sind die Antworten aus Würzburg und Kronach längst eingetroffen. Meister Riemenschneider schreibt, dass er sich darauf

freut, einen Gesellen Holbeins bei sich aufzunehmen. Sogar einen Platz in der Kolonne der Würzburger Kaufleute, die nach der Messe wieder zurück in ihre Heimatstadt fahren, hat er für Matthias organisiert.
Auch der alte Meister Lukas hat geschrieben. Und auch er erwartet Matthias. Sein Sohn, Lukas der Jüngere, wird allerdings nicht anwesend sein. Er wird zu dieser Zeit an einem anderen Ort einen großen Auftrag zur Vollendung bringen.
Ein letztes Mal schlendert Matthias mit Jörg Ratgeb an den Messeständen vorbei. Besonders der Bereich zwischen dem Karmeliterkloster und der Buchgasse, in der die Holzschnitzer, Buchdrucker, Kupferstecher und Buchhändler wie zu jeder Messe ihre Auslagen aufgebaut haben, interessiert sie. Sie gehen von Stand zu Stand, betrachten die zahllosen Bücher und Stiche, lesen hier einen gedruckten Ablasszettel, bestaunen da ein Heiligenbild.
Dann laufen sie weiter über den Kornmarkt zum Römer und von dort zum Liebfrauenberg.
»Lass uns zum Goldenen Schwanen gehen«, schlägt Ratgeb vor. »Du hast dort die Abschiedsfeier ausrichten lassen. Meister Fyoll, Holbein und die anderen aus der Werkstatt werden bereits auf uns warten.«
»Geht schon vor, Ratgeb«, erwidert Matthias. »Ich habe noch einen Weg zu erledigen, muss noch Abschied nehmen von jemandem, den Ihr nicht kennt.«
Und schneller, als Ratgeb antworten kann, dreht sich Matthias um und läuft dem Mainufer entgegen.
An der Brücke am Rande der Uferwiesen stellt er sich in die Nähe eines Gesträuchs, das ihm durch seine Zweige Deckung gibt.
Es dauert nicht lange, da sieht er Magdalena. Schmaler kommt sie ihm vor, schmaler und, ja, erwachsener. Alles

Kindliche, Runde ist von ihren Hüften geschmolzen. Einzig das Gesicht zeigt noch die gewohnte großzügige Fläche mit der hohen, gewaltigen Stirn. Lange steht er so, beobachtet sie und hadert mit sich. Soll ich sie anrufen? Was soll ich ihr sagen? Wir haben uns vor eineinhalb Jahren im Unfrieden getrennt. Wahrscheinlich hat sie mich schon vergessen. Doch sie war die einzige Frau, die ich in der ganzen Zeit wieder und wieder gezeichnet habe. Und noch immer ist sie die einzige Freundin, die ich je hatte. Schließlich nimmt er all seinen Mut zusammen und tritt aus dem Gebüsch heraus.
»Magdalena«, ruft er leise, als sie in seine Nähe kommt.
Das Mädchen dreht sich um.
»Matthias«, erwidert sie, läuft auf ihn zu und streckt ihm beide Hände entgegen. Als Matthias das Strahlen in ihrem Gesicht sieht, weiß er, dass auch sie ihn nicht vergessen hat. Vorsichtig hebt er die Hand und streicht über die Narbe auf ihrer Wange, die wieder von einem Schleier verdeckt wird. Und Magdalena schmiegt ihre Wange für einen kurzen Augenblick in kindlicher Unschuld in seine Hand.
»Matthias, wie schön, dich zu sehen«, sagt sie leise und schaut ihn liebevoll an.
»Wie geht es dir?«, fragt er.
Sie lacht, doch es ist kein fröhliches Lachen. »Wie immer. Du siehst es ja. Noch immer lebe ich in der Mühle und komme zu jeder Messe hierher, um ein paar Groschen dazuzuverdienen.«
Matthias nickt. »Ich bin gekommen, um mich von dir zu verabschieden. Ich bin jetzt Geselle, gehe auf Wanderschaft. Morgen früh schon breche ich auf.«
»Du wirst lange weg sein, nicht wahr?«, fragt Magdalena. »Du wirst erst wiederkommen, wenn du die Farben gefunden hast.«

»Ja, und nur Gott weiß, ob ich überhaupt jemals wiederkomme.«

Er lässt ihre Hand los, greift in die Tasche seines Wamses und holt eine kleine geschnitzte Figur, die heilige Maria Magdalena mit gefalteten Händen, hervor. »Das ist mein Abschiedsgeschenk. Ich habe es für dich gemacht«, sagt er und reicht ihr die Skulptur.

Plötzlich hat Magdalena Tränen in den Augen. Sie nimmt die Figur und streicht zärtlich mit dem Finger darüber. »Ich habe oft an dich gedacht und mir gewünscht, dich noch einmal wiederzusehen. Jetzt bist du da, doch nur, um Abschied zu nehmen.«

Matthias tupft Magdalena behutsam die Tränen von der Wange. »Sei nicht traurig«, bittet er. »Ich werde immer an dich denken, und meine Träume werden sehr oft bei dir sein. Wenn ich eines Tages zurückkehre, wird mich mein erster Weg in die Mühle führen. Das verspreche ich dir.«

Magdalena nickt, und dann sehen die beiden sich für einen langen Moment in die Augen. Matthias spürt sein Herz laut und heftig in seiner Brust schlagen, und in diesem Augenblick fühlt er sich Magdalena sehr nahe. Und Magdalena empfindet dasselbe. Sie können in diesem Moment im anderen den eigenen Abgrund, die eigene Einsamkeit erkennen. Sie müssten erschrecken voreinander, so sehr, dass dieser Schreck nur durch die Liebe geheilt werden kann. Und sie müssten wissen, dass sie aneinander leiden werden.

Matthias sieht es in Magdalenas Augen, hört es aus ihrem Mund, als sie sagt: »Mir ist, als hätten wir beide gerade den Sand am Grunde des Mains berührt.«

Matthias zieht sie noch einmal an sich, haucht einen Kuss auf ihre Stirn, flüstert: »Gott schütze dich.«

Dann dreht er sich um und geht. In der Höhe der Brücke

sieht er sich noch einmal um. Magdalena steht da, hält in der einen Hand die kleine Figur, mit der anderen Hand winkt sie ihm einen Abschiedsgruß nach.
Nur einen Atemzug lang sieht er sie so stehen und doch brennt sich ihm dieses Bild unauslöschlich ins Herz.

7. KAPITEL

Am nächsten Morgen sitzt Matthias mit klopfendem Herzen hoch oben auf einem Fuhrwerk, rumpelt aus der Stadt heraus durch das Dorf Bornheim, dann geht es über die Mainkur in Richtung Aschaffenburg. Matthias lässt die Landschaft blicklos an sich vorüberziehen und denkt noch einmal an die Abschiedsfeier im Goldenen Schwan und an deren unerquicklichen Ausgang.

Er hatte Wein getrunken, einen Becher, und Ratgeb hatte ihm den Becher wieder und wieder füllen wollen, doch Matthias hatte den Wein verweigert und sich den Becher mit Wasser gefüllt.

»Was ist los mit dir, Matthias? Warum trinkst du nicht? Zu einer ordentlichen Verabschiedung vor der Wanderschaft gehört es, dass du mit jedem von uns einen Becher auf unser Handwerk, unsere Kunst und auf die Zukunft leerst.«

»Ich kann nicht, Ratgeb, ich will mich nicht besaufen. Muss meine Sinne beieinander halten.«

»Ach, was! Heute wird nicht mehr gemalt, heute wird gefeiert! Stoß an mit uns und bedenk, dass wir zum letzten Mal so beieinander sitzen.«

»Nein, Ratgeb, lass gut sein. Ich möchte nicht.«

»So!« Matthias bemerkte, dass Ratgeb allmählich ärgerlich wurde. »Du willst also nicht mit uns trinken? Willst nicht mit uns feiern? Brauchst keinen Segen auf dem Weg von uns?«

»Doch, Ratgeb, ich möchte feiern mit Euch und bin auch froh, dass Ihr meiner Einladung gefolgt seid. Nur saufen, dass mir der Pinsel in der Hand zittert und ich die Linien doppelt sehe, das will ich nicht.«

Jetzt war Ratgeb restlos verärgert und der Abend, der fest-

lich werden sollte, schon fast verdorben. Er schlug die Faust auf den Tisch, dass die Becher tanzten, und bellte: »Steck dir deinen Dank sonstwohin. Noch einmal würde ich das nicht tun! Erst lässt du mich auf der Gasse stehen, als sei ich ein Bettler, dann kommst du zu spät, und nun weigerst du dich, mit uns zu trinken! Undankbar, undankbar und hochfahrend bist du! Froh wollen wir sein, wenn du weg bist.«
Die anderen am Tisch schwiegen, sahen betreten in ihre Becher.
Leicht wäre Ratgeb zu beruhigen gewesen, wenn Matthias jetzt von Magdalena erzählt hätte. Wenn er gesagt hätte, dass er sie unbedingt noch heute, am liebsten auf der Stelle, malen wollte, nein, malen musste, weil er Angst hatte, dass ihr Bild in ihm mit jedem Becher Wein an Farbe verlöre. Wenn er gesagt hätte: »In meinem Kopf ist ein Bild, das danach drängt, aufs Papier zu gelangen. Ratgeb, versteht doch, Ihr seid doch auch Maler«, vielleicht wäre dann aller Ärger verflogen gewesen. Doch Matthias schwieg und ertrug das Schweigen am Tisch.
Fyoll war es, der beschwichtigen wollte. »Lasst ihn, Ihr wisst doch, er ist besessen von der Malerei. Alles andere ist ihm unwichtig. Wenn einem wie ihm die Seele überfließt, dann fließt sie in den Pinsel, nicht in den Becher.«
Nun ergriff auch Holbein das Wort: »Grämt Euch nicht, Ratgeb, Ihr selbst wisst, wie er ist. Er ist Euer Schüler. Ihr kennt ihn, er denkt, dass das Malen das Leben ist. Bei Riemenschneider in Würzburg wird er eine andere Lektion lernen.« Holbein lachte, und die anderen stimmten ein.
Dann wandte sich Holbein direkt und mit vollem Ernst an Matthias: »Und du, mein Junge, solltest lernen, dass du deine Bilder für die Menschen malst. Und das geht nicht ohne sie.«

Dann leerten alle ihre Becher und traten, nachdem Matthias, wie es Brauch war, die Zeche beglichen hatte, schweigend den Heimweg an.
Und heute Morgen hätte Matthias um ein Haar die Wagenkolonne der Würzburger Händler verpasst. Erst im letzten Moment, die ersten Wagen hatten sich schon in Bewegung gesetzt, konnte er sein Bündel noch auf das hinterste Fuhrwerk werfen und sich dann selbst heraufschwingen. Jetzt sitzt er da, schützt seine Augen mit der Hand vor den Sonnenstrahlen und wünscht sich im Nachhinein, für Ratgeb noch ein Wort der Versöhnung gefunden zu haben. Neben ihm auf dem Fuhrwerk liegt die neueste Zeichnung von Magdalena. Sie ist ihm gelungen, und allein für diese Zeichnung nimmt er die Verstimmung der anderen gern in Kauf. Trotzdem hat Matthias heute Morgen noch eine kleine Federzeichnung vor Ratgebs Tür gelegt. Hat er auch kein Wort mehr für den Freund und Lehrmeister gehabt, so soll ihm die Zeichnung sagen, was Matthias nicht vermag.
Einmal nur, für die Zeit eines Lidschlages, fühlt er sogar Wehmut und ein leises Bedauern. Ein Bedauern darüber, Ratgeb, Fyoll und Holbein, die Meister, von denen er so viel gelernt hat, zu verlassen. Doch die Sehnsucht, das unbändige Verlangen, seine Kunst zur Meisterschaft zu bringen, sie dem Ideal, das er noch nicht genau zu benennen weiß, anzunähern, ist stärker als alle menschlichen Bindungen.

Schon wenige Abende später sitzt er im Hause zum Wolfmannsziechlein des Bildschnitzers und Steinbildhauers Tilman Riemenschneider in der Würzburger Franziskanergasse. Matthias ist beeindruckt vom Reichtum in diesem Hause, von der Pracht, von der Vielzahl der Dienstboten, aber besonders von Tilman Riemenschnei-

der selbst. Ein großer Mann, ein stattlicher Mann, der sich seiner künstlerischen Meisterschaft wohl bewusst ist und den Anschein erweckt, als stünden ihm all die Pracht und all die Macht auch zu.
Zwei Tage hat er Matthias warten lassen auf ein erstes Gespräch. Bei seinem Ankommen hat er ihm nur kurz die Hand gereicht und es seinem Gesellen überlassen, Matthias in das Leben und Arbeiten im Hause Wolfmannsziechlein einzuführen. Riemenschneider ist ein wichtiger Mann, der sich um bedeutendere Dinge als einen Gesellen auf Wanderschaft bekümmern muss. Doch nun hat er Zeit.
»Erzählt, wie geht es in Frankfurt? Was macht Meister Holbein? Geht die Arbeit am Altar gut voran?«, fragt Riemenschneider.
Und Matthias berichtet in knappen Worten, was ihm Meister Holbein aufgetragen hat, dass der Dominikaneraltar wächst und wächst.
»Und die Stimmung in der Stadt, wie ist die?«, fragt Riemenschneider weiter, doch Matthias zuckt mit den Schultern.
»Was meint Ihr? Die Leute arbeiten, beten und schlafen wie überall im Land. Nur zur Messezeit lebt die Stadt sowohl bei Tag als in der Nacht.«
»Von Unruhen ist nichts zu spüren?«
»Unruhen? Nein, Unruhen gibt es keine. Die Galgen hängen voll, im Schuldturm herrscht Gedränge, und der Kerker ist belegt, doch sonst ist alles ruhig.«
»Wir wollen beten, dass es so ist, wie Ihr sagt«, beendet Riemenschneider das Thema. Er sieht Matthias nachdenklich an und lässt sich dann sein Skizzenbuch zeigen.

Vom ersten Augenblick an lernt Matthias viel in Riemenschneiders Werkstatt. Er arbeitet mit Hohlbeitel, Schnitzeisen, Geißfuß und Klöpfel, lernt den behutsamen Umgang mit Raspel, Feile, Sandpapier und besonders den mit einer ganz eigenen Wachspolitur, die den geschnitzten Figuren einen starken Ausdruck von Lebendigkeit und Plastizität verleiht.

Ging es in der Werkstatt Fyolls familiär zu, im Dominikanerkloster streng, so findet im Hause Riemenschneider ein feuchtfröhliches Zunftleben statt. Jeden Abend gehen der Meister und die Gesellen in die Zunftstube. Auch Matthias geht mit. Es war Riemenschneiders Wunsch gewesen, dass Matthias sich den Gesellen und Gehilfen anschließen möge.

Matthias macht es nicht gern. Die Zeit, die er nicht mit Pinsel und Schnitzmesser verbringen kann, scheint ihm verlorene Zeit zu sein. Doch er will Riemenschneiders Ansicht, er, Matthias, brauche das Vergnügen, brauche die Geselligkeit der Jugend, nicht widersprechen.

Und da sitzen sie dann alle gemeinsam am Tisch und amüsieren sich bei Dünnbier, Würfelspiel, Zunftklatsch und groben Scherzen. Matthias, der Neue, hockt ganz hinten am Ende der Bank, weit weg von den Wortführern, weit weg vom Kamin, am Platz neben der Eingangstür, dort, wo es am kältesten, am zugigsten ist und das Talglicht immer wieder verlöscht.

Während die anderen sich auf die Schenkel klopfen, lachen und einen Krug nach dem anderen trinken, sitzt Matthias da, seinen Becher mit beiden Händen umklammernd, die Augen gesenkt und im Gesicht ein festgeklebtes Lächeln, das nach einer Weile zu schmerzen beginnt. Mit einem Ohr hört er auf die Reden der anderen, mit dem anderen Ohr lauscht er auf die Stimmen aus seinem Inneren.

»13 Becher Starkbier habe ich zur letzten Fastnacht getrunken und bin dann mit zwei Mädchen zugleich in die

Büsche. Weiß der Himmel, wie ich es denen besorgt habe …«

Ich wäre lieber in meiner Kammer jetzt, würde lieber den Pinsel oder das Schnitzmesser in der Hand halten als den Becher.

»Pah! Du Aufschneider! Die eine lacht heute noch, wenn sie dich in der Stadt trifft. Nicht der Himmel, aber ganz Würzburg weiß, dass du deinen Kopf in den Schoß der einen und die Füße in den Schoß der anderen gelegt und geschnarcht hast, dass sich im Stadtwald die Bäume bogen.«

Ich könnte eine kleine Statue schnitzen. Ganz schlicht nur, aus einfachem Holz und ohne farbigen Überzug. Mit zwei Mägden in die Büsche! Im Namen Magdalena steckt auch das Wort Magd.

»Und du, Eckehardt? Von dir sagt man, du schleichst schon ein Jahr um die Meisterin aus der Obergasse herum. Wartest wohl drauf, dass der Alte stirbt und du die Werkstatt samt Frau kriegen kannst?«

Ob es wohl mit der Wachspolitur gelingt, ganz auf Farben zu verzichten?

»Los, ein Lied. Matthias, sing mit!«

Ein Stoß trifft Matthias in die Rippen, er schreckt auf, sieht in ein grinsendes, rotwangiges Gesicht mit funkelnden Augen und schweißglänzender Stirn. Eine stark behaarte, kräftige Hand, die einen Becher hält, nähert sich ihm.

»Trink, Bruder, wir sind zum Spaß hier. Stoß an mit mir. Stoß an auf die Liebe und das Leben.«

Matthias grinst zurück, schlägt seinen Becher gegen den des anderen, dass das Bier herausschwappt, grinst in die Runde, bis ihm die Backen wehtun, trinkt, wischt sich mit dem Ärmel die Lippen.

»Und jetzt das Lied, drei, vier:

›An Sippschaft reich, an Freuden arm, das ist ein rechtes Gotterbarm, da wäre besser, Freundschaft ohne Sippe und stammst du auch aus königlicher Rippe, wenn Freunde fehlen, hast du's schwer, leicht kann dir Sippschaft Ehre bringen, doch Freunde muss man sich erringen, Verwandtschaft hilft, doch Freundschaft mehr.‹«
Ich sitze hier zwischen ihnen, stoße mit ihnen an, singe Lieder von Freundschaft und bin doch mit ganzer Seele fremd und einsam unter ihnen. Habe weder Freunde noch Sippe. Vielleicht wäre mir wohler, wenn ich auch etwas zum Erzählen hätte. Doch was? Ich habe nichts, womit ich sie beeindrucken könnte. Würde es gern und wäre mir selbst nur fremder dadurch.
»Einen Krug auf die Freundschaft! Füllt die Gefäße, hoch die Becher! Hey, Franz, erzähl noch einmal die Geschichte, wie du der geizigen Bäckerin die Brezeln aus dem Korb geredet hast!«
Weiß Gott, wie sehr ich wünsche, auch eine Geschichte erzählen zu können. Warum tue ich mich nur so schwer?
Die Schatten, die sie beim Erzählen mit geöffneten Armen an die Wände werfen, sehen wie Kreuze aus.
»Ich sagte ihr einfach: ›Schöne Bäckerin, der schwere Korb zieht Euch die Schulter herab, so dass man meinen könnte, Ihr habt einen garstigen Buckel. Gebt mir zwei Brezeln, dann habt Ihr's leichter und seid wieder so grad gewachsen wie eine junge Birke.‹«
»Hey, Frau Wirtin! Einen neuen Becher für meinen Freund Franz, den Teufelskerl!«
Widerlich, dieses Lallen und Schulterklopfen, dieses Prahlen und die derben Lieder. Und trotzdem, mich hat noch niemand einen Teufelskerl geheißen. Auch wenn das Wort wie ein Faustschlag gegen eine dumpfe Stirn tönt, ich ließ mich gerne so nennen.
»Ja, Matthias, jetzt nimm den Würfelbecher, du bist dran.«

Wer die höchste Zahl würfelt! Das ist kein Spiel, das ist Zufall nur, und doch schafft es Gemeinsamkeit. Ach, wenn es mir doch gelänge, mit einer winzigen Drehung des Handgelenks zum Freund zu werden.
»Drei mal sechs Augen! Einen neuen Krug für den ganzen Tisch! Auf den Gewinner! Er lebe hoch!«
Ein Spiel, ein Possenspiel. Ich tauge nicht zum Narren und mache mich doch selbst dazu.
Matthias nimmt den Becher, der ihm gereicht wird, und trinkt ihn in einem Zuge aus. Sofort wird er wieder gefüllt, und wieder leert er ihn bis zur Neige. Noch sitzt er zwar am Ende der Bank, doch will er sich jetzt fühlen, als säße er in der Mitte.
»Trink, Bruder, trink. So viele Augen, so viele Becher. Das ist der Brauch.«
»Ja, so ist's der Brauch! Der Brauch, der Brauch …«
Plötzlich beginnt die bierdunstige Schankstube sich zu drehen. Matthias fühlt, wie das Dünnbier essigsauer und brennend seinen Weg zurück aus dem Magen in die Kehle findet. Schon ist der ganze Mund voll, er will schlucken, er schluckt, schluckt, plötzlich aber öffnet er den Mund, reißt ihn ganz weit auf und würgt alles heraus, was ihm seit Wochen schwer im Magen liegt. Dann wird ihm schwindlig, er will sich an der Bank festhalten, doch er fällt und fällt und fällt und hört im Fallen nur das dröhnende Gelächter der anderen.
Die anderen helfen ihm auf, klopfen ihm auf die Schulter. Ihm ist speiübel, allein schon vom Geruch, und gleichzeitig ist ihm so wohl wie nie. Er ist aufgenommen, endlich aufgenommen und gehört dazu. Ja, bei Riemenschneider ist gut leben.

Monate später lässt Riemenschneider Matthias zu einem Gespräch unter vier Augen in sein Kontor kommen. Das

Kontor, ein Raum mit einem Regal voller Vorlagen- und Skizzenbücher, einem Schreibtisch aus poliertem Holz, davor ein bequemer Stuhl und ein gepolsterter Schemel. Die Wände sind mit Buchenholz getäfelt, die Fensterscheiben aus Butzenglas, auf dem Boden ein Teppich aus dem Orient. Hinter dem Schreibtisch Riemenschneider. Sein Gesicht, seine Haltung und besonders seine Kleidung sind Ausdruck des erfolgreichen, anerkannten Meisters, der über Macht, Vermögen und Einfluss verfügt. Riemenschneider ist noch in Straßenkleidung, die Kleidung, die er trägt, wenn ihn wichtige Geschäfte ins Rathaus rufen. Wie ein Patrizier sieht er aus in seinem Wollwams, der langen Jacke mit den pelzverbrämten Ärmeln und dem schwarzen Samtbarett auf dem Kopf. An seinem Gürtel hängt ein kostbares Messer und eine aufwendig gearbeitete Lederbörse. Die Beine stecken in Strumpfhosen, und an den Füßen trägt er teure, wadenhohe Lederstiefel. In den Händen hält er eine Rosenkranzkette aus seltenen Korallenperlen, in deren Mitte sich ein goldzieseliertes Aromabehältnis befindet, das gegen den Gestank auf den Straßen vor die Nase gehalten wird.

»Setzt Euch dort auf den Schemel, Matthias aus Grünberg, ich habe mit Euch zu reden.«

Meister Riemenschneider öffnet die goldene, prunkvolle Spange, die seinen Pelzumhang zusammenhält. Umständlich legt er den Umhang auf eine reich verzierte Truhe, die unter dem Fenster steht, dann gießt er sich aus einem Krug Wein in den Becher und bietet auch Matthias davon an.

»Ein Jahr seid Ihr nun schon bei mir, Matthias, und bald werdet Ihr weiterziehen nach Kronach.«

Riemenschneider macht eine Pause und sieht seinen Gesellen nachdenklich an. Seine Hände hält er vor dem

Bauch, dreht in seinen Fingern den Rosenkranz. Gebannt betrachtet Matthias diese Hände, die so wundervolle Dinge wie Adam und Eva am Hauptportal der Würzburger Marienkapelle geschaffen haben. Schlank sind diese Hände, mit kraftvollen Gelenken und starken Adern. Hände, die zupacken können. Und gleichzeitig so feingliedrig, so wohlgeformt, dass sie einem Ratsherrn alle Ehren machen, Hände, die das Holz nicht nur behauen, sondern es streicheln, ihm schmeicheln und sein Geheimnis entlocken. Riemenschneider räuspert sich, reißt Matthias aus seinen Betrachtungen.
»Ihr habt eine große Begabung, Matthias, doch mir scheint, Ihr wisst sie nur unzureichend zu nutzen.«
»Wie meint Ihr das, Meister Riemenschneider?«
»Nun«, Riemenschneider dreht den Rosenkranz zwischen den Fingern, »nun, Ihr seid nicht recht gesellig, wisst Euch nicht zu verkaufen. Versteht Ihr?«
Matthias schüttelt den Kopf. Riemenschneider seufzt und spricht dann klare Worte: »Ihr meidet die Zunftstube, meidet allen gesellschaftlichen Umgang und scheint nicht zu ahnen, was Euch da entgeht.«
»Ich tauge nicht zum Allerweltsfreund, habe kein Vergnügen an Wein und Würfelspiel.«
»Doch auch Ihr werdet eines Tages Meister sein wollen, Meister mit eigener Werkstatt, mit Auftraggebern und mit einer Familie. Auch Ihr wollt Ruhm und Ehre. Doch Ehre kommt nicht von allein. Man muss sich rechtzeitig bekümmern darum. Ich …« Riemenschneider unterbricht seinen Satz und sieht Matthias noch einmal nachdenklich an, ehe er weiterspricht: »Ich könnte Euch behilflich sein.«
»Ich tauge auch nicht zum Speichellecker.«
»Wer redet hier von Speichelleckerei? Ein Auskommen wollt auch Ihr haben. Jeder Mann Eures Standes, Eurer

Zunft hat gewisse Verpflichtungen. Herrgott, Matthias, habt Ihr denn gar keinen Ehrgeiz?«
»Zum Lobe Gottes will ich malen, das ist mein Ehrgeiz.«
»Schön und gut! Aber Gott ernährt die Vögel in der Luft. Ein Mann muss sich selbst ernähren.«
Riemenschneider stützt beide Arme auf den Schreibtisch und beugt sich zu Matthias.
»Ihr könnt eines Tages ein großer Künstler werden, in einem großen Haus wohnen, eine Werkstatt mit vielen Gesellen und reichen Auftraggebern haben. Ich kann Euch helfen dabei«, sagt er beinahe beschwörend.
»Ihr wollt mir helfen?«
Matthias schaut auf, fühlt sich von Riemenschneiders Blick gefangen.
»Ihr wisst, einer meiner Söhne wird eines Tages meine Werkstatt übernehmen. Doch für meine Tochter Gertrud habe ich die Ehe mit einem guten Maler und Bildschnitzer ins Auge gefasst. Mit einem, der fähig ist, die Tradition meiner Werkstatt im eigenen Hause zu bewahren und fortzuführen. Noch hat das Zeit, aber wenn Ihr Eure Wanderschaft beendet habt, so sollt Ihr wissen, dass Ihr in meinem Hause gern gesehen seid.«
Matthias sitzt vor Riemenschneider, und die Gedanken in seinem Kopf überschlagen sich. Er ist sich der großen Ehre bewusst, weiß auch, dass er sie nicht gebührend würdigen kann. Zu überraschend kommt es, zu sehr von seinen eigentlichen Wünschen ist es entfernt. Matthias denkt an Magdalena. Eine Werkstatt haben, eine Frau finden und eine Familie gründen? Wie soll das gehen? Er sucht nach Worten, die ausdrücken, wie sehr er sich geschmeichelt, wertgeschätzt fühlt, und die doch sagen, dass ihm der Sinn nach etwas anderem steht, ohne Riemenschneider zu kränken. Was soll er sagen? Wie soll er es sagen? Er sieht, wie Riemenschneider die Augen-

brauen hochzieht. Jetzt muss er sprechen, sonst hat er den Meister beleidigt. Matthias räuspert sich, fängt vorsichtig an:
»Dank Euch, Meister Riemenschneider, für Eure Worte, für Euer großzügiges Angebot. Eure Gertrud ist ein tugendhaftes Mädchen, das den besten Ehemann verdient. Doch ein, zwei Jahre will ich noch lernen bei anderen Meistern. Eine lange Zeit, besonders für ein Mädchen von Gertruds Schönheit und Anmut.«
»Gewiss, Matthias, gewiss. Doch auf Dinge, die sich lohnen, lässt sich gut warten.«
»Nochmals Dank, Meister Riemenschneider. Das Ende meiner Wanderung wird mich, so Gott will, wieder über Würzburg führen. Wir werden sehen, ob ich dann zum Meister und Ehemann tauge.«
Riemenschneider nickt, lächelt dann, nickt wieder, und Matthias ist froh, dass er die richtigen Worte gefunden hat. Er hat das Angebot weder ausgeschlagen noch angenommen und sich Riemenschneiders Zuneigung nicht verscherzt.

An einem der nächsten Abende schreibt Matthias einen Brief an Magdalena. Nur wenig Zeit bleibt ihm noch in Riemenschneiders Hause, und nun, nach dem Gespräch mit dem Meister, treibt es Matthias fort, fort nach Kronach.
Er hat viel gelernt in seinem Würzburger Jahr, hat am Heilig-Blut-Altar sogar mitgearbeitet. Bald schon wird er weiterziehen ins Fränkische hinein, in die Werkstatt von Meister Lukas. Riemenschneider hat ihm sogar einen kleinen Auftrag überlassen. Einen Altar soll er malen für die kleine Kirche in Lindenhardt bei Bayreuth. Tilman Riemenschneider selbst kommt nicht dazu und auch kein anderer aus seiner Werkstatt. Sie sind in erster Linie Bild-

schnitzer, keine Maler, der große Altar muss fertig werden, die Auftraggeber drängen. Der Ort Lindenhardt liegt nicht weit von Kronach entfernt, und Meister Lukas ist einverstanden, dass Matthias den Auftrag in seiner Werkstatt ausführt. Gesellen, die eigene Aufträge mitbringen, sind überall gerne gesehen.

Matthias sitzt auf dem Schemel, vor sich Papierblatt und Tintenhörnchen, in der Hand die gespitzte Feder. Er hat den Kopf in die Hand gestützt und sieht gedankenverloren aus dem Fenster. Er denkt an die Nacht in der Mühlenscheune, denkt an das Gespräch mit Magdalena, denkt an ihre letzte Begegnung. Ganz deutlich sieht er ihr Gesicht vor sich, sieht, wie sie vor ihm auf der Mainwiese steht. Ihre Seelen hatten sich berührt, mussten sich ganz einfach berühren, weil sie wider Willen verschlossen gewesen waren, verschlossen sein mussten für die anderen und doch danach drängten, sich zu öffnen. So hat es Matthias empfunden und in Magdalenas Augen wie in einen Spiegel gesehen. Sie waren einander begegnet wie zwei Bäche, die sich ihren Weg zueinander bahnen, ihren Weg durch Geröll, durch Sumpf und Steine hindurch, um sich zu vereinen in einem Fluss, größer, stärker, mächtiger als die beiden kläglichen Rinnsale, die sie gewesen waren. Matthias denkt an Magdalena und fühlt die Einsamkeit so drückend auf seinen Schultern, dass sie sich unter der Last beugen, nach vorn beugen, dem Papier zu. Ist es die Einsamkeit, die seine Hand führt, als er schreibt?

»Liebe Magdalena,
wenn du diesen Brief erhältst, bin ich wohl wieder auf Wanderschaft. Wenn ich gedacht hatte, in der Fremde ein Zuhause zu finden, so bin ich umsonst von Frankfurt weggegangen. Ein Zuhause! Ich trage die Sehnsucht danach in meinem Herzen, doch

mein Herz findet keinen Platz, an dem es verweilen möchte. Weißt du noch, wie wir am Mainufer voneinander Abschied genommen haben? Für einen kurzen Moment nur habe ich in deinen Augen ein Zuhause gesehen. Wäre ich nicht von Gott zum Maler bestimmt, wäre ich geblieben. Doch so muss ich weiter, immer weiter.
Ich denke sehr oft an dich, zeichne und schnitze dein Gesicht immer wieder, um niemals zu vergessen, wie du, meine Freundin, aussiehst.«

Wieder stützt er den Kopf in die Hand, sucht nach weiteren Worten, dann hört er plötzlich das leise, dumpfe Klappern von mit Tüchern umwickelten Hufen. Bald darauf klappt das Hoftor, der Schein einer Laterne dringt zaghaft zuckend in seine Kammer, Schritte werden laut, Stimmen flüstern Befehle, drängende Stimmen.
Matthias lässt die Feder sinken und eilt nach unten in den Flur, um zu sehen, was es gibt.
Riemenschneider steht neben der offenen Haustür, hat die Schlafmütze auf dem Kopf und in der Hand eine Pechfackel. Auch Anna, seine Frau, trägt nur einen Umhang über ihrem Nachtkleid und sieht mit blassen, müden Augen hinaus auf den Hof.
»Was ist geschehen?«, fragt Matthias.
»Psst. Keinen Lärm. Seid leise, damit Ihr die anderen im Hause nicht aufweckt.«
»Was ist passiert?«
»Fragt nicht, nehmt die Pferde und führt sie ganz nach hinten in den Stall. Hört Ihr, ganz nach hinten.«
Matthias hat Fragen auf der Zunge, doch er schweigt und tut, wie ihm Riemenschneider geheißen. Er nimmt den beiden Reitern, die hohlwangig, grau und abgekämpft wirken, die Zügel aus der Hand, während Riemenschnei-

der gemeinsam mit seiner Frau damit beschäftigt ist, einen dritten Fremden, an dessen rechter Hand ein blutiger, verdreckter Verband hängt und der wie im Fieber stöhnt, ins Haus zu geleiten.

»Gertrud«, ruft Riemenschneider nach seiner Tochter. »Schnell, lauf und hole einen Arzt, lauf zu Doktor Pinkas ins Judenviertel, nicht zum Arzt nebenan, und kein Wort über das, was hier passiert ist. Sag nur, dass er herkommen soll, der Judendoktor Pinkas, und zwar schnell.«

Als Matthias die Pferde versorgt hat und zurück ins Haus geht, ist der Judendoktor gerade dabei, den Verletzten, der in einer der oberen Kammern liegt, zu versorgen. Die beiden anderen sitzen mit Riemenschneider in der Küche und stärken sich.

Auf einen Wink Riemenschneiders setzt sich Matthias dazu und sieht die Männer an, die das Essen ausgehungert in sich hineinschlingen.

Als sie fertig sind, fordert Riemenschneider: »Erzählt, was geschehen ist.«

Der eine wischt mit einer Brotscheibe die Schüssel aus, steckt sie in den Mund, räuspert sich und beginnt mit gepresster Stimme zu erzählen: »Der leibeigene Bauer Joos Fritz aus unserem Dorf Untergrombach bei Bruchsal hat Bauern, auch uns, unter dem Zeichen des Bundschuhs um sich geschart, um gegen den Bischof von Speyer vorzugehen. Unter dem Losungswort: *Was ist nur für ein Wesen? – Wir können gegen den Pfaffen nicht genesen!*, wollten wir fordern, die Obrigkeit und Herrschaft abzuschaffen, die geistlichen Güter aufzuteilen und sämtliche Abgaben und Zinsen aufzuheben. Wasser, Weideland und Wald sollten in Gemeindeeigentum übergehen, vor allem aber wollten wir die Abschaffung der Leibeigenschaft erreichen.«

Der Fremde hält inne und nimmt einen kräftigen Schluck

aus dem Becher. Matthias sieht, wie das Gespräch und besonders die Bilder der Erinnerung den Mann anstrengen. Der andere hat die Hände zu Fäusten geballt vor sich auf den Tisch gelegt. Er presst die Hände so fest zu Fäusten zusammen, dass die Fingerknöchel weiß hervortreten.

»Kurz vor dem geplanten Aufstand wurde unsere Verschwörung verraten und aufgedeckt. Gut 100 Beteiligte, alles Bauern aus unserem Dorf und der nächsten Umgebung, junge, kräftige, aber auch alte Männer, wurden gefasst und festgesetzt. Einigen gelang die Flucht, so uns beiden. Tagelang hielten wir uns in den Wäldern versteckt, schlichen nur nachts ins Dorf, um uns nach dem Geschehen zu erkundigen. Zehn von uns wurden geköpft, geviertelt und die geschändeten Körper zur Warnung an der Landstraße aufgehängt. Auch mein Vetter war dabei. Als die Frauen und Kinder kamen, um ihre Toten abzunehmen und zu begraben, wurden sie von den Häschern des Bischofs von dort weggeprügelt. Frauen und Kinder erhielten Peitschenschläge wie Hunde!!!« Der Mann erhebt beim letzten Satz die Stimme, schreit beinahe und verzieht das Gesicht unter der Qual der Erinnerung.

»Und zum Hohn der Toten stellten sich die Schergen vor die Leichen, öffneten die Hosenlätze und pissten die Leichen an. Sie pissten auf unsere Forderungen, schissen auf das Leid der Bauern, auf das Leid der Trauernden.«

Der Mann hält inne, schluckt, schüttelt den Kopf. Seine Mundwinkel zucken verräterisch. Der andere hat den Kopf auf den Tisch gelegt, seine Schultern beben vor unterdrücktem Schmerz. Lautlos weint er.

Es dauert eine ganze Weile, bis der Mann weitersprechen kann. »Einige andere Verurteilte wurden des Landes verwiesen, nachdem man ihnen den Schwurfinger abgehackt hat. Unser Freund oben in der Kammer gehört dazu. Die

Wunde hat sich entzündet, Wundbrand, Fieber und Bewusstlosigkeit kamen hinzu.«
Der andere hebt nun den Kopf. Seine fest aufeinander gepressten Kiefern mahlen. Plötzlich schlägt er die Faust auf den Tisch und spuckt Verwünschungen aus: »Wir werden sie kriegen, die verfluchten Hunde. Als Nächstes hängt der Bischof samt seinen Schergen am höchsten Baum.«
Riemenschneider schweigt betroffen. Nach einer ganzen Weile erst beginnt er leise zu sprechen. »Es herrscht im ganzen Land Unbehagen über die Lebensweise der Geistlichen. Immer mehr Bauern erheben sich. Und sie erheben sich zu Recht.«
Er sieht zu Matthias, der blass, aber mit unbewegter Miene zugehört hat. Dann sagt er entschlossen: »Der Verletzte kann heute Nacht hier bleiben. Und auch Ihr findet heute Aufnahme in meinem Haus. Doch noch vor dem Morgengrauen müsst Ihr weiter. Hier ist es zu gefährlich. Ich habe Familie, habe eine Werkstatt, Gesellen, für die ich verantwortlich bin. Ich bitt Euch, kein Wort davon, dass Ihr in meinem Hause wart.«
Riemenschneider steht auf und holt einen kleinen Lederbeutel. Er legt ihn vor die Männer auf den Tisch.
»Nehmt das Geld. Zieht in Richtung Norden, geht dorthin, wo es ruhiger ist. Ich würde für Euch gern mehr tun, doch ich habe Verpflichtungen, auch dem Bischof von Würzburg gegenüber. Er ist einer meiner Auftraggeber. Und jetzt geht, legt Euch schlafen. Ich wünsche Euch gute Reise und Gottes Segen.«
Die beiden Bauern nicken wortlos, nehmen das Geld und ziehen sich in eine der oberen Kammern zurück.
Riemenschneider gießt sich noch einmal den Becher voll, gießt auch Matthias nach und sagt: »Auch Ihr dürft nicht über die Geschehnisse der heutigen Nacht sprechen. Mit niemandem, hört Ihr?«

Matthias nickt, will sich erheben, will in seine Kammer gehen. Doch Riemenschneider hält ihn am Arm fest.

»Die Bauern wollen nicht länger leiden. Sie erheben sich, sie wollen nicht länger hungern, wollen bessere Zeiten erkämpfen, für sich und ihre Kinder. Ihr kommt doch auch aus einer ländlichen Gegend, Ihr müsst die Sorgen und Nöte doch kennen.«

»Nein!« Matthias schüttelt den Kopf. »Ich habe mich nie damit beschäftigt, nie von Unruhen und Aufständen gehört.«

»Die neue Zeit, Matthias. Die neue Zeit soll eine bessere Zeit werden. Für alle. Jeder Mensch ist vor Gott gleich. Die Geistlichen sollen nicht länger als gleicher gelten.«

»Jeder wünscht sich goldene Zeiten. Aber muss dazu Blut fließen?«, fragt Matthias.

»Manchmal geht es wohl nicht anders. Doch wenn ein jeder das Seine tut, um das Blutvergießen einzudämmen, dann ist schon viel getan.«

Riemenschneider seufzt. »Leider sind mir die Hände gebunden. Die Verpflichtungen als Würzburger Bürger und Meister gestatten nicht, dass ich mehr tue, als einen Arzt zu rufen und ein paar Gulden zu geben.«

Er sieht Matthias um Nachsicht und Verständnis bittend an, doch Matthias versteht nichts von der Sache der Bauern, nichts von Aufruhr und Rebellion.

Schließlich sagt Riemenschneider: »Wollt Ihr dem Fortgang der herrschenden Gewalt abwartend und tatenlos gegenüberstehen?«

Matthias zuckt mit den Schultern. »Was soll ich tun? Ich bin Maler. Maler und Bildschnitzer. Mein Platz ist an der Staffelei, nicht auf dem Schlachtfeld.«

8. KAPITEL
Der Maler Gottes

Mit einem weinenden und einem lachenden Auge verlässt Matthias Würzburg und das Haus Wolfmannsziechlein. Es ist ein weiter Weg nach Kronach, durch ganz Franken und halb Bayern hindurch, und Matthias hat Zeit, sich eine Menge Fragen zu stellen, hat Zeit, Gedanken in seinem Kopf entstehen zu lassen, ohne dass ein Pinsel in der Hand ihn auf scheinbar Wichtigeres zurückführt. War es richtig, Tilman Riemenschneiders Angebot ohne verbindliche Zusage im Raum stehen zu lassen?
Er hat sich mit der Zeit wohl gefühlt bei Riemenschneider. Dessen Ruhe und Beständigkeit, das Bewusstsein von Stand und Erfolg, davon, was sich gehört und wie man sich bei anderen angenehm macht, haben Matthias' rastloser Seele Besänftigung gegeben.
Zwar hat er nie daran gedacht, sich um Weib und Werkstatt zu bemühen, doch allein, dass Riemenschneider ihm fest glaubend ein solches Leben in Aussicht gestellt hat, hatte etwas Tröstliches gehabt. Bisher hat Matthias immer, wenn es um Frauen ging, nur ein Bild vor Augen gehabt: Magdalena.
Er, der sein Leben lang allein gewesen war und die Einsamkeit besser kannte als der Mond die Dunkelheit, er war laut Riemenschneider fähig, eines Tages diese Verlassenheit zu beenden, sich endlich irgendwo zugehörig zu fühlen, ja, heimisch zu werden.
Doch noch ist es nicht so weit, noch fühlt er sich unfähig, irgendwo zu verweilen, sich einem Menschen anzuschließen, sich ihm zu offenbaren, zu lieben und geliebt zu werden. Noch treibt ihn alles weiter, rastlos weiter auf der Suche nach Gott, auf der Suche nach der Vollkommenheit seines Handwerks, auf der Suche nach den Farben, ohne

die es keine Ruhe für ihn gibt. Er will seiner Arbeit, seinen Bildern und Schnitzereien Struktur geben, will sein Talent schleifen wie einen Diamanten.
Magdalena. Wie ein Schatten begleitet sie ihn. Matthias spricht mit ihr, spricht zu ihr, als stünde sie neben ihm, und er lauscht auf ihre Antworten, die er in manchen Augenblicken ganz deutlich hören kann. Über ein Jahr hat er sie nicht mehr gesehen, und dieses eine Jahr hat gereicht, um die wirkliche Magdalena, die freie Tochter, das Mädchen mit dem vernarbten Gesicht unter dem Schleier, zu verwischen und eine neue Magdalena in seinem Herzen auferstehen zu lassen. An manchen Tagen ist sie ihm so nah, dass er meint, sie greifen zu können. So wie jetzt. Matthias sieht sie neben sich auf dem schlammigen Weg laufen, spürt beinahe die Wärme ihres Körpers. Er sieht ihr goldenes Haar hinter ihr her flattern wie ein fein gewebtes Tuch, sieht ihre fragenden und alles wissenden Augen, ihren kleinen Mund, ihre Gestalt. Er redet mit ihr, stellt Fragen, erhält Antworten. Von Würzburg bis Bamberg spricht er mit der Magdalena seiner Gedanken über das Jahr bei Riemenschneider. Er erzählt ihr, dass er sich dort zum ersten Mal ganz bewusst, ganz deutlich einsam unter den Menschen gefühlt hat und dass ihm diese Einsamkeit, diese Unfähigkeit, sich mit anderen gemein zu machen, als Mangel erschienen ist. Als Gebrechen gar, als Unzierde, so wie Magdalenas Narbe, die es fortan sorgfältig zu verbergen gilt.
Und die Magdalena an seiner Seite hört ihm zu und fordert ihn auf dem Weg von Bamberg nach Bayreuth auf, sich über seinen zukünftigen Weg klar zu werden.
Da ist Riemenschneiders Angebot, ihn nach dem Ende der Wanderschaft mit seiner Tochter Gertrud zu verheiraten. Das Angebot ist ohne Zweifel verlockend, verspricht es doch neben der eigenen Werkstatt das Würzburger

Bürgerrecht und die vollgültige Aufnahme in die Zunft. Matthias' gesellschaftliche Stellung würde sich mit einem Schlag erheblich verbessern, das Licht des gesellschaftlichen Lebens würde auch für ihn leuchten, für ein gutes Auskommen würde allzeit gesorgt sein. Jeden Tag eine warme Suppe, vielleicht sogar Fleisch, Frankenwein, nie mehr ein einsames, kaltes, sondern stets ein warmes Bett. Trotzdem, eine Zweckgemeinschaft, weitab von jeglichem Gefühl, wäre dieses Bündnis, das ist üblich, ist die Regel. Will sich Matthias auch hier nicht in die herrschenden Gepflogenheiten dreinschicken, obwohl sie seinem Besten dienen?

Matthias weiß noch lange nicht, was wohl für ihn das Beste ist. Er kennt das Mädchen Gertrud kaum, hat nur hin und wieder einen Blick in Gertruds immer feuchte Augen getan und sich ansonsten keinen Deut um die Riemenschneider-Tochter bekümmert, so dass er sie jetzt nicht einmal beschreiben kann.

Nein! Matthias schüttelt bestimmt den Kopf. Ein Leben im Würzburger Bürgeralltag mit Weib, Kindern, Zunft und Werkstatt ist nicht das, was er will, nicht das, was er sucht.

Als in der Ferne auf einem Berg die Burg Rosenberg und kurz darauf auch die ersten Kronacher Häuser auftauchen, schwört er: Ich werde Gertud nicht heiraten, will kein braver Handwerksmeister werden, sondern will auch hier das Vollkommene suchen.

Die meisterhafte Malerei? Das unübertroffene Weib? Den untadeligen Freund? Den immer gegenwärtigen, immer allmächtigen, zweifelsfreien Glauben an die Liebe Jesu?

Ja, Magdalena, denn was mir nicht das Einzige und allezeit das Einzige ist, das ist mir nicht einmal das Geringste, ist mir hohl und leer.

Im Haus Zum scharfen Eck des Lukas muss er warten. »Der Meister ist in der Werkstatt. Gleich wird er Euch willkommen heißen«, sagt die Magd, nimmt sein Bündel und bringt es in eine Kammer.

Matthias steht im Flur und sieht durch einen Türspalt in die Werkstatt, die sich im Erdgeschoss des Hauses gleich neben der Küche befindet.

Er sieht einen weitläufigen Raum mit großen Fenstern, die nach der Straße hin mit einem Klappladen zum Verkaufen der Ware versehen sind. Davor ein großer Zeichentisch, zwei Staffeleien, einen Stoß Musterbücher, Papierballen, einen Ballen mit Leinwand, an den Wänden grundierte und ungrundierte Holztafeln. Matthias atmet den vertrauten Geruch nach Farben, Holz, Öl und Terpentin tief ein und beobachtet einen alten Mann – kein anderer als Meister Lukas –, der sich neben einem Lehrling über den Zeichentisch beugt. Mit der Hand weist er auf einen Bogen Papier, fuchtelt beim Reden mit der anderen Hand, die einen Zirkel hält.

»Da, sieh! Nein, so geht das nicht! Wie oft soll ich dir noch sagen, dass in meinem Hause nach alter Tradition das Gerüst des Bildes gebaut wird, hey? Einen Aufriss will ich sehen. Einen Aufriss mit Silberstift und Zirkel«, wettert der alte Mann und fährt mit dem Zirkel so wild über das Blatt, dass Matthias befürchtet, er werde es einreißen.

»Aber so malt man heute nicht mehr, Meister Lukas«, wagt der Lehrling einen vorsichtigen Einwand.

»Papperlapapp! Weibergewäsch! In meinem Haus wird gemacht, was ich sage! Und ich sage: Was sich bewährt hat, das soll man nicht ändern! Stereometrie und Perspektive wirst du üben, bis ich zufrieden bin. Hast du verstanden?«

»Ja!« Der Lehrling nickt ergeben, doch sein Blick verrät, dass allein die Autorität des Meisters ihn zum Schweigen bringt, nicht aber seine Worte. Auch Meister Lukas sieht das.

Er haut dem Jungen eins hinter die Ohren und faucht: »Willst du mir erklären, wie ein Bildgerüst anzulegen ist, hey? Die italienischen Meister mögen nach italienischer Fasson glücklich werden, die Deutschen malen nach ihrer Tradition. Kein Grund für dich und mich, uns den welschen Moden anzupassen. Punktum!«

Meister Lukas kratzt sich mit dem Zirkel am Kopf und befiehlt: »Bis zum Abendläuten will ich einen gelungenen Aufriss sehen. Wenn nicht, prügele ich dir die deutsche Malart ins Hirn. Hast du mich verstanden, Kerl?«

»Ja, Meister«, nickt der Lehrling stöhnend und beugt sich mit dem Stift über das Blatt.

»So!« Meister Lukas reibt sich die Hände. »Wo ist der nächste Kerl? Eintreten soll er und mir zeigen, was er kann.«

Erwartungsvoll betritt Matthias die Werkstatt, begrüßt den Meister und übergibt ihm sein Skizzenbuch und ein Schreiben Riemenschneiders. Ungeduldig reißt der alte Lukas das Siegel auf und liest.

»So, so!«, sagt er und lässt endlich das Blatt sinken. »Ein großes Talent bist du, schreibt Riemenschneider, deine Arbeiten eines Meisters würdig und du fähig, einen eigenen Auftrag auszuführen. Wollen sehen, ob stimmt, was der Würzburger schreibt.«

Meister Lukas gibt Matthias nicht einmal Zeit, sich gründlich in der Werkstatt umzusehen. Er packt ihn am Ärmel und zerrt ihn fast zu einer blanken, gut trockenen Holztafel mit den Maßen 159 Zentimeter in der Breite und 68,5 Zentimeter in der Höhe.

»Die Lindenhardter Pfarrkirche hat eine Altartafel bestellt. Die vierzehn Nothelfer will der Priester sich in die Kirche hängen.«

Er kichert und reibt sich die Hände. »Anscheinend ist die Not in der Gemeinde besonders groß. Na, mir soll's recht sein. Wenn's ihnen hilft.«
Er tippt Matthias mit dem Zeigefinger vor die Brust und sagt: »Du wirst sie malen, die Tafel. So hat's der Riemenschneider bestimmt, als er den Auftrag an mich weitergab.«
Meister Lukas klopft mit dem Fingerknöchel auf das Holz.
»In einem Kloster hast du gelernt, Kerl?«
Matthias nickt.
»Dann sag mir die vierzehn Nothelfer auf, damit ich sicher bin, dass du die Not hier nicht vergrößerst.«
Matthias verkneift sich ein Lächeln über das hitzige Gemüt des kleinen, gedrungenen Mannes im befleckten Malerkittel, dessen Hals und Wangen noch die Spuren seiner letzten Tätigkeit – blaue Farbe – aufweisen. Gehorsam zählt er die vierzehn Nothelfer auf: »Achatius, Ägidius, Barbara, Blasius, Christopherus, Cyriacus, Dionysius, Erasmus, Eustachius, Georg, Katharina, Margareta, Pantaleon und Vitus.«
Meister Lukas hat laut mitgezählt.
»Gut!«, sagt er jetzt. »Aber male den Weibern die Mieder und Brusttücher recht hoch. Mir soll keiner nachsagen, ich brächte die Versuchung in die Kirche. Hast du verstanden? Und den Männern züchtige Jacken bis über die Scham, damit die Dorfweiber nicht vom Gebet abgelenkt werden, weil sie ihre Begierde nicht auf Gott, sondern die sittenlosen Schamkapseln, die heute in Mode sind, lenken. Los, los, fang an. Mach dir Gedanken, Kerl. Ich will bald erste Einfälle sehen.«
Meister Lukas brummt noch einmal, dann verlässt er die Werkstatt.
»Nehmt es nicht krumm, Geselle«, flüstert kichernd der

Lehrling, als der Meister verschwunden ist. »Der Alte ist von ungestümer Wesensart, aber er kann keiner Fliege etwas zu Leide tun. Sein Sohn, wisst Ihr, er nennt sich Lucas Cranach, ist auch Maler. Ein berühmter sogar, der nach der neuen Art malt. In Wien ist er, zwei Jahre nun schon, und den Alten reut es, dass er ihm verboten hat, hier im Hause seine Bilder zu malen.«

»Du weißt recht viel, Lehrling. Hältst deine Ohren offen, ja?«

»Kronach ist keine Großstadt. In allen Gassen und Straßen, an jedem Brunnen und in jeder Kirche hört man, dass Lucas Cranach in Wien eine Malschule nach neuer Art gegründet hat. Donauschule nennt er sie, und die reichsten Handelsherren und viele Adlige bestellen bei ihm Bilder, während die Werkstatt seines Vaters keinen Nachfolger und nur wenig Aufträge hat.«

Es dauert nicht lange, da hat Matthias sein Bild von den vierzehn Nothelfern im Kopf. Er sitzt am Zeichentisch und berechnet, wie er es von Fyoll, Holbein und von Riemenschneider gelernt hat, die Raumaufteilung. Mit Zirkel und Stift hantiert er, zieht Linien, setzt Bildpunkte, berechnet sogar die Blickkurve des zukünftigen Betrachters.

Meister Lukas kommt und schaut ihm dabei über die Schulter.

»Gut, Kerl. So gefällt mir das. Ein Altarbild ist wie das Leben. Ruhe und Ordnung sind die Stützpfeiler, zwischen denen sich das Geschehen abspielen soll. Erbauung und Heil sollen die Menschen in der Kirche sehen. So gehört sich das. So war es, so ist es und so wird es auch bleiben, solange ich hier das Sagen habe, jawoll!«

Er klopft Matthias auf die Schulter, zieht im Vorbeigehen den Lehrling am Ohr, weil der Farbe verkleckert hat, und hastet hinaus zu seinen Alltagsgeschäften, die darin bestehen, in den Schankstuben der Stadt über den Niedergang der Sitten im Allgemeinen und den der Jugend im Besonderen zu lamentieren.

Derweil sitzt Matthias vor seiner Aufriss-Skizze und ist weder glücklich noch froh.

Das Bild der vierzehn Nothelfer, das in seinem Kopf bereits fix und fertig ist, will einfach nicht in den vorgegebenen Aufriss-Rahmen passen, will so recht auch in seinem Kopf keinen Raum und keine Stille finden, entzieht sich der Beschaulichkeit, der Harmonie und der Erbauung. Blut, Folter, Schrecken und Angst stehen dagegen. Die Gestalten der vierzehn Nothelfer jagen durch sein Hirn, hinterlassen dort ihre blutige Spur: Blasius, von eisernen Kämmen zerfleischt, dann enthauptet, Georg, auf ein Rad gebunden und in glühenden Kalk geworfen, Erasmus, dem mit einer Winde die Eingeweide aus dem Leib gerissen werden, Vitus, das Kind, in einen Kessel mit siedendem Öl geworfen, der von Dornen zerfleischte Achatius, der Arzt Pantaleon, dem bei lebendigem Leibe die Arme auf den Kopf genagelt werden, Ägidius, blutend in der Höhle von Pfeilen getroffen, Eustachius auf dem Scheiterhaufen, Katharina, ausgepeitscht, auf mit Nägeln besetzte Räder gebunden, Barbara, mit Keulen geschlagen, mit Fackeln gebrannt, die Brüste abgeschnitten, und schließlich Margareta, die den Statthalter von Antiochia fragt: »Darfst du wohl verlangen, dass ich den Himmel aufgebe und dafür den Staub der Erde wähle?«, und daraufhin mit Fackeln gebrannt, an den Haaren aufgehängt und gegeißelt wurde.

Matthias sitzt auf einem Schemel vor dem Zeichentisch, besieht die Bilder des Schreckens in seinem Kopf. Vor seinem inneren Auge wird Pantaleon zum Judenarzt aus dem Riemenschneider-Haus, Riemenschneider verwandelt sich in Blasius, der den eigenen Kopf unter dem Arm trägt, und Barbara wird zu Magdalena, vom Müller mit Keulen geschlagen, von den beiden Reitern aus der Mühle mit Fackeln gebrannt, wird zur Margareta, der von einem Freier auf der Mainwiese mit einem Schlachtermesser beide Brüste abgeschnitten werden. Er hört sie schreien, schreien in höchster Not: »Darfst du wohl verlangen, dass ich den Himmel aufgebe und dafür den Staub der Erde wähle?«, während das Blut ihrer Brustwunden dem Freier ins Gesicht spritzt.

»Nein, nein!«, stöhnt Matthias, hält sich mit beiden Händen die Ohren zu vor Magdalenas Schrei, rutscht auf dem Schemel hin und her, der Schweiß bricht ihm aus, die Augen rollen in ihren Höhlen. Der Lehrling steht stumm in der Werkstatt und sieht mit Entsetzen auf den Gesellen, der sich nun mit dem Zirkel in die Hand sticht, wieder und wieder in die eigene Hand, bis das Blut herausquillt, auf das Papier, auf den Boden tropft.

»Nein!«, röchelt Matthias jetzt, lässt den Zirkel fallen und schlägt die Faust vor die Stirn, schlägt dann den Kopf auf den Tisch, schlägt ihn hinein in die eigenen Blutstropfen.

»Matthias, hört auf, hört auf!«, schreit der Lehrling. Matthias hebt den Kopf. Seine Augen sind noch immer geschlossen, die Lider mit dem eigenen Blut beschmiert, dass es aussieht, als laufe ihm der rote Lebenssaft aus den Augen wie bei der Heiligen Madonna von Lourdes.

Kopflos vor Angst und Schreck läuft der Lehrling aus der Werkstatt, rennt in die Küche, schreit: »Kommt und helft, der Geselle ist des Wahnsinns!«

Und Matthias hört das Schreien nicht, hört noch immer nur den Schrei der Magdalena-Barbara-Margareta, der Schweiß hat seinen Kittel durchtränkt, wild fuchtelt er mit den Armen, verspritzt dabei noch immer das Blut aus der Wunde, die der Zirkel gestochen hat.

»Nein! Nein! Nein!«, schreit er und schreit und schreit.
Meister Lukas kommt direkt aus dem Wirtshaus in die Werkstatt gestürmt, der Lehrling hinterher, dann die Magd, die Meisterin, die sich mit einem erschreckten »Oh, mein Gott!« die Hände vors Gesicht schlägt und dann die weinende Magd an ihren Busen drückt.
»Kerl, was ist! Sag schon, Kerl!«, schreit Lukas und drückt Matthias die Hand auf den schreienden Mund. Der reißt sich los, schüttelt sich, dreht den Kopf hin und her, bis der Meister ausholt und ihm rechts und links zwei so gewaltige Maulschellen verpasst, dass Matthias' Kopf nach hinten gerissen wird, er die Augen aufschlägt und den Meister mit dem Ausdruck höchster Verwunderung ansieht.
Plötzlich herrscht Totenstille in der Werkstatt. Nur das unterdrückte Schluchzen der Magd ist zu hören. Matthias sieht von einem zum anderen, sieht dann auf seine blutverschmierten Hände, auf das besudelte Papier, den befleckten Kittel, schüttelt verwundert den Kopf und tupft mit dem Finger in die blutende Handwunde, als müsse er sich vergewissern, dass es seine Hand, sein Blut ist.
»Was ist geschehen?«, fragt er verstört.
»Wenn du es nicht weißt, Kerl, woher sollen wir das wissen?«, fragt Meister Lukas barsch und befiehlt dann der Magd: »Hör auf zu plärren, Weib, und hole dem Gesellen einen Becher mit Starkbier.«
Der Lehrling steht noch immer starr und ängstlich, doch langsam schleicht sich das fratzenhafte Grinsen der Ratlosigkeit und des gerade überstandenen Schreckens um seinen Mund.
»Ganz grau sieht er aus, der Geselle«, sagt er. »So, als hätte er eben eine Begegnung mit dem Leibhaftigen gehabt.«
»Red keinen Unsinn, Kerl!«, herrscht der alte Meister ihn an.

»Was stehst du rum und hältst Maulaffen feil? Hast du nichts zu tun? Geh und grundiere das Holz, aber hastig, Kerl, verflixter!«
Als der Lehrling auch verschwindet und Meister Lukas mit Matthias allein in der Werkstatt ist, holt sich der Alte einen Schemel und setzt sich dem Gesellen gegenüber.
»Was ist geschehen?«, fragt Matthias noch einmal.
»Die Pferde der Einbildungskraft sind wohl durchgegangen mit dir.«
Er bricht ab, nimmt der Magd, die das Bier bringt, den Becher ab, winkt sie fort und setzt Matthias, der nun wie Espenlaub zittert, väterlich den Becher an den Mund.
»Stärke dich, Kerl«, sagt er.
Als Matthias ausgetrunken hat, fragt Lukas vorsichtig: »Hast du solcherart Anfälle schon öfter gehabt?«
Matthias schüttelt den Kopf. Der Alte kratzt sich nachdenklich am Kinn, dann sagt er: »Das kommt von der Stubenhockerei. Vielleicht auch vom Geruch der Farben, von den Terpentindämpfen, was weiß ich. Möglich, dass sie dir zu Kopf gestiegen sind und deinen Verstand vernebelt haben.«
Er bricht ab, weil Matthias zu flüstern beginnt.
»Ich habe die vierzehn Nothelfer vor mir gesehen. Habe ihr Blut gesehen, das sie für Jesus vergossen haben, habe die Qualen gefühlt, die sie gelitten haben ...«
»Papperlapapp!«, unterbricht der Alte entschieden. »Gar nichts hast du gesehen. Hast zu viel unverbrauchte Kraft, die sich aufs Gemüt geschlagen hat. Ein Mann wie du muss seine Kraft ausleben. Bei den Weibern oder bei schwerer körperlicher Arbeit. Hmm!«
Er schaut Matthias mit dem Ausdruck von Besorgnis an, schlägt sich dann mit der Hand auf den Schenkel und befiehlt: »Geh zum Brunnen und wasch dir das Blut aus dem Gesicht. Dann hackst du Holz. Im Hof wartet ein großer

Stapel. Hör erst auf, wenn du vor Müdigkeit die Axt nicht mehr halten kannst. Wirst sehen, dann wird dir wohler.«
Er steht auf und murmelt im Gehen vor sich hin: »Erregungszustände wie eine Jungfer vor der Brautnacht. Tss, tss, tss. Braucht ein Weib, der Kerl, so viel Holz habe selbst ich nicht zum Hacken.«

Meister Lukas hat Recht. Beim Holzhacken verschwinden die Schreckensbilder aus Matthias' Kopf und machen dafür anderen Gedanken Platz.
Wie banne ich den Schrecken auf den Altar? Wie stelle ich die Festigkeit des Glaubens, die beharrliche Treue zu Jesus dar? Wie nur? Und wie den Sieg des Guten über das Böse?
In ihren Gesichtern, in den Gesichtern der vierzehn Nothelfer muss ihre ganze Geschichte zu lesen sein. Wie? Wie nur?
Plötzlich hält er inne. Die Magd kommt über den Hof gelaufen. Mit kraftvollen, energischen Schritten und schwingenden Armen durchquert sie den Hof in der Sicherheit, dass ihr kommendes Tun unerlässlich ist und dem Wohle des Hauses dient. Matthias lässt die Axt zu Boden fallen, läuft der Magd hinterher in den Stall und schaut gebannt zu, wie sie sich abmüht, eine Kuh zu melken. Die Kuh tänzelt hin und her, schlägt mit dem Schwanz nach beiden Seiten, tritt sogar nach der Magd. Die Magd weicht geschickt aus, spricht beruhigend auf das störrische Tier ein, schlägt es schließlich mit weit ausholendem Arm vorn auf die empfindliche Nase, so dass Matthias zusammenzuckt, als wäre er es, der diesen Schlag erdulden muss. Die Kuh stößt einen schmerzvollen Klagelaut aus und steht endlich mit ergebenem Blick still.
Die Magd lächelt nun, hält dabei den Kopf ein wenig zur

Seite geneigt, in ihrem Gesicht spiegeln sich Triumph über die Bändigung des Tieres, die gottgerechte Überzeugung von der Richtigkeit und Unerlässlichkeit ihres Tuns wider, aber auch der leise Schmerz darüber, dass das Tier nur unter Qualen ihrem Wunsch gehorcht.
Matthias steht und hält die Luft an. Festnageln möchte er die Magd und die Kuh am liebsten in diesem Moment. Festnageln, damit er in Ruhe schauen, das Magdgesicht in allen Einzelheiten studieren kann. Jede Linie des Gesichtes, den Fall jedes einzelnen Haares, den Schwung der mild gekräuselten Lippen, die sanfte Biegung des Halses, die Selbstgerechtigkeit des Blickes unter leicht hochgezogenen Augenbrauen, das heftige Beben und Senken der Brüste nach der Anstrengung.
Und die Kuh, die ihre Ergebenheit in ihren warmen braunen Blick legt, ihre Angst auch, und die Gewissheit, dass sie dem Menschen, der Magd, untertan ist.
Und eine wahrhaft atemberaubende Erkenntnis durchströmt Matthias. In einer Bewegung, in einem Ausdruck des Gesichtes, in einem einzigen Lächeln und einer winzigen Neigung des Kopfes lässt sich alles ausdrücken, was ein Leben an Erfahrung gewonnen hat. Ja, ein winziger Ausschnitt nur, ein einziges Bild könnte ausreichen, um ein ganzes Menschenleben mit allen Erkenntnissen und allem Wissen darzustellen.
Könnte, denkt Matthias. Doch reicht mein Können dazu schon aus? Ist es notwendig, das Leid, den Triumph selbst zu fühlen, um das Gesehene malen zu können?
War seine Schreckensvision vorhin in der Werkstatt nur dazu angetan und deshalb vollkommen unumgänglich gewesen, um die vierzehn Nothelfer malen zu können? Ja, hat er wirklich deren Leid und deren letztendlichen Triumph selbst erfühlen und erdulden müssen, damit dieses Wissen in die eigenen Hände, in die Finger, die das Werk-

zeug halten, eindringt, so dass die Hand dem Altarholz das Gesehene aufzwingen kann?
Ja, nur so geht es. Man muss selbst erleben und erfühlen, was zu malen ist. Anders geht es nicht, anders konnte es nicht gehen.

Matthias sitzt am nächsten Tag wieder vor dem Zeichentisch und versucht, das gestern Erlebte und Gesehene in Linien umzuwandeln, in Raster zu fügen, in Konstruktionen einzubauen, doch es gelingt ihm nicht. Das Bild in seinem Kopf will sich einfach nicht den Regeln des Handwerks fügen. Es will den Rahmen des von Fyoll, Holbein und Riemenschneider Gelernten sprengen, will hinaus, erfordert andere Wege, neue Wege.
Doch welche? Matthias' Bild von den vierzehn Nothelfern in seinem Kopf stößt schmerzhaft und quälend an die Grenzen seines Könnens.
Ist hier schon Schluss für ihn? Seine gewünschte, heiß ersehnte Vollkommenheit in der Malerei nichts als blanke Mittelmäßigkeit? Er ein durchschnittlicher Handwerker, dem es nicht gegeben ist, Neues, nie da Gewesenes zu schaffen, weil er nicht fähig ist, die Bilder seines Herzens, seines Kopfes so auf Holz, auf Papier zu bannen, dass dargestellt wird, was er gefühlt, durchlitten und als Wahrheit erkannt hat?
Nein, das kann, das darf nicht sein. Mit einem harten Ruck zerreißt Matthias das Blatt mit dem Aufriss und stürmt ohne ein Wort aus der Werkstatt. Er eilt durch das Städtchen, eilt in die Kirche, die um diese vormittägliche Stunde nur spärlich besucht ist.
Bis ganz nach vorn vor den Altar eilt er, lässt sich auf die Knie fallen und hebt seinen Blick hoch zu der Tafel, die den gekreuzigten Herrn zeigt. Lange kniet Matthias und schaut wie gebannt zu Jesus. Endlich faltet er die Hände

und betet: »Lieber Herr Jesus, wenn du wirklich willst, dass ich für dich zum Maler werde, zum Maler, der dich lobt, preist und dich den Menschen zeigt, wie du wirklich bist, dann zeige mir einen Weg dorthin.«

Plötzlich scheint ihm, dass sein Wunsch noch einer Verstärkung bedarf. Er springt auf, wühlt in der Tasche seines Kittels nach einem Groschen, nimmt schließlich alle Münzen, die er im Beutel trägt, ein Großteil seiner Barschaft, und wirft sie in den Opferstock.

Dann erst eilt er wieder zum Altar und faltet erneut die Hände zum Gebet. Seine Augen suchen dabei die Augen des Gekreuzigten, halten sich fest an ihnen, versenken sich hinein, so dass Matthias bald nicht mehr unterscheiden kann zwischen seinem Blick und dem Blick des Herrn. Er fühlt dessen Blick tief in seinem Inneren, ganz tief. Dort, wohin bislang noch nicht einmal sein eigener Blick gedrungen ist. Und plötzlich durchfährt ihn erneut ein Schüttelfrost. Eine Erkenntnis, die so gewaltig ist, dass ihm davon der Atem stockt, dass es ihn hochreißt von seinen Knien, so dass er rückwärts durch die Kirche taumelt, den Blick noch immer fest auf Jesus geheftet. Taumelnd lässt er sich auf die nächste Bank fallen, bemerkt nicht das Beben seiner Schultern, das rasende Schlagen seines Herzens, das Zittern seiner Knie. Nichts ringsum bemerkt er in diesem Augenblick. Die Gegenwart besteht nur aus dem gemalten Jesus auf der Altartafel und ihm selbst.

Er sitzt da, mehr hingeworfen als sitzend auf dem harten, kalten Holz, sieht mit zusammengekniffenen Augen nach vorn zum Altar und versucht, die Botschaft des Herrn zu entschlüsseln, die ihn durchströmt, ihm den Schweiß ausbrechen lässt und den Atem raubt.

Die Farben beginnen zu tanzen, verlassen ihre angestammten Plätze, beginnen zu leuchten und zu strahlen,

so intensiv, dass Matthias die Augen mit den Händen beschirmen muss. Und jetzt beginnt der Gekreuzigte zu ihm zu reden.
Ganz deutlich hört Matthias seine Worte, so deutlich, dass er sich umsieht nach den anderen in der Kirche, um zu sehen, ob auch sie die Stimme Gottes hören. Doch die anderen, zwei alte Weiblein, sitzen stumm, mit gesenktem Kopf und gefalteten Händen auf der Kirchenbank und scheinen ins Gebet vertieft.
»Du bist in eine Falle geraten«, hört Matthias die Stimme seines Gottes. »In eine Falle, in ein Netz von Verboten, Regeln, Traditionen und handwerklichen Geboten. Wenn du Neues schaffen willst, musst du das Alte hinter dir lassen, musst dich von dem Alten befreien. Schwer ist diese Befreiung, sehr schwer und schmerzhaft.«
Genauso plötzlich, wie die Stimme zu ihm drang, ist sie wieder verschwunden, die Farben auf ihre Plätze zurückgekehrt, das Leuchten und Strahlen erloschen. Auch die Augen des gemalten Jesus auf der Altartafel geben nun den Blick des Malers frei.
Matthias schüttelt sich, sitzt dann versunken da und denkt über das Erlebte nach. Habe ich geträumt?, fragt er sich. War es wirklich die Stimme Jesu, die zu mir gesprochen hat, oder war es die Stimme meines Herzens?
Er fühlt sich so leicht und frei wie schon lange nicht mehr. Er sieht seinen Weg hell und klar vor sich. Ist es da nicht gleich, ob es die Stimme des Herrn oder die Stimme des Herzens war?, fragt er sich lautlos. Denn erhalte ich nicht alle meine Gedanken von Gott? Er war es, der mich geschaffen hat. Also ist er es auch, der mir aus dem Herzen spricht.
Jetzt weiß Matthias, wie er seine Skizze anlegen muss. Er ist nicht sicher, dass es gelingt, doch eines weiß er sicher: Er muss seinen eigenen Weg in der Malerei finden, muss

sich von den Malweisen seiner Lehrer lösen. Schwer ist das, sehr schwer, denn wie kann man einmal Erlerntes, einmal Verinnerlichtes ablegen, ohne sich selbst dabei in Frage zu stellen?

Scheut Matthias den Blick in sich selbst? Wagt er es nicht, sich auf die Reise in die tiefste Tiefe seiner Seele zu begeben? Hat er Angst, dabei so tief hinabgerissen zu werden, dass er nicht wieder auftauchen kann? Oder fürchtet er die Erregungszustände, weil er annimmt, damit dem Wahnsinn und nicht dem Eigentlichen, dem Wesentlichen nahe zu kommen? Oder ist gar der Wahnsinn das Eigentliche? Nein, nicht der Wahnsinn, sondern die unbändige Kraft seiner Phantasie ängstigt ihn, lässt sie ihn doch Blicke in Welten werfen, die den anderen nicht vertraut zu sein scheinen und ihn damit noch fremder machen in einer Welt, in der er sich ohnehin oft genug nur als Zaungast fühlt.

Als er am Zeichentisch sitzt und mit dem Silberstift eine Skizze aufs Papier wirft, ohne sich an Aufrisse, Konstruktionen oder die Regeln der Bildführung zu halten, bemerkt er es selbst: Die Figuren sprengen den üblichen Rahmen, aber noch erscheinen sie nicht so, wie Matthias es gern hätte. Noch sperrt sich seine Hand, die Nothelfer so darzustellen, wie er sie gefühlt hat. Oder besser: Noch sperrt sich sein Geist, anzusehen, was die Seele im Dunkeln für Schatten wirft.

Und doch ist Matthias zufrieden. Einen ersten, wichtigen Schritt ist er gegangen. Zögernd und zagend, aber doch gegangen. Er hat auf alle Hilfsmittel verzichtet und die Skizze so angelegt, dass die Figuren einander beinahe aus dem Rahmen stoßen. Dicht aneinander gedrängt, jeder den Blick in eine andere Richtung, die Körper unharmonisch nebeneinander, zwingen sie dem Betrachter eine ganz neue Sichtweise auf, zwingen ihn, das Bild nicht nur zu sehen, sondern jeden einzelnen Charakter, jedes einzelne Schicksal wahrzunehmen.

Meister Lukas ist hinzugetreten, sieht auf die Skizze und sagt: »Kraut und Rüben ist das, aber kein anständiger Aufriss. Was sollen diese Sperenzchen, Kerl? Wie willst du in so einem Durcheinander die vierzehn Nothelfer in ihrer Heiligkeit darstellen?«

Matthias sieht hoch, betrachtet den kleinen, untersetzten Mann mit dem zerzausten Bart im runden Gesicht und sagt: »Ihr haltet Nebensächliches für das Eigentliche, Meister Lukas. Aufriss, Perspektive, Konstruktion, alles belanglos. Das Eigentliche aber gilt unverändert.«

»Ach, ja? Und was ist das Eigentliche, Kerl?«

»Der Ausdruck, Meister Lukas, die Botschaft, die Farben.«

»Welche Botschaft willst du übermitteln, Kerl, die so bedeutsam ist, dass sie jeglichen Handwerks entbehren kann?«

»Der Sieg des Guten über das Böse.«

»Ein ganz neuer Gedanke, fürwahr«, spottet Meister Lukas, doch Matthias unterbricht ihn.

»Neue Länder werden entdeckt, die alte Welt ist zu klein geworden, sprengt selbst ihre Grenzen.«

»Was hat dein Gekritzel mit der Entdeckung der neuen Welt durch diesen spanischen Seefahrer Kolumbus zu tun?«

»Alles und nichts. Überall werden Grenzen niedergerissen, nicht nur die Herrscher, auch die Menschen in Kronachs Gassen suchen neue Ausblicke. Gutenberg, Erasmus von Rotterdam, auch Kolumbus. Man muss die alten Grenzen im Kopf niederreißen, um zu neuen Ufern zu gelangen.«

»Hmmm«, brummt der Alte, krault sich den Bart und geht wortlos davon. Müde hängen seine Arme herab, kraftlos ist sein Tritt.

An der Tür dreht er sich noch einmal um und fragt mit unerklärlicher Befriedigung in der Stimme: »Welche Strafe steht auf den Versuch, Instrument der überirdischen Seele sein zu wollen? Das Leben schätzt es nicht, wenn man sich ihm gegenüber zu viel herausnimmt. Denk darüber nach, Matthias.«

Doch Matthias vergisst die Worte, noch ehe deren Echo in der Werkstatt verklungen ist. Viel zu sehr ist er damit beschäftigt, die Figuren von der Skizze auf die Altartafel zu übertragen. In den nächsten Wochen verlässt er nur zum Schlafen die Werkstatt. Er isst kaum, trinkt kaum, schläft nur wenige Stunden. Sein Gesicht ist grau, die Wangen hohl, die Augen brennen rot unter den zerzausten, ungewaschenen Haaren. Matthias malt und hat für nichts anderes Zeit, für nichts anderes einen Gedanken.
Bemerkt er, dass einige der vierzehn Nothelfer die Gesichter seiner Umgebung tragen? Christopherus zum Beispiel hat eindeutige Ähnlichkeit mit Meister Lukas. Und Pantaleon, der direkt hinter ihm steht, sieht mit den auf den Kopf genagelten Armen wie der Lehrling aus. Soll das heißen, dass Meister Lukas' Einschränkungen dem Jungen die Hände fesseln?
Und der heilige Georg. Wie ein Mädchen wirkt er mit seinem offenen, langen, gekräuselten Haar und dem darin geflochtenen Band. Wann hat man je einen Ritter mit solch einem Kopfputz gesehen? Einen Ritter obendrein, der an das Grabmal Konrads von Schaumburg erinnert, das Riemenschneider kürzlich in Würzburg beendet hat, und der trotzdem aussieht wie ein Mädchen? Der heilige Georg, das Ideal des christlichen Heldentums im Dienste der Nächstenliebe, ein schwaches, weichliches, wenig vornehmes Weib, dessen zartes Gesicht unpassend über der eisernen Rüstung sitzt?

Meister Lukas hält mit seinem Befremden nicht hinter dem Berg. »Das Weib da, mit dem Silberblick, hat es sich zur Fastnacht als heiliger Georg verkleidet? Malst du ein Possenspiel oder einen Altar, Kerl?«, fragt er und setzt fast boshaft hinzu: »Oder hast du dich in eine Magd verguckt, die dir nicht mehr aus dem Kopf geht, so dass du sie gleich als Heiligen malen musst?«
Matthias lächelt und schweigt. Nur er weiß, dass er im heiligen Georg seiner Magdalena ein Denkmal gesetzt hat. Sie und nur sie ist für ihn die, die trotz aller Hurendienste ihre Tugend bewahrt, die trotz aller Schändung des eigenen Leibes ihren Glauben, ihre Reinheit und ihre Unschuld verteidigt, besser als manche Jungfrau. Eine Heilige des Jahres 1503, deren Leib nur äußere Hülle, deren Seele aber höchstes Gut ist. Ist sie damit nicht dem heiligen Georg ebenbürtig? Tötet sie nicht täglich den Drachen der Wollust als unerschrockene Soldatin im Dienste der Nächstenliebe?
Matthias hütet sich wohl, diese Gedanken laut werden zu lassen. Er kann den Spott des Meister Lukas auch so hören. Den Spott? Nein, Hohn und Häme würde der Alte über ihn ausschütten, wüsste er, dass Matthias eine Hure gemalt hat. Der Gotteslästerung würde er ihn bezichtigen, vielleicht sogar in einem Anfall von Wut die Tafel zerstören. Wie soll er auch verstehen, was Matthias selbst nicht in Worte fassen, sondern nur erfühlen kann? Wie soll das überhaupt ein Mensch verstehen? Doch Matthias weiß, dass es so ist. Er weiß, dass Magdalena ihm heilig und rein und unschuldig ist wie keine andere.
Einzig die Schnitzarbeiten finden das Lob des Meisters.
»Tadellose Arbeit, Kerl«, lobt er. »Man sieht, dass du beim besten Bildschnitzer gelernt hast.«
Doch glücklich ist Meister Lukas erst, als er vom Auftraggeber des Lindenhardter Altars ein Säckchen mit Gulden

bekommt und hört, dass die Herren zufrieden sind mit dem, was Matthias gemalt hat.

Unglücklich aber wirkt er, als Matthias ihm nach Abschluss der Arbeiten und Aufstellung des Altars verkündet, dass er Kronach und die Werkstatt des Meister Lukas verlassen wird, um weiter nach Aschaffenburg zu ziehen.

»Hättest bleiben können, Kerl«, brummt er. »Kost, Logis und einen guten Lohn würdest du bekommen. Und ein neues Bett in die Kammer, wenn es denn sein muss. Ein Jahr noch wenigstens hätten wir es schon miteinander ausgehalten.«

»Habt Dank, Meister Lukas, habt Dank für alles. Doch Euer Sohn kehrt zurück, hört ich, so dass Ihr mich gut entbehren könnt.«

»Ja, ja! Es stimmt wohl, dass Lukas zurückkommt. Aber werde ich ihn halten können? Zu alt bin ich, um die neue Malart zu verstehen oder gar noch zu erlernen. Junges Blut fehlt mir hier.«

Doch Matthias lässt sich nicht überreden. Im Frühjahr des Jahres 1504 verlässt er Kronach und macht sich auf den Weg nach Aschaffenburg. In seinem Bündel trägt er ein Briefchen, ein Zettelchen nur, das ihm Magdalena gesandt hat.

9. KAPITEL
Der Maler Gottes

Aschaffenburg – Zweitresidenz des Mainzer Erzbischofs Jakob von Liebenstein.

Die Burg steht auf dem Hügel oberhalb des Mains. Von hier hat Matthias den besten Ausblick auf die Mainauen, von hier beobachtet er den Frühling, der langsam Einzug hält. Und hier, auf einem Mauervorsprung hinter der Burgmauer, liest er Magdalenas Briefchen wieder und wieder.

»Lieber Matthias«, schreibt sie. »Du bist so fern, und doch bist du mir so nahe. Jeden Sonntag bete ich in der Kirche für dich, und ich warte. Ich warte darauf, dass du bald wieder nach Frankfurt kommst. Was zusammengehört, kann auf die Dauer nicht ohne einander sein, hat meine Mutter früher immer gesagt. Und deshalb habe ich Geduld. Wenn Gott will, dass wir zusammenkommen, wird er dich bald wieder zurück an den Main schicken. Und vielleicht führt dich dein Weg dann auch zu der Mühle vor den Toren der Stadt. Bis dahin segne dich Gott. Deine Magdalena.«

Magdalena, wenn du wüsstest, wie gerne ich bei dir wäre, denkt Matthias, bricht gedankenversunken den Ast eines Weidekätzchenbaumes ab und fühlt sehnsüchtig mit den Fingerspitzen die flauschige Zartheit der aufgebrochenen Knospe. Der Frühling hat auch in Matthias Einzug gehalten. Die laue Aprilluft streicht über seine Lenden, streicht auch des Nachts durch seine Phantasien. Erregende Phantasien sind es, erregend und doch beängstigend. Am Tage, im Schein der Sonne, verflucht er diese Phantasien, des Nachts aber sehnt er sie herbei.

Matthias hört den Boten nicht, der sich langsam durch

das Tor in der Burgmauer nähert, und erschrickt fast, als der ihn anspricht: »Gott zum Gruße! Seid Ihr der Maler und Bildschnitzer Matthias aus Grünberg?«
Matthias nickt: »Der bin ich. Was wollt Ihr? Was gibt es?«
»Johann von Cronberg, der Viztum, der Stellvertreter des Erzbischofs von Mainz, schickt mich. Morgen um die Vesperstunde sollt Ihr Euch bei ihm einfinden.«
»Warum?«, fragt Matthias, obgleich er weiß, dass der Bote die Antwort nicht kennt.
»Pünktlich zur Vesperstunde«, wiederholt der auch nur, zuckt mit den Achseln und verschwindet beinahe so geräuschlos, wie er gekommen ist.

Zur rechten Zeit betritt Matthias am nächsten Tag die Johannisburg. Er hat sich Mühe gegeben mit seiner Kleidung. Sogar im Badehaus ist er gestern Abend gewesen, hat sich rasieren und das Haar schneiden lassen. Jetzt trägt er einen neuen Umhang aus blauem Tuch, darunter eine Jacke in derselben Farbe und auf dem Kopf einen Filzhut, das teuerste Stück seiner Ausstattung.
Im Burghof sieht er sich um. Eifrig laufen Bedienstete hin und her, zwei Hoffräulein, die mit Perlen bestickte Hörnerhauben und reiche Ohrgehänge tragen, hasten zu einer kleinen Kapelle. In einer von ihnen erkennt Matthias die Nichte des Erzbischofs. Ein Höfling mit Schnabelschuhen stolziert über den Hof und hat seine Not, nicht über die langen Schuhspitzen zu stolpern, eine ältere Hofdame schilt mit einer Magd, die einen Korb voller Eier im Arm hat.
Matthias spricht die Wache am Tor an. »Zu Johann von Cronberg will ich«, sagt er, und der Wächter weist ihm den Weg.
Matthias muss nicht lange in den vielen Gängen der weitläufigen Burg umherirren. Schnell findet er die

Gemächer des Viztums. Er meldet sich beim Sekretär des Erzbischof-Stellvertreters und wartet im Vorraum auf die Audienz.

Der Vorraum, ein großer, recht karger Raum mit weiß getünchten Wänden, an denen in regelmäßigen Abständen rote Brokatteppiche hängen, wirkt einschüchternd. In der Mitte steht ein großer Tisch aus glänzender, schwarzer Eiche, auf dem der einzige Kerzenleuchter recht verloren wirkt. An den Wänden reihen sich Bänke aus dunklem Holz, in allen vier Ecken steht ein bequem gepolsterter Stuhl. Die ganze Atmosphäre strahlt Macht aus.

Die Wandbänke sind so schmal und hart, dass alle, die hier warten, nicht vergessen können, dass sie als Bittsteller gekommen sind. Unruhig rutscht Matthias auf dem blanken Holz hin und her und lauscht dem Schlagen der Turmuhr. Draußen hüllt die Dämmerung die Stadt in graue Tücher. Eine Stunde wartet er nun schon, und er spürt, wie langsam der Ärger in ihm hochwallt. Natürlich weiß er, dass der Viztum ein viel beschäftigter Mann ist, aber auch er, Matthias, hat seine Zeit nicht gestohlen. Als ein Bediensteter den Raum betritt, fasst sich Matthias ein Herz und sagt: »Mein Besuch wurde dem hochwohlgeborenen Herrn von Cronberg schon vor einer Stunde gemeldet. Ich bitte darum, jetzt zu ihm geführt zu werden.«

Der Bedienstete, ein hochgewachsener schöner Mann, streift Matthias und seine Kleidung mit einem verächtlichen Blick, streicht sich dann wohlgefällig über sein Samtwams und sagt gestelzt: »Ihr seid nicht in der Position, hier etwas zu erbitten. Seht es als ein Geschenk des Himmels, dass Ihr überhaupt hier sein dürft, und freut Euch daran, solange es dauert.«

Mit einem spöttischen Blick mustert er noch einmal den jungen Maler, der so gar nichts Höfisches, Elegantes an sich hat. Mehr denn je spürt Matthias den Mangel an eigner Würde. Zwar ist auch er nicht klein, doch seine hängenden Schultern lassen ihn unter diesem Blick schrumpfen. Er fühlt seine lange, schmale Nase, spürt förmlich jeden überflüssigen Millimeter daran und ist sich auch seiner fliehenden Stirn über den kleinen, schmalen Augen bewusst. Endlich wirft der Bedienstete seinen Kopf gravitätisch in den Nacken und verlässt dann den Raum.

Erst war es Ärger, doch nun steigt Wut über die verächtliche Behandlung in Matthias hoch. Aber er hat keine Zeit, dieser Wut Luft zu machen, denn schon öffnet sich eine Tür, und der Sekretär des Viztums befiehlt Matthias mit einer knappen Kopfbewegung, einzutreten.
Der Viztum, ein hagerer Mann mit dichten, struppigen Brauen über den grauen, klugen Augen, steht hinter seinem Schreibtisch auf, kommt Matthias entgegen und reicht ihm die Hand mit dem Ring zum Kuss. Matthias kann das Sandelholzwasser, welches der Viztum benutzt, riechen, und er sieht auch die manikürten, schmalen Finger, die an die einer Frau erinnern.
»Seid willkommen, Matthias aus Grünberg«, sagt er freundlich und bittet den Maler, auf einem bequemen Stuhl Platz zu nehmen.
Matthias' Wut und Ärger verfliegen, er fühlt seine Unsicherheit schwinden und sieht dem hohen Herrn, der ihm mit einem freundschaftlichen Lächeln begegnet, gerade und stolz in die Augen. Mag dieser auch weit über ihm stehen, Matthias weiß doch, dass er eine Begabung hat, ein Können, das dem Viztum fehlt.
»Ihr habt mich herbitten lassen.«
Johann von Cronberg nickt: »Ich habe viel Gutes über Euch gehört.«

Matthias' Sicherheit versickert wie ein Tropfen Wasser im Sand, betreten sieht er zu Boden.
»Was könnt Ihr Gutes gehört haben?«, fragt er beschämt. »Ich habe bisher nichts Gutes geleistet. Das, was ich noch lernen muss, ist weitaus mehr als das, was ich kann.«
Der Viztum lächelt. »Lasst die Koketterien. Meister Hans Holbein ist anderer Ansicht. Er hat Euch empfohlen als einen der Besten unter den jungen Künstlern. Ich habe im Frankfurter Dominikanerkloster gesehen, was Ihr geleistet habt.«
Erstaunt sieht Matthias auf, doch Johann von Cronberg spricht bereits weiter: »Meine Schwester Apollonia, Gott habe sie selig, ist vor kurzem verstorben. Ich wünsche, dass Ihr für sie eine Memorientafel malt.«
Matthias ist erstaunt und erfreut zugleich. Eine Gedenktafel für die Schwester vom Stellvertreter des Erzbischofs zu Mainz. Ein guter Auftrag, ein Auftrag, auf den der erst 23-Jährige nie zu hoffen gewagt hätte.
Ehrerbietig senkt er den Kopf: »Habt Dank für die Ehre, hoher Herr.«
Der Viztum nickt und winkt mit der Hand ab.
»Was stellt Ihr Euch vor, Matthias aus Grünberg? Was wollt Ihr auf die Tafel malen?«
Einen kurzen Augenblick nur überlegt Matthias. Er betrachtet Johann von Cronberg ganz genau, sieht, dass der Herr aufgrund von Matthias' Antwort eine Einschätzung treffen will. Matthias muss genau überlegen, darf jetzt keinen Fehler machen. Sagt er das Falsche, könnte der Viztum glauben, sich in ihm getäuscht zu haben. Noch einmal mustert Matthias den Mann, dann sagt er: »Ein Bildnis der Märtyrerin Apollonia, nach der Eure Schwester benannt wurde und der unter grausamer Folter die Zähne mit der Zange herausgerissen wurden und die sich in einem unbeobachteten Augenblick selbst in

den Flammentod stürzte.« An dieser Stelle macht Matthias eine wohl berechnete Sprechpause, deren Sekunden sich schier endlos dehnen, bevor er endlich weiterspricht. »... würde ich nicht empfehlen.«
Matthias sieht, wie sich die Gesichtszüge des Viztums, die sich bei seinen ersten Worten angespannt hatten, lockern.
»Ihr habt Recht. Ein Bildnis meiner Schwester als zahnlose Märtyrerin mit gebrochenem Kiefer würde mir nicht gefallen. Was also schlagt Ihr vor?«
Matthias denkt noch einmal an die Worte Riemenschneiders, der ihm eingebläut hat, wie wichtig es ist, dass der zu erwartende Auftrag dem Wesen des Auftraggebers entspricht. Welches Motiv aber entspricht dem Wesen eines Johann von Cronberg?
Noch einmal betrachtet Matthias den Mann, der weder seine Klugheit noch seine Eitelkeit verbergen kann, ehe er schließlich sagt: »Ich schlage vor, die Verspottung Christi als Thema zu wählen.«
Erstaunt blickt der Viztum auf: »Wie kommt Ihr darauf?«
Ein schüchternes, unsicheres Lächeln stiehlt sich um Matthias' schmalen Mund, als er erwidert: »Aller Spott, aller Hohn haben unserem Herrn Jesus nichts von seiner unbeschreiblichen Größe rauben können, sowie auch – dessen bin ich mir sicher – alle Widrigkeiten des Lebens Eurer Schwester nichts von ihrer Größe und Güte geraubt haben.«
Am Gesichtsausdruck des Viztums erkennt Matthias, dass er die richtigen Worte gefunden hatte. Johann von Cronberg sieht geschmeichelt aus.
»Ihr scheint nicht nur ein begabter Maler, sondern auch ein guter Menschenkenner zu sein. Ich werde Euch Farben und Material dorthin liefern lassen, wo Ihr Quartier habt. Unterrichtet mich, wenn Ihr die ersten Skizzen angefertigt habt, damit ich sie sehen kann.«

Mit diesen Worten entlässt Johann von Cronberg den Maler und Bildschnitzer mit seinem ersten eigenen Auftrag.

Glücklich verlässt Matthias die Johannisburg, läuft durch die Burggasse, an der Muttergotteskirche vorbei zum Stift St. Peter und Alexander. Am Turm der Stiftskirche, einem romanischen Bau, sind die Arbeiten in vollem Gange. Der Oberbau soll bald fertig gestellt sein, Erzbischof und Stiftsherren mahnen zu Eile.

Hier, im Stiftskapitelhaus, hat Matthias eine Kammer bezogen. Im Raum nebenan hat er sich eine kleine Werkstatt eingerichtet. Gut gelaunt betritt er das Gebäude, eilt beschwingt die Stufen zu seinen Räumen empor. Er wird dem Viztum eine Memorientafel malen, die ihresgleichen sucht. Er wird den Herrn so abbilden, dass der Betrachter seine Nähe fühlen kann. Seine Nähe, seine Liebe und die erhabene Größe des Gottessohnes will er darstellen. Darstellen in einem Augenblick, der dem Menschen als Augenblick der Schwäche und der Schmach erscheinen muss und doch ein Moment der Größe ist.

Beflügelt durcheilt er die Gänge und trifft dabei auf Heinrich Reizmann, einen Kanoniker und Stiftsherrn von St. Peter und Alexander.

»Selten sah ich Euch so vergnügt, verehrter Freund«, spricht Reizmann den jungen Maler liebenswürdig an. »Kann ich Eure Freude teilen?«

Matthias nickt und lächelt den Geistlichen offen an.

»Johann von Cronberg hat mir einen Auftrag erteilt«, bricht es stolz aus ihm hervor.

»Oh, eine große Ehre. Meinen herzlichen Glückwunsch«, erwidert Reizmann. »Wenn Ihr Einsichten theologischer oder geistlicher Art braucht, so biete ich Euch meine Hilfe an.«

Matthias bedankt sich eilig: »Das Thema ist gefunden.

Nun ist es an meinen Händen, es in den richtigen Ausdruck zu bringen.« Er streckt seine Hände aus und hält sie Reizmann vors Gesicht. »Seht, wie sie zittern. Können es kaum abwarten, die Werkzeuge zu halten.«

Reizmann lächelt. »Möge Euch der Herr die Hand dabei führen«, sagt er und geht weiter.

Doch Gott, der Herr, hat im Moment anderes zu tun, als die Hände seines Malers zu führen. Matthias quält sich. Wieder einmal fertigt er Skizze um Skizze, ohne recht darstellen zu können, was ihm vor Augen schwebt. Aber was schwebt ihm eigentlich vor Augen? Eine neue Darstellung der Verspottung Christi? Nein, alles, was Matthias bisher zu Papier gebracht hat, ist nicht neu. Alles hat er schon so oder so ähnlich anderswo gesehen. Bei Holbein, bei Cranach, Ratgeb und auch bei Riemenschneider. Warum gelingt es ihm nicht? Warum schafft er es nicht, die Verspottung so zu zeigen, dass die Größe des Herrn über jede Häme, jeden Hohn herausragt? Warum kann er nicht malen, was er dem Viztum versprochen hat? Es scheint ihm fast, als wären alle alten Bilder in seinem Kopf gelagert, so dass kein Platz für neue Gedanken, gar neue Sichtweisen ist.

Er kommt und kommt nicht weiter. Dafür erscheint eines Tages Johann von Cronberg in seiner kleinen Werkstatt.

»Sehen möchte ich, Matthias aus Grünberg, was Ihr geschaffen habt. Zeigt mir Eure Skizzen!«, verlangt er und sieht erwartungsvoll drein.

Matthias hebt die leeren Hände. »Es gibt nichts, was das Zeigen lohnt, ehrwürdiger Herr. Mein Kopf ist leer, meine Hände zu schwer und zu plump, um den Pinsel zu halten.«

Der Viztum runzelt die Stirn.

»Wollt Ihr mich auf den Arm nehmen? Woran liegt Euer Unvermögen?«

Matthias zuckt die Achseln. »Wenn ich es wüsste, so wüsste ich wohl auch ein Mittel, dem abzuhelfen.«
Der Viztum winkt seinem Sekretär und weist an: »Schickt dem Maler ein paar Liter Wein. Soll der Geist des Rebensaftes in seinem Kopf die nötige Erleuchtung hervorbringen.«
Dann wendet er sich wieder an Matthias: »In einer Woche werde ich Euch erneut einen Besuch abstatten. Ich hoffe für Euch, dass Ihr mir dann etwas zu zeigen habt. Sollte ich mich in Euch getäuscht haben, wäre es besser, wir hätten einander nie kennen gelernt.«
Brüsk dreht er sich um und rauscht ohne Abschied zur Tür hinaus. An der Schwelle bleibt er noch einmal stehen, sieht über die Schulter auf den Maler, sagt: »Ich habe meine Schwester sehr geliebt. Sie war die Letzte, die mir von meiner Familie noch geblieben ist. Bedenkt das bei Eurer Arbeit«, dann schlägt er die Tür hinter sich zu.
Matthias steht starr und sieht auf das geschlossene Türblatt.
Schuld. Er fühlt Schuld. Schuld gegenüber dem Herrn, für den er zu klein ist. Zu klein, um ihn darzustellen. Schuld auch gegenüber Johann von Cronberg, dem er versprochen hat, was er wohl nun nicht halten kann.
Und Scham. Matthias fühlt auch Scham. Brennend steigt sie ihm am Rückenmark empor bis zu den Ohren. Scham gegenüber dem Herrn. Berufen wollt ich sein, denkt er. Berufen bin ich vielleicht. Nur von wem? Berufen wohl, aber nicht auserwählt.
Scham auch gegenüber dem Viztum. Großsprecherisch kommt ihm nun seine Rede vor.
Klein und hässlich fühlt er sich, nichtsnutzig, ein schlechter Handwerker, ein hässlicher Mann, ein Schwätzer und Angeber und obendrein ein schlechter Christ.
Als es erneut an seiner Kammertür klopft, schreckt Mat-

thias zusammen. Verstecken möchte er sich am liebsten, niemanden will er sehen oder hören. Doch es ist nur ein Bote von der Johannisburg, der ihm den Wein bringt.
Kaum ist der Bote verschwunden, entkorkt Matthias den Krug. Er nimmt sich nicht einmal die Zeit, einen Becher zu füllen, sondern setzt den Krug an und trinkt, als wäre er am Verdursten. Er schluckt und schluckt, der Wein rinnt ihm über das Kinn, befleckt sein Wams, doch Matthias hält erst ein, als der Krug nichts mehr hergibt. Matthias setzt ihn ab, taumelt einen Schritt zurück und muss sich am Tisch festhalten. Der Krug entgleitet seinen Händen und zerspringt auf dem Kammerboden in tausend Scherben. Matthias sieht auf den zerbrochenen Krug und bricht in ein hässliches Lachen aus. Er hält sich am Tisch fest, sieht die Kammerwände, die sich um ihn herum drehen. Er rülpst, lacht wieder, doch dann wird er plötzlich ernst. Sein Blick fällt auf die Skizzenblätter, mit denen der Tisch bedeckt ist. Wütend holt der Maler aus und wischt mit der Hand die Blätter vom Tisch.
»Lug und Trug alles«, schreit er und weiß selbst nicht, was er damit meint.
»Lug und Trug und Sünde und Scham und Schuld«, schreit er weiter und wird plötzlich von einem Schluchzen geschüttelt, das tief aus seinem Inneren kommt, in der Brust schmerzt, in der Kehle und in den Augen brennt. Matthias sinkt auf die Knie, wischt mit den Händen ziellos die Blätter auseinander, krümmt sich dann zusammen wie im Schmerz, fischt nach einem Blatt und zerreißt es. Dann nimmt er das nächste, zerreißt auch dieses in tausend Schnipsel, greift nach einem weiteren Blatt, zerfetzt auch dies und das nächste und übernächste, so lange, bis der Boden seiner Kammer von Papierfetzen übersät ist. Wie im Rausch zerstört er, was er geschaffen hat, lässt nichts übrig, zerbricht auch den Stift, stößt den Tisch um, wirft

den Stuhl an die Wand. Rasend ist er, er tobt und wütet, bis er schließlich erneut erschöpft auf den Boden sinkt.
Jetzt hockt er wie erstarrt auf den kalten Steinen, das Hemd von Wein getränkt, hält nun nichts mehr in den Händen und wird wieder von Schluchzen geschüttelt.
Schon wieder klopft es an seine Tür, doch Matthias hört es nicht. Gar nichts hört er, auch nicht, wie die Kammertür aufgestoßen wird und Heinrich Reizmann den Raum betritt.
Reizmann sagt kein Wort, er kniet sich neben Matthias auf den Boden, legt ihm seine warme Hand auf den Arm. Diese Berührung reißt den Maler aus seiner Erstarrung. Er sieht den Stiftsherrn an und flüstert heiser, Schwaden von Weinatem hervorstoßend: »Alles entzieht sich mir. Die Bilder, die Menschen, Gott, nun vielleicht gar noch der erste Auftraggeber. Bin ich verdammt?«
Reizmann nimmt den Maler vorsichtig in seine Arme. Sehr bedacht ist er dabei, weiß er doch um die Zweideutigkeit dieser Handlung unter erwachsenen Männern. Er hält den Jüngeren im Arm, wiegt sich mit ihm hin und her, spricht leise auf ihn ein: »Ach, Matthias. Der Gott in uns ist immer einsam und arm.«
Zaghaft streicht er Matthias eine Haarsträhne aus der Stirn, streicht über seinen Rücken.
»Schuld. Schuld und Scham. Überall sehe ich nur Sünde und Beschämung. Wie kann ich einen Gott lieben, der meine Sünden trägt, der auch um meiner Sünden willen ans Kreuz geschlagen ist? Ewig stehe ich in seiner Schuld. Jeden Tag erneut bis zum Jüngsten Tag. Sie erdrückt mich, diese Schuld, macht mich klein und elend. Wie soll ich da Großes schaffen?«
Mit tränenüberströmtem Gesicht sieht er den Stiftsherrn an und sagt: »Eine Liebe, die auf Schuld beruht, kann keine Liebe sein. Mit freiem Willen und aus ganzem Her-

zen möchte ich unserem Herrn gegenübertreten, möchte Gerechtigkeit vor Gott erlangen, will die Schuld abladen, will mich ent-schuldigen.«
»Es gibt kein Entrinnen aus dieser Schuld«, erwidert Reizmann und hält den Maler noch fester in seinen Armen. »Der Mensch ist schlecht. Hat er eine Schuld beglichen, häuft er die nächste auf. Niemand ist frei davon.« Und leiser, viel leiser, fast unhörbar, setzt er hinzu: »Auch ich werde von tausend Teufeln geplagt. Immer wieder. Sogar in diesem Moment.«
Dann bemerkt Reizmann, dass Matthias in seinen Armen eingeschlafen ist. Er seufzt, sieht den jungen Mann an, betrachtet den zarten Bartflaum auf dem Kinn, die weiche Rundung der Wangen, das spitze, energische Kinn. Einen Augenblick lauscht er dem ruhigen, gleichmäßigen Atem, dann beugt er sich über den Schlafenden, streicht ihm noch einmal sanft über die Wangen und bettet ihn behutsam zur Ruhe.
Matthias denkt nicht daran, sich am nächsten Tag für den Aufruhr zu entschuldigen. Es ist, als ob der Weingeist ihm tatsächlich eine neue Eingebung verschafft habe. Oder ist es, weil er die zerfetzten Skizzen, die Scherben des Kruges aufgelesen und aus seiner Kammer geschafft hat, so dass nichts mehr an sein Versagen erinnert?
Matthias sitzt und lauscht in sein Inneres, den Blick hat er aus dem Fenster gerichtet. Doch er sieht das Blau des Himmels nicht und auch nicht die Giebel der gegenüberliegenden Häuser, hört nicht das Lachen der Mägde und nicht den Lärm vom nahen Markt. Er hat ein Bild vor Augen, ein Bild, das ihm gefällt, das ihm die Verspottung Christi so zeigt, dass er damit zufrieden sein könnte, stünde es schon so auf der Tafel. Nur einen Moment überlegt er noch, dann nimmt er den Silberstift zur Hand und lässt ihn über das Papier fliegen, schneller, als seine Gedanken

folgen können. Es ist, als führe ihm jemand anderer die Hand, als wäre die Hand seinem Geist stets um eine Linie, einen Einfall voraus.

Kühne Striche sind es, mit denen er das Papier füllt. Die Blickrichtung setzt er sehr niedrig an, so als würde der Betrachter von unten herauf auf die Szene schauen. Der Blick fällt so zuerst auf die weit gespreizten Beine des Soldaten, der den Strick, mit dem die Hände Jesu gebunden sind, hält. Am rechten Fuß federt sich die Blickbahn ein, führt nach oben über den Strick, den Ellbogen bis hinauf in die wutverzerrte Grimasse eines Bürgers, der einem Berserker gleich auf den am Boden knienden Jesus einzuschlagen droht. Der Maler Matthias sammelt beinahe tollkühn den Blick des Betrachters in der Faust des Wüterichs, so als könne der Beschauer den Hieb im eigenen Nacken spüren und müsse in Erwartung des Schlages den Atem anhalten.

Tollkühn und gewagt auch die Farben, die Matthias später auf der Memorientafel aufträgt. Er wartet nicht, bis Johann von Cronberg noch einmal kommt und die Skizze begutachtet. Ganz sicher ist sich Matthias, etwas Neues zu schaffen, einen neuen Blick auf eine altbekannte Szenerie zu bieten.

Im Vordergrund die grellsten Farben: Krapprot, Schwefelgelb, Grün. Noch einmal Rot, Violett.

Der am Bildrand hockende Jesus in gedeckten Farben, die Augen mit einem Tuch verbunden, das ihm den Blick auf die Schuld der Menschen verstellt und dessen Farbe sich im Hemd des am Strick zerrenden Schergen wiederholt.

Gewagt sind diese Farbgegensätze, kühn und so kraftvoll, dass das Leiden des Herrn überzeichnet und die Rohheit und Brutalität der Schergen bis ins Unerträgliche gesteigert scheint.

»Gewagt«, findet auch der Viztum die fertige Memorien-

tafel und lobt den radikalen Gestaltungswillen und die entschiedenen Aussagen des Bildes.
Er ist voll des Lobes, sagt immer wieder: »Matthias, Ihr habt mich nicht enttäuscht. Wahrlich, Ihr seid trotz Eurer Jugend ein großer Meister.«
Und dann lädt er den jungen Maler ins Schloss zu einem Empfang ein, zu dem auch der Stiftsherr Heinrich Reizmann geladen ist.
»Ihr habt gute Arbeit geleistet«, sagt von Cronberg. »Und Ihr sollt Euren Vorteil davon haben. Kommt ins Schloss und gebt Euch gesellig. Es soll Euer Schaden nicht sein.«
Auch Reizmann, den es immer wieder zu Matthias zieht, kommt und bestaunt die Verspottung. Genau wie von Cronberg lobt er das Bild und beauftragt Matthias, für den verstorbenen Johann Reizmann, einem Verwandten des Stiftsherrn, eine Totentafel zu malen. Sogar einen Gehilfen, einen Malknecht, der dem Maler zur Hand gehen soll, zahlt er Matthias.

Am Abend vor dem Fest im Schloss lässt Heinrich Reizmann Matthias zu sich bitten. Als der Maler die Gemächer des Stiftsherrn betritt, gerät er ins Staunen. Die Tafel ist festlich gedeckt, sogar ein leinenes Tischtuch fehlt nicht. Auf der Tafel stehen Platten mit Wild und Geflügel, an Weinkrügen herrscht kein Mangel.
»Ihr erwartet Gäste«, stellt Matthias mit einem Blick fest. »Ich werde später wiederkommen.«
»Nein, nein, bleibt hier«, widerspricht Reizmann. »Das Mahl ist für Euch bereitet worden.«
»Für mich? Aus welchem Grunde?«
Reizmann räuspert sich. »Nun, wer gut arbeitet, der soll auch gut essen.«
Mit einer Handbewegung bittet er Matthias Platz zu nehmen und reicht ihm die erste Fleischplatte. Noch immer

wundert er sich über den Aufwand, doch bald entdeckt er den eigentlichen Beweggrund für das Festmahl.

Für einen Augenblick schwankt er zwischen Ärger und Belustigung, als Reizmann ihm freundlich empfiehlt, sich doch die Fingernägel schneiden zu lassen und sich bei Tisch nicht mit der Hand zu schnäuzen, die nach dem Fleisch fasst. Auch das Tischtuch selbst eigne sich nicht als Schnäuztuch.

»Was soll das werden?«, fragt Matthias. »Habt Ihr mich zu Euch gerufen, damit ich höfische Sitten erlerne? Genügen Euch meine Manieren nicht?«

Reizmann schaut ertappt drein. »Lieber Freund«, sagt er dann vorsichtig. »Eure Arbeiten freilich sprechen für sich. An Auftraggebern wird es Euch nicht mangeln. Doch solltet Ihr die Kunst, Euch angenehm zu machen, beherrschen, denn sie verspricht Euch Zugang zu den Kreisen, die Eure Arbeiten auch bezahlen können.«

»Wollt Ihr, dass ich mich verkaufe?«, fragt Matthias mit vor unterdrücktem Ärger dunkler Stimme.

Reizmann lacht. »Diese Sorge hege ich nicht, dazu fehlt es Eurem Charakter an Geschmeidigkeit. Doch Höflichkeit und gutes Benehmen sind eine Zier, die Euch gut zu Gesicht stünde und auch Eurer Arbeit dienlich wäre.«

Matthias schluckt. Er weiß um die Richtigkeit von Reizmanns Worten. Und doch widerstrebt es ihm, sich den hohen Herren anzubiedern. Aber gute Tischmanieren sind noch keine Anbiederung. Auch Riemenschneider empfahl ihm das Erlernen der höfischen Sitten, selbst Fyoll machte ihn einst auf deren Wichtigkeit aufmerksam.

»Also gut«, brummt Matthias schließlich. »Zeigt mir, was ich noch beachten muss.«

Reizmann lächelt. »Ihr seid ein kluger Mann, Matthias. Wenn Ihr Eure Klugheit geschickt einzusetzen wisst, dann wird es Euch an Ruhm nicht mangeln.«

»Ruhm? Ich bin mir selbst nichts und fordere auch nicht, dass ich anderen etwas sein sollte«, erwidert Matthias mit einem Anflug von Trotz.
»Nicht für Euch, für Eure Werke müsst Ihr lernen.«
Dann fährt Reizmann fort, die Tischregeln zu erläutern: »Bei Tisch wird nicht gekratzt und gespuckt, die Zähne werden nicht mit dem Messer gesäubert, die Finger während des Essens nicht abgeleckt, die Fleischknochen nicht mit Fingernägeln oder Zähnen abgenagt. Und denkt daran, die Knochen unter den Tisch nahe Euren Füßen zu werfen, damit Ihr andere nicht verletzt!«
Aufmerksam hört Matthias zu, bemüht sich, allen Anweisungen des Stiftsherrn zu folgen. Einmal dazwischen fragt er doch: »Warum macht Ihr Euch die Mühe mit mir?«
Reizmanns Lächeln scheint auf seinem Gesicht erstarrt zu sein. Er sieht Matthias mit tiefem Blick an und erwidert langsam und mit leiser Stimme: »Weil ich Euch liebe, Matthias.«
Er macht eine kleine Pause und lässt seine Blicke über die Schultern und den Brustkorb des Malers gleiten. Unbehaglich wird Matthias unter diesem Blick, den er nicht deuten kann. Unbehaglich, so dass er die Augen senkt und sie erst wieder hebt, als Heinrich Reizmann hinzufügt: »Ich liebe Euch wie einen Bruder, Matthias.«

Befangen betritt Matthias am nächsten Abend an der Seite von Heinrich Reizmann den Festsaal. Überall prunken kostbare Leuchter mit echten Wachskerzen, Aromaöle verströmen schwere Düfte, die mit den Gerüchen der Speisen wetteifern. Blumen sind auf den Boden gestreut, einige Spielleute musizieren in einer Ecke des riesigen Saals, im Kamin lodern die Flammen, und überall aufgestellte Kohlebecken sorgen für eine angenehme Wärme.

Johann von Cronberg eilt Matthias entgegen, reicht ihm freundlich die Hand zum Kuss und führt ihn zur Tafel.
»Einen Augenblick der Aufmerksamkeit erbitt ich, Ihr Herren«, dröhnt er über das Stimmengemurmel hinweg. »Ich möchte Euch den Maler und Bildschnitzer Matthias aus Grünberg vorstellen. Er war es, der die Verspottung Christi für meine Schwester Apollonia so trefflich gemalt hat.«
Die versammelten Herren blicken auf, schenken Matthias freundliche Blicke und wenden sich dann wieder ihren Gesprächen zu.
Johann von Cronberg weist dem Maler einen Platz neben einem Herrn in der Tracht des Deutschherrenordens zu.
»Walter von Cronberg«, stellt der Viztum vor. »Ein Anverwandter aus Frankfurt, der um Eure Bekanntschaft bat.«
Unsicher nimmt Matthias neben dem hohen Herrn Platz, von dem er gehört hat, dass er wohl demnächst zum Hochmeister des Deutschherrenordens, einer überaus einflussreichen Stellung, gekürt werden wird.
Doch Matthias' Unsicherheit ist bald geschwunden. Walter von Cronberg ist ein umgänglicher Mann. Schon bald sind die beiden in ein Gespräch über die Malerei verstrickt, so dass Matthias kaum bemerkt, welche Köstlichkeiten er dabei isst. Es gibt in Schmalz gebackene kleine Vögel, Hühnerfleisch, in Mandelmilch und Speck gebraten, ein grün gefärbtes Spanferkel, seltenes Obst und einen mit Gold verzierten riesigen Hirschbraten. Auch der Wein fließt in Strömen: Riesling aus dem Elsass, Frankenwein, Roter aus Rheinhessen und sogar Wein aus dem fernen Italien wird gereicht.
Die Herren ringsum reden über Geschäfte, über Politik.

Einer unter ihnen, ein auffallend reich gekleideter Patrizier, tut sich besonders hervor.
Walter von Cronberg bemerkt, dass Matthias' Blick interessiert auf dem Patrizier ruht.
»Schaut ihn Euch gut an, den Jakob Heller aus Frankfurt«, raunt er dem Maler zu. »Er gehört zu den reichsten Männern der Messestadt. Als Stifter hat er einen großen Namen, versieht die besten Künstler des Landes mit Aufträgen. Zurzeit malt sogar der Nürnberger Albrecht Dürer einen Altar für ihn.«
Jakob Heller hat gehört, dass über ihn gesprochen wird. Er beugt sich über die Tafel zu Walter von Cronberg und sagt: »Albrecht Dürer, ja, ein großer Meister, doch schwierig im Umgang. Er hält die Termine nicht und fordert mehr, als ihm zusteht. Eine Krämerseele steckt in ihm. Als Kaufmann hätte er wohl auch seinen Weg gemacht.«
Aufmerksam sieht er Matthias an, betrachtet dessen Hände, wirft noch einmal einen fragenden Blick zu Johann von Cronberg, der am Kopfe der Tafel thront, dann sagt er:
»Wie wäre es, Meister Matthias, habt Ihr nicht Lust, mir den Aufsatz für den Altar zu malen?«
Matthias erschrickt. Er hat den Mund voller Fleisch, kann nicht schnell genug schlucken, verschluckt sich beinahe, weiß in diesem Moment ohnehin nichts zu sagen und ist dankbar, dass Walter von Cronberg für ihn antwortet:
»Lieber Heller, Ihr überrascht unseren verehrten Meister mit solch einer Frage zwischen dem Genuss eines gebratenen Täubchens und einem Stück Mandelkuchen. Lasst ihn erst die Kehle spülen, ehe Ihr seine Antwort hört.«
Heller lacht dröhnend. »Es hat sich schon mancher an mir verschluckt«, tönt er. »Aber gefressen habe ich noch keinen.«

Von Cronberg reicht Matthias den Krug. Beim Trinken sieht der Maler zu Heinrich Reizmann, der ihm gegenüber sitzt. Reizmann nickt ihm zu, doch Matthias zögert mit der Antwort. Er ist nicht Maler geworden, um den reichen Kaufherren einen Platz im Himmel zu ermalen. Von Gott ist er berufen, zu Gottes Ehre will er seine Begabung einsetzen.

Doch auch ein Maler muss leben. In Aschaffenburg ist nach Fertigstellung der Totentafel für Johann Reizmann nichts mehr zu tun. Matthias braucht Geld für Essen, Kleidung, Unterkunft und Farben. Und in Frankfurt wartet Magdalena auf ihn.

»Na, was ist nun?«, fragt Jakob Heller. Er lächelt, doch sein Blick zeigt Matthias deutlich, dass es nicht klug wäre, den Patrizier zu verärgern. Ablehnung oder gar Widerspruch ist der Mann nicht gewohnt, Dürer soll es noch am eigenen Leib erfahren.

Noch einen allerletzten Augenblick zögert Matthias. Alles in ihm sträubt sich, sein Talent in den Dienst eines solchen Mannes zu stellen. Doch als er an Magdalena und an seine Geldkatze denkt, zersplittert seine Überzeugung.

Schließlich nickt er und sagt: »Es wäre mir eine große Ehre, für Euren Altar einen Aufsatz malen zu dürfen.«

10. KAPITEL

Matthias kehrt 1505 nach Frankfurt zurück. Aber er ist nicht mehr derselbe. Er hat sich verändert, ist sicherer geworden im Umgang mit anderen Leuten, hat Wissen nicht nur über die Malerei und Bildschnitzerei erworben, sondern weiß auch, wie man seine eigene Meinung, seine eigenen Ansichten so verpackt, dass der Andere nicht brüskiert wird. Er denkt an Jörg Ratgeb, mit dem er im Streit auseinander gegangen ist. Ein überflüssiger Streit, heute weiß Matthias das. Deshalb führt ihn einer seiner ersten Wege auch zur Liebfrauenkirche. Ratgeb malt dort, ebenfalls im Auftrag Jakob Hellers, einen Altar für Lucia Heller.
Ob Ratgeb ihn empfangen wird? Oder ist er ihm noch immer gram?
Nein, Ratgeb begrüßt Matthias mit weit offenen Armen, begrüßt ihn nun nicht mehr als Lehrer, sondern als Freund und Kollegen.
»Willkommen in Frankfurt«, sagt er. »Willkommen zu Hause.«
Zu Hause? Ist die Stadt am Main Matthias' Zuhause? Nein, noch immer fühlt er sich heimatlos. Noch immer hat er weder ein Haus noch eine eigene Werkstatt und auch kein Verlangen danach. Und noch immer hat er keinen Menschen außer Magdalena, dem er sich zugehörig fühlt. Doch den Weg zur Mühle hat Matthias bisher vermieden. Er kennt den Grund dafür, fühlt ihn deutlich. Es ist die Angst, eine andere Magdalena vorzufinden als die, die er in seinem Herzen und vor seinen Augen in den letzten vier Jahren mit sich getragen hat.
Selbst eine Heimat im Glauben hat er noch immer nicht gefunden, zweifelt noch so manche Stunde an Gottes

allmächtiger Gegenwart, an seiner Liebe zu ihm, sogar an seiner Berufung zum Maler. Soll er mit Ratgeb darüber sprechen?
Mit Jörg Ratgeb, dessen Sicherheit in allen Lebenslagen ihn neidisch macht. Der ihm erscheint, als wüsste er auf alle Fragen die richtige Antwort und würde sich die Fragen, auf die es keine Antwort gibt, gar nicht erst stellen. Jörg Ratgeb, der Allerweltsfreund, der, gleich ob Bettler oder Patrizier, für jeden das passende Wort findet? Jörg Ratgeb, der an so vielen Tafeln der Stadt zu Hause ist und auch in seinen Bildern keine Zweifel zu kennen scheint?
Matthias wagt es. Die Fragen, die seit Aschaffenburg in seinem Inneren wie ein loderndes Feuer brennen, verlangen nach einer Antwort.
»Ratgeb, was ist der wahre Glaube? Wie entledigt man sich der Schuld? Wie wird man ein Gerechter Gottes? Wie kann man den Herrn lieben, ohne dass der Kreuzestod und die Vergebung als immer währendes Mahnmal dazwischen stehen?«, fragt er, als sie am Abend allein an einem Tisch in der Zunftstube sitzen.
Ratgeb zuckt die Achseln. »Ich bin Maler und Bildschnitzer, kein Philosoph, kein Geistlicher. Wir Maler und Bildschnitzer sind Werkzeuge Gottes im besonderen Sinn. Mit unserer Arbeit sind wir dem Glauben verpflichtet, nicht der Kirche, die meint, dass das Heil von ihr käme. Die Zeiten, in denen man den wahren Glauben in der Kirche finden konnte, sind vorbei.«
»Gibt es denn ein Heil außerhalb der Kirche? Gibt es Gerechtigkeit vor Gott außerhalb der Kirche?«
»Die Kirche! Die Kirche!«, spottet Ratgeb. »Schau sie dir an, unsere ehrwürdige Kirche mit ihren stolzen Vertretern, die zuerst an ihren eigenen Wanst denken, die Wasser predigen und heimlich Wein saufen, die huren und

betrügen, aber mit Ablässen und den Bußen für die kleinen Sünden der Armen nicht geizen.«
»Ratgeb, halt ein. Sei vorsichtig mit deinen Worten. Versündige dich nicht an der Mutter Kirche.«
»Warum nicht, Matthias? Warum nicht, wenn die Kirche und ihre Vertreter voller Fehl und Tadel sind?«
»Weil die geistliche Macht die weltliche an Würde überragt. Die geistliche Macht darf die weltliche einsetzen, zurechtweisen, richten, wenn sie falsch denkt oder handelt. Nicht so wie du jetzt, Ratgeb. Es steht uns nicht zu, über die Kirche zu urteilen.«
»Und wenn die geistliche Macht irrt?«, fragt Ratgeb. »Was dann, Matthias?«
»Irrt sie, so ist die Zurechtweisung Sache des Papstes und nicht die eines Weltlichen, nicht deine Sache, Ratgeb, auch nicht Sache der Bauern. Irrt der Papst, so kann er allein von Gott gerichtet werden.«
»Christus hat nicht gesagt, dass der rechte Glaube immer beim Papst oder der Geistlichkeit bleiben solle, sondern, dass der rechte Glaube immer in der Kirche erhalten bleiben müsse. Und wenn die Kirche sich durch die Geistlichkeit in Gefahr befindet, haben die christlichen Laien nicht nur das Recht, sondern die Pflicht, auf die Kirche Einfluss zu nehmen, um den wahren Glauben zu bewahren. Jeder von uns hat diese Aufgabe.«
»Als Maler und Bildschnitzer?«, fragt Matthias.
»Ganz recht. Schuldbeladen sind wir dem Herrn, nicht der Kirche gegenüber. Wir müssen den wahren Glauben in unseren Bildern zeigen. Das ist unsere Aufgabe, das ist unsere Ent-Schuldigung.«
»Du bist anmaßend, Ratgeb, nicht ich, wie du früher meintest. Willst den Maler und Bildschnitzer zum Schöpfer des Neuen machen, zum kleinen Bruder Gottes.«
Ratgeb lacht bei den letzten Worten von Matthias.

»Jetzt bist du in die eigene Falle getappt, Matthias. Wer wollte denn immer Neues, nie da Gewesenes schaffen?«
»Aber nicht auf kirchenfremden Wegen, Ratgeb«, begehrt der Grünberger auf. »Ich will auf dem von der Geistlichkeit, von der Kirche vorgeschriebenen Pfad bleiben.«
»Die Zeiten sind nicht geschaffen für falsche Demut und Duldung«, widerspricht Ratgeb. »Im ganzen Land lehnt man sich auf gegen die Obrigkeit der Kirche.«
»Ich bin Maler, Ratgeb. Nicht geschaffen zum Kämpfer mit Waffe und Schild. Habe genug zu kämpfen mit dem Pinsel in der Hand.«
Ratgeb sieht den Jüngeren aufmerksam an. Matthias scheint es, als schwinge eine leise Unzufriedenheit in Ratgebs Blick. Schließlich sagt der Freund: »Aufpassen musst du, Matthias, und Acht geben, dass du dich nicht zum Diener des falschen Herrn machst. Aufpassen musst du, dass du nicht zwischen die Räder des Alten und des Neuen gerätst und darin zerrieben wirst.«
Matthias versteht den Freund nicht. Doch einige Sätze des Gesprächs bleiben ihm im Gedächtnis haften, so sehr, dass sie seine Arbeit am Aufsatz für den Altar des Jakob Heller bestimmen. Die Möglichkeit der Schuldentladung durch das Malen, das ist der Gedanke, der die Hand des Malers führt, als er die Verklärung auf dem Berge Tabor malt. Einen Gott malt er, der über allem thront, über aller Schlechtigkeit und allen Zweifeln, erhaben über die Niedrigkeiten der menschlichen Seele und doch voller Verständnis und Vergebung dafür. Matthias malt nicht, was er fühlt, nein, diesmal malt er, was er sich wünscht, was ihm gut und richtig scheint. Er malt sein Gesetz.
Jakob Heller kommt, um den Fortgang der Arbeit zu betrachten. So leise betritt er die Werkstatt, die er für Matthias angemietet hat, dass dieser ihn nicht hört. Heller be-

trachtet das Bild, schirmt gar mit der Hand die Augen vor dem leuchtenden Blau des Himmels mit einer hellen Wolke im Vordergrund, in der Moses und Elias erscheinen, davor knien sämtliche Apostel.
»Zu beneiden seid Ihr, Meister Matthias, zu beneiden um Eure Freiheit, Eure Unabhängigkeit«, sagt er, und Matthias fährt erschrocken herum.
»Zu beneiden? Warum zu beneiden? Ich bin ein Diener meiner Eingebung, nicht Herr meines Willens.«
Heller stutzt. Sein Gesicht verfinstert sich.
»Diener Eurer Eingebung? Oh, nein! Mein Diener seid Ihr, Matthias! Die Möglichkeit Eures Tuns habe ich geschaffen. Ich gab den Auftrag, gebe das Geld, die Farben, sorge für Euer Auskommen. Und was verlange ich dafür? Ein Bild, ein einziges Bild nur.«
»Nein, Herr, Ihr verlangt mehr als ein Bild. Ihr erhofft Euch Unsterblichkeit oder zumindest die Reinwaschung aller Erdenschuld.«
»Schweigt!«, schreit Heller. »Glaubt Ihr, ich habe das Geld für Euch auf der Straße gefunden? Jeder dient dem Herrn auf seine Weise. Als meine Aufgabe sehe ich es, dem Herrn ein Bild zu schenken, ein Abbild seiner Größe und Erhabenheit.«
»Nein!«, widerspricht Matthias. Er weiß, dass er mit seinen nächsten Worten Heller verärgern wird, doch er kann sie nicht zurückhalten. Die Sicherheit des Patriziers, alles und jeden kaufen zu können, reizt ihn bis aufs Blut.
»Nein!«, wiederholt er. »Ihr gebt Geld, aber nur ich habe die Mittel, Eurem Geld einen Sinn zu geben.«
Matthias duckt sich in Erwartung eines Ausbruchs, doch Heller stutzt einen Augenblick, dann lacht er dröhnend, haut Matthias auf die Schulter, dass der Maler zusammenknickt, und sagt: »Gehört habe ich schon, dass Ihr hochfahrend seid, doch wollte ich es nicht glauben.

Wer seid Ihr, dass Ihr einem Mann wie mir ins Wort redet und meine Taten bezweifelt? Mutig nenne ich Euch, Matthias aus Grünberg. Und den Mutigen gehört die Welt.«

Mutig, denkt Matthias. Mutig nennt er mich, und Ratgeb hat mich verhalten der Feigheit bezichtigt. Doch es ist mir gleichgültig, was ich in wessen Augen bin. Ich bin mir nichts und verlange auch nicht, den anderen etwas zu sein.

Erinnert er sich, dass er diesen Satz so ähnlich in Aschaffenburg zu Reizmann gesagt hat? Und erinnert er sich auch an Reizmanns Antwort: »Nicht für Euch, für Eure Werke«.

Nein, in diesem Moment denkt er nicht daran. Und ganz und gar vergisst er den Satz, als er sich endlich doch vor die Tore der Stadt zur Mühle begibt.

Der Müller erkennt in Matthias nicht den unbeholfenen Bauernjungen, der vor sieben Jahren hier zum ersten Mal geklopft hat. Wie sollte er auch? Matthias hat sich verändert, auch äußerlich. Seine Kleidung erinnert nicht mehr an seine Herkunft. Wie ein Herr sieht er aus in seinem Samtwams, den ledernen Stiefeln und der goldenen Umhangspange, die er von Jakob Heller geschenkt bekommen hat.

»Was will der Herr von Magdalena?«, fragt er ehrerbietig.

»Ein neues Frauenzimmer ist da. Blutjung, erst wenige Wochen bei mir. Anschmiegsam und zärtlich, ganz wie der Herr es möchte.«

»Ich will kein Weib von Euch, Müller. Wissen will ich, wo Magdalena zu finden ist. Los, gebt Auskunft. Und zwar schnell.«

Über ein Jahr ist es her, dass Matthias nach Frankfurt zurückgekehrt ist, über ein Jahr hat er gewartet, ehe er den

Weg zu Magdalena findet. Nun aber kann es ihm nicht schnell genug gehen.

Der Müller ziert sich einen Augenblick und schaut begehrlich auf die lederne Börse, die Matthias an seinem Gürtel trägt. Matthias versteht, nimmt ein Geldstück und wirft es dem Müller zu. »Na, wisst Ihr jetzt, wo ich sie finde?«

»Beim Maitanz wird sie sein. Im nächsten Dorf, in Vilbel. Hat dort ein neues Auskommen gefunden.«

Wenig später steht Matthias am Rande des Dorfangers in Vilbel und sieht den Leuten beim Maitanz zu. Die Dorfmädchen haben ihre Kleider mit bunten Bändern geschmückt und sich Blumenkränze ins Haar geflochten. Mit geröteten Wangen schwingen sie am Arm der Burschen umher, während die Alten am Rande auf Bänken sitzen und das Geschehen mit Wohlwollen oder vielleicht auch Neid betrachten.

Schon kommt eine Maid auf Matthias zu, fasst ihn bei der Hand und will ihn zum Tanz ziehen. Matthias zögert, doch dann lacht er das Mädchen an und geht mit. Beim Tanzen hält er Ausschau nach Magdalena. Endlich sieht er sie.

Magdalena schreitet am Arm eines alten, dicken Mannes mit feistem Gesicht. Ihre königlichen Bewegungen unterstreichen die Plumpheit ihres Tänzers, ihr Lachen sprudelt aus ihrem Mund wie das Wasser aus einer Quelle, doch ihre Augen strafen die Fröhlichkeit Lügen. Besitzergreifend drückt der Dicke ihren Arm, führt Magdalena, als sei sie sein Eigentum.

Matthias hält mitten im Tanz inne, deutet mit dem Kopf in Richtung des Dicken und fragt das Mädchen an seiner Seite: »Wer ist das?«

Das Mädchen reißt erstaunt die Augen auf. »Das wisst Ihr nicht?«

Matthias schüttelt den Kopf. »Ich bin nicht von hier, komme aus der Stadt.«
»Eben darum müsstet Ihr ihn kennen. Es ist der Henker von Frankfurt.«
»Der Henker?«, fragt Matthias ungläubig und denkt an die Hinrichtung zurück, der er vor Jahren beigewohnt hat.
»Ja«, erwidert das Mädchen. »Er kommt immer nach Vilbel zum Maitanz. In Frankfurt ist ihm aufgrund seines Berufes die Teilnahme an jeder Festlichkeit verwehrt.«
Matthias nickt. Er weiß, dass bestimmten Berufen wie beispielsweise Henkern, Abdeckern, Badern, Gauklern und Huren die Teilnahme an städtischen Festen und Vergnügungen untersagt ist.
»Und die Frau an seiner Seite? Wer ist sie?«, fragt er.
Das Mädchen beugt sich dicht zu Matthias und tuschelt: »Man sagt, sie sei seine Braut. Der Müller vor Frankfurt schuldete dem Henker einen Gefallen, da hat er ihm Magdalena überlassen.«
Wie Messerstiche spürt Matthias diese Worte in seiner Brust. Fast hätte er sich vor Schmerz zusammengekrümmt. Magdalena als Braut des Henkers. War er zu lange weg gewesen? Er überschlägt im Kopf, wann er den letzten Brief von Magdalena bekommen hat. Weit länger als zwei Jahre ist das her, in Kronach noch hat er ihn erhalten. Und obwohl er den Brief wieder und wieder gelesen hatte, so hatte er doch nicht darauf geantwortet. Nein, er hat nicht erwarten können, dass Magdalena auf ihn wartet, obwohl er nichts von sich hören ließ.
Matthias nimmt die Hand des Mädchens von seinem Arm und sagt: »Mir ist die Lust zum Tanz vergangen. Ich geleite Euch zu Eurem Platz, damit Ihr einen neuen, einen besseren Tänzer findet.«
Erst jetzt, als er Magdalena am Arm eines anderen erblickt und dabei sieht, dass sie nicht glücklich ist, erkennt er in

aller Deutlichkeit, was sie ihm bedeutet. Magdalena. So viel Hoffnung war bisher für ihn in diesem Wort. Hoffnung auf einen Menschen, der für ihn da ist, der zu ihm gehören will. Nun scheint die Hoffnung verloren. Es ist seine Schuld, er weiß es. Er hat zu lange gewartet.
Einmal noch dreht er sich nach dem Paar um, da endlich bemerkt ihn Magdalena. Sie erstarrt in den Armen des Henkers, sieht plötzlich nicht mehr aus wie die Frau, die von ihm zum Tanze geführt wird, sondern wie eine Frau auf dem Weg zum Galgen. Lautlos bewegt sie die Lippen, flüstert Matthias' Namen.
Endlich wird auch der Dicke auf Matthias aufmerksam. Er sieht ihn fragend an, und plötzlich fasst Matthias einen Entschluss. Er winkt den Dicken zu sich, und eilfertig kommt dieser mit devotem Gebaren näher, Magdalena am Arm mit sich ziehend.
»Was wünscht Ihr, Herr?«, fragt der Henker.
»Einen Tanz mit Eurer Braut«, verlangt Matthias, sieht dabei zu Magdalena, die die Blicke schamhaft niederschlägt.
»Aber, Herr, das ziemt sich nicht«, begehrt der Dicke auf.
»Ziemt es sich vielleicht, dass ein Alter wie Ihr um so ein junges Ding freit?«, blafft Matthias, drückt dem Henker einen ganzen Gulden in die Hand und zieht Magdalena mit sich zum Tanz.
»Magdalena«, flüstert Matthias rau, als er sie in den Armen hält. Zaghaft schaut Magdalena hoch und sieht ihn mit klaren Augen an. Und wieder ist es Matthias, als würde Magdalena direkt in seine Seele blicken. Schmerzhaft spürt er den Verlust, so schmerzhaft, dass er den Blick abwenden muss.
Er drückt sie enger an sich, spürt, wie sich ihre Brüste gegen sein Wams drücken, und die Begierde flammt jäh in ihm auf. Besitzen will er Magdalena in diesem Augenblick. Besitzen das Weib, die Frau, mit Haut und Haaren. Kost-

bar erscheint sie ihm, nun, da sie einem anderen versprochen ist, so kostbar wie nie zuvor. Er muss sie haben, muss Magdalena für sich gewinnen. Sie ist sein Mädchen, war es immer, ist es jetzt mehr denn je.
»Nicht«, flüstert Magdalena und macht sich von Matthias los. »Ich bin jetzt die Braut eines anderen.«
»Nein!« Matthias schreit es fast. »Nein!«
»Ich habe lange auf dich gewartet, Matthias. Fünf Jahre lang. Die letzten beiden ohne Nachricht von dir. Sollte ich ewig in der Mühle bleiben? Ich habe gehört, dass du wieder in Frankfurt bist und für den reichen Heller arbeitest. Doch du bist nicht zu mir gekommen, ein ganzes Jahr lang nicht. Glauben musste ich doch, dass du mich vergessen hast.«
Matthias weiß keine Antwort, weiß nur, dass Magdalena Recht hat. Er bereut, dass er sie so lange warten ließ. Könnte er die Zeit zurückdrehen, würde er es tun.
»Liebst du ihn?«, fragt er.
Magdalena sieht den Maler an und erwidert: »Er bietet mir Wohnung, Essen, Kleider. Er wird für mich sorgen, so wie ich für seinen Haushalt sorgen werde. Eine anständige Frau werde ich auch durch ihn nicht werden, doch ich habe wenigstens die Möglichkeit, ehrbar ein Kind zur Welt zu bringen.«
Ein Haus, ein Weib, ein Kind. Immer hat sich Matthias dagegen gesträubt. Doch jetzt erscheint ihm nichts begehrenswerter als eben ein Haus mit Magdalena als seiner Hausfrau darin und ein Kind. Sorgen kann auch er für sie, Aufträge werden sich finden. Die Verklärung auf dem Berge Tabor, die er für Jakob Heller gemalt hat, ist fertig gestellt, wenn auch noch nicht bezahlt. Doch in Gelddingen kennt sich Matthias nicht aus, er hat kein Interesse daran. Ihm reicht es, genug zum Essen zu haben, einen Platz zum Schlafen, Farben, Holz und Leinwand. Mehr

braucht er nicht, mehr hat er sich nie gewünscht. Auch Magdalena wird reichen, was er zu bieten hat. Sie ist nicht verwöhnt, strebt nicht nach Putz und Zierrat.
»Ich hole dich weg von ihm«, verspricht er. »Schon morgen kümmere ich mich darum.«
»Nein, Matthias«, widerspricht Magdalena. »Du lebst in einer anderen Welt. Da ist kein Platz für mich. Wir sind nicht füreinander bestimmt.«
Die Spielleute lassen ihre Instrumente sinken. Der Tanz ist vorüber, die Paare lösen sich voneinander, streben zu den Bänken am Rande des Platzes, drängen zu den Getränken, wollen die Füße ausruhen.
Auch Magdalena löst sich von Matthias.
»Doch!«, erwidert er halsstarrig. »Wir sind füreinander bestimmt. Ich bin ganz sicher, und ich werde dich wegholen von dem Henker.«
Magdalena schüttelt den Kopf. »Leb wohl, Matthias«, sagt sie und geht zu dem Dicken, der schon ungeduldig auf sie wartet.
»Auf bald«, ruft Matthias ihr hinterher, doch sie wendet nicht den Kopf, nimmt nur den Arm des Dicken und verschwindet in der Menge.

Begehrte Matthias auf dem Tanzplatz nichts mehr als Magdalena, so schwindet sein Begehren, löst sich in nichts auf, als er am nächsten Tag in Frankfurt einen Brief aus Würzburg, einen Brief von Tilman Riemenschneider, erhält.
Riemenschneider schreibt ihm von Nikolas von Hagenau, der im elsässischen Isenheim einen Altarschrein für die Antoniter schnitzt und dringend die Hilfe eines ausgezeichneten Bildschnitzers sucht. Ein Großteil der Arbeiten sei schon vollbracht, doch Hagenau fehlt es an Kraft für den Rest. Matthias hat von dem Altar gehört. Ein

großes Werk soll es werden. Ein Altar für ein Spital der Antoniter. Er erinnert sich an Jakob Ebelson, den Abt des Antoniterklosters in Grünberg, und er erinnert sich auch daran, was Ebelson für ihn getan hat. Er war es, der Matthias auf den richtigen Weg gebracht hat. Dafür ist er ihm noch heute dankbar. Vielleicht nimmt er deshalb den Auftrag an, obgleich er weiß, dass es auch in Frankfurt genug für ihn zu tun gäbe. Oder flieht er vor Magdalena? Flieht er vor seinem Versprechen, das er aus einer Laune des Begehrens heraus gab? Mitnehmen kann er sie nicht, das weiß er. Was soll Magdalena in einem Spital der Antoniter? Sie, eine ehemalige Hure, in einem geistlichen Hause. Nein, ausgeschlossen, sie mitzunehmen.
Matthias braucht nicht lange, um seine wenigen Habseligkeiten zu packen. Er ist Maler und Bildschnitzer, zuerst und vor allem das. Nicht geschaffen für Haus, Hof und Weib, nicht geschaffen für Familie und Kinder. Wovon soll er sie ernähren? Wie soll er Magdalena einen Hausstand bieten, wenn die Aufträge verlangen, von Ort zu Ort zu ziehen?
Er ist noch jung, tröstet er sich. Und auch Magdalena ist es noch. Der Alte wird bald sterben, und dann ist noch immer Zeit, für Magdalena und für sich ein Zuhause zu schaffen.
Noch nie hat er einen Altarschrein geschnitzt. Erst muss er sich an dieser Aufgabe erproben, alles andere hat Zeit, muss Zeit haben.

11. KAPITEL
Der Maler Gottes

14 Monate nachdem Matthias Frankfurt betreten hat, verlässt er die Stadt wieder. Er schließt sich einem Pilgerzug auf dem Weg nach Santiago de Compostela an. Edelleute, Kaufherren, Handwerker, Freie und Bauern, aber auch viel fahrendes Volk, gewerbsmäßige Bettler und anderes, wenig erfreuliches Gesindel zieht auf der Handelsstraße Frankfurt – Brescia, einer der Jakobspilgerstraßen, in Richtung Bodensee. Angetan mit dem grauen Pilgerhut und der Muschel daran, dem Wahrzeichen derer, die nach Santiago de Compostela unterwegs sind, dem Umhang und dem Pilgerstab, laufen die Menschen durch staubige Straßen, schlafen in den Pilgerherbergen am Weg und haben während der langen Wanderung genügend Zeit, einander kennen zu lernen. Ein junger Patrizier hat im Rausch einen anderen erstochen, er geht den Pilgerweg, um Buße zu tun. Eine Frau hat ein Kind tot geboren, es als Strafe Gottes verstanden und will ebenfalls ihre Schuld verbüßen. Eine Schar Dominikanermönche geht für die Sünden der Welt den Pilgerweg, und eine junge Frau will in Santiago den Herrn um die Gesundung ihres ebenfalls noch jungen Mannes bitten, der an der Franzosenkrankheit leidet.

Warum geht Matthias mit in diesem Zug? Will er den Herrn gnädig stimmen, damit ihm in Isenheim Glück bei der Arbeit beschieden ist? Oder geht er mit den frommen Pilgern, weil er um die Schuld weiß, die er Magdalena gegenüber auf sich geladen hat? Zum zweiten Mal hat er nun schon ihr gegenüber ein Versprechen gebrochen. Da hilft auch die Sendung mit Küchengegenständen nichts, die er zur Hochzeit in das Haus des Henkers übersandt hat. Oder geht er, der Menschen-

scheue, inmitten all dieser Menschen, um sich in Demut zu üben? Will er die Menschen aus nächster Nähe studieren, um sie noch besser malen und schnitzen zu können? Sammelt er auf diesem Pilgerzug Gesichter, Körper, Gesten und Mimiken, um sie später in seinen Bildern festzuhalten? Es ist von allem etwas. Matthias geht zwischen Menschen, mit denen er scheinbar nichts gemein hat, drängt sich des Abends in den Herbergen Leib an Leib mit ihnen, riecht ihren Schweiß, ihre Angst, hört ihre Geschichten und Schicksale. Aber vor allem geht er auf diesem Weg, weil er hofft, inmitten all der Gläubigen Gott näher zu kommen. Er hat die Verklärung auf dem Berge Tabor fertig gestellt, doch er hat sie ohne inneren Antrieb gemalt. Sein Moses, sein Elias schweben nicht in der Himmelswolke, nein, Matthias scheint es, als klebten sie dort. Er hat mit der Verklärung kein Bild gemalt, sondern einen Auftrag ausgeführt. Zwar gibt es am Handwerklichen nichts zu bemängeln, doch er allein weiß, dass nicht sein Inneres ihn zu diesem Aufsatz gedrängt hat. Er hat das Bild um seiner Geldkatze willen gemalt, hat es auch gemalt, weil man einem Jakob Heller keinen Auftrag abschlägt, hat es gemalt, um dem Aschaffenburger Hofleben zu entfliehen. Frei wollte er sein, frei und unabhängig und hat doch nur die eine Abhängigkeit gegen die andere eingetauscht. Und seit Matthias das erkannt hat, kann er Gott nicht mehr spüren. Er hat die Liebe Gottes verloren, hat auch Magdalenas Liebe verloren. Einsam war Matthias schon immer, doch jetzt fühlt er sich nicht nur einsam, sondern verlassen. Und Verlassenheit ist schlimmer als Einsamkeit, denn ihr kann man nicht entfliehen, durch keine Beschäftigung, durch keine Begegnung.
Matthias wischt die Gedanken an Magdalena fort. Er ist Maler, sagt er sich, Maler und Bildschnitzer. Er muss sich

mühen, die zu lieben, die er abbilden will. Für die Liebe im richtigen Leben bleibt nichts übrig.

Er muss zurückfinden auf den Weg, den er beschritten hat, als er den Lindenhardter Altar gemalt, als er die Verspottung Christi geschaffen hat. Alles andere ist ihm nichts, und kein Geld der Welt kann daran etwas ändern.

Lange noch beschäftigen Matthias diese Gedanken.

Auch noch, als er nun inmitten des Pilgerzuges durch das Elsass wandert, an Straßburg vorbei, über die ersten Höhenzüge der Vogesen, an Weinbergen entlang, in Colmar nächtigt und weiter wandert, bis er schließlich das Antoniterhospital von Isenheim erreicht. Er verabschiedet sich von seinen Weggefährten, die weiterziehen über Valence nach Arles, um schließlich irgendwann auf den Chemin Traditionnel, den traditionellen Jakobspilgerweg, zu treffen, der über Montpellier nach Santiago de Compostela führt.

Guido Guersi, der Vorsteher des Klosters, empfängt Matthias.

»Gott zum Gruße, Matthias aus Grünberg«, sagt er und betrachtet den jungen Mann aufmerksam von oben bis unten. »Es freut mich, dass Ihr hierher gefunden habt, um dem Herrn mit Eurer Hände Arbeit zu dienen.«

Matthias stutzt, und der Präzeptor bemerkt es.

»Oder habt Ihr einen anderen Grund, hier zu sein?«, fragt er dann, streicht sich über die Kutte aus Wollstoff mit dem hellblauen Tau, dem Kreuz, dessen Senkrechte nicht über die Waagerechte hinausgeht, dem Zeichen der Antoniter, und rückt das rote Chaperon, die Kapuze, mit der Hand zurecht.

Matthias schüttelt den Kopf, weiß nicht, was er sagen soll, wie er es sagen soll, sieht den Präzeptor mit einem Ausdruck der Hilflosigkeit an, sieht in das schmale, edle Gesicht mit dem langen, grauen Bart, sieht in die klugen aufmerksamen Augen und erkennt, dass er in Guido Guersi einen Menschen vor sich hat, dem nichts fremd ist. Kein Zweifel, keine Angst, kein Leid, keine Frage, die der Präzeptor des Isenheimer Klosters nicht kennt. Und Matthias sieht auch die Güte in seinem Gesicht, die Liebe zu den Menschen und die innere Ruhe und Zufriedenheit. Matthias steht und schaut; tief in sich verspürt er den Wunsch, diesem Mann, der ihm an Jahren weit voraus ist, sein Herz zu öffnen, ihm alle Zweifel und Ängste, all sein Versagen zu offenbaren.

Doch Matthias tut es nicht, er ist ein scheuer Mensch, der seine Gefühle im Verborgenen trägt. Er seufzt nur und sagt: »Ich suche die Liebe Gottes. Ich suche sie hier bei Euch, suche sie zeit meines Lebens. Manchmal trage ich sie für Augenblicke nur in meinem Herzen, doch festhalten kann ich sie nicht. Vielleicht gelingt es mir hier, an diesem Ort, beim Schnitzen der Schreinfiguren.«

Der alte Mann mit dem eisgrauen Bart nickt und lächelt, stillschweigendes Verstehen.

»Warum gerade bei uns? Warum gerade hier?«, fragt er, und Matthias erzählt ihm von seiner Zeit bei den Grünberger Antonitern, hätte gern noch mehr erzählt, doch sein Mund verschließt sich und bringt auch die Seele zum Schweigen.

Guersi wartet geduldig. Als er sicher ist, dass Matthias nichts mehr sagen wird, nimmt er ihn am Arm und sagt: »Ich werde Euch das Hospital zeigen. Ich werde Euch zeigen, für wen Ihr diese Figuren schnitzen sollt.«

Gemeinsam gehen sie durch den Klostergang hinüber in das Hospital. Schon vor der Tür riecht Matthias den Gestank nach verwesendem Fleisch, Angst, Urin, Blut, Eiter, Fäulnis, nach Tod. Schwer legt sich dieser Geruch auf seine Kehle, so schwer, dass er schlucken muss, doch

der Geruch haftet schon in den Kleidern, in den Haaren, auf seiner Haut.
»Ja, ja«, sagt Guersi. »Das Leben gaukelt einem vor, es würde nach Blumen duften, der Tod aber verschleiert nichts. Der Tod ist die garstigste Seite des Lebens und lässt dies den Menschen mit allen Sinnen spüren. Spätestens der Tod ist es, der die Demut eintreibt, die der Mensch dem Leben schuldet.«
Matthias möchte gern weglaufen. Er hat Angst vor Krankheit, Leid und Tod. Er kennt die Qual am Leben aus eigener Erfahrung. Er scheut den Schmerz und die Pein der anderen, um nicht an den eigenen Schmerz und die eigene Pein erinnert zu werden. Doch während man seine Seelenqual verstecken kann hinter einem aufgesetzten Lächeln, kann man diese Krankheit hier, das Antoniusfeuer, nicht verstecken.
Matthias will weg. Seine Schritte werden zögernder, doch der Präzeptor hat ihn am Arm, zwingt ihn vorwärts.
Gemeinsam betreten sie das Hospital. Schreie hallen durch die Gänge, Schmerzensschreie, ein Wimmern und Flehen. Laut und klagend, leise und röchelnd. Matthias scheinen diese Geräusche der Folter des Höllenfeuers zu entstammen. Er möchte die Ohren verschließen.
Und er möchte sich die Augen zuhalten, als er den am Antoniusfeuer erkrankten Mann sieht, der auf dem Boden liegt und unendlich mühsam versucht, seinen ausgezehrten Körper mithilfe der Ellbogen vorwärts zu ziehen.
Matthias müsste hin zu dem Kranken, ihm hochhelfen, ihn stützen, doch er bleibt vor Ekel und Angst wie erstarrt stehen, die Blicke fest auf den Siechen gerichtet. Durch dessen zerrissene Kleidung ist der blau-grün-schwarz verfärbte Leib zu sehen. Jetzt hält er erschöpft inne und rollt sich auf die Seite, so dass Matthias den von der

Wassersucht aufgetriebenen und mit Blasen übersäten Bauch sehen kann. Die Hände und Arme sind von einer pergamentartigen Hautschicht überzogen und lassen die Knochen beinahe durchscheinen. Die Glieder sind allesamt ausgezehrt und von stinkenden Eitergeschwüren bedeckt.
Der am Boden Liegende sieht Matthias aus entzündeten Augen an und fleht mit heiserer Stimme: »Herr, betet für mich! Betet für mich zum heiligen Antonius! Helfen kann nur noch er! Betet für mein schnelles Ende, für ein Ende der Qualen und Schmerzen.«
Matthias steht noch immer wie erstarrt. Er bemerkt nicht einmal den Schweiß, der ihm auf der Oberlippe steht. Guido Guersi steht hinter ihm, hält ihn am Arm und sagt: »Schaut sie Euch gut an, diese Elenden. Ihre entstellten Körper werden von glühender Hitze, eisiger Kälte und qualvollen Krämpfen geschüttelt. Doch auch sie sind Gottes Geschöpfe. Vergesst das nie.«
Ein Pfleger kommt den Gang entlang. Er sieht den Kranken am Boden, tupft ihm mit einem Tuch die Stirn, redet beruhigend auf ihn ein: »Leonhardt, Ihr müsst zurück in den Krankensaal. Ich helfe Euch auf.«
Der Pfleger, ein Antonitermönch, fasst den Kranken am Arm und will ihn hochziehen, doch der Kranke stößt solch gellende, hohe Klagelaute aus, dass Matthias sich zusammenkrümmt, als er sie hört.
Der Pfleger sieht zu ihm hoch. »Kommt, fasst mit an. Alleine schaffe ich es nicht.«
Hilfe suchend schaut Matthias zu Guersi. »Ja, mein Sohn, fasst mit an. Die Krankheit ist nicht ansteckend. Helft dem armen Leonhardt.«
Widerstrebend zieht Matthias den Kranken mithilfe des Pflegers auf die Füße. Der Körper des Mannes ist so ausgemergelt, dass er nicht mehr zu wiegen scheint als eine

Strohpuppe. Mühelos nimmt Matthias den Mann auf die Arme, muss sich nicht den Weg zum Krankensaal zeigen lassen, er geht einfach den Schreien nach und befindet sich plötzlich in einem hohen Raum. Eine Bettstatt steht dicht neben der anderen, auf jedem freien Fleck ist Stroh aufgeschüttet. Die Kranken liegen zu dritt und zu viert nebeneinander, so beengt, dass jede Bewegung unmöglich ist. Die Pfleger laufen hin und her, bieten dort einen Schluck Wasser, da einen Löffel Suppe, spenden Trost, beten. Mehr können auch sie nicht für die Kranken tun. Sobald ein Kranker in einem Bett stirbt, nehmen die Mönche ihn heraus, schütten neues Stroh über die Stelle und legen schon den nächsten hinein. Für Leonhardt findet sich nur noch ein Plätzchen auf dem Boden. Matthias und der Pfleger legen ihn auf einer alten Pferdedecke ab, dann flieht der junge Maler beinahe aus dem Saal.
Draußen wartet der Präzeptor auf ihn.
»Na, mein Sohn, wollt Ihr noch immer die Schreinsfiguren für unseren Altar schnitzen?«, fragt er.
Matthias schluckt. Weglaufen möchte er und diesen Ort am liebsten nie mehr betreten. Und doch hält ihn irgendetwas hier fest, hindert ihn, dem Präzeptor eine Absage zu erteilen. Matthias weiß, dass er hier bleiben und den Altar schnitzen muss, er fühlt es deutlich, doch er weiß nicht, warum das so ist. Demut senkt sich in sein Herz, Ergebenheit vor dem Leid der Kranken, vor der pflegenden Hingabe der Antoniter, vor allem aber Demut und Ergebenheit vor der Güte und Weisheit des Präzeptors.
»Ich werde mein Bestes geben«, sagt Matthias, und seine Stimme klingt vor Ehrfurcht und Bescheidenheit ganz dünn.
»Ich weiß, mein Sohn«, erwidert der Präzeptor und scheint durch Matthias' Augen hindurch auf den Grund seines Herzens zu blicken. Spürt Guersi, wie sehr Mat-

thias ihm zugeneigt ist? Ja, es scheint, als empfinde auch der Präzeptor eine gewisse Nähe zu dem scheuen Maler. Es ist ein Zeichen der Sympathie, dass der Ältere den Jungen plötzlich duzt. »Ich weiß, mein Sohn. Ich heiße dich willkommen in Isenheim. Möge Gott es dir zu einem Zuhause werden lassen. Ein Zuhause auf Zeit oder auf Ewigkeit.«

Niklas von Hagenau ist ein schweigsamer, ausgezehrter Mann, der nicht nur mit Worten, sondern auch mit Bewegungen sehr sparsam umgeht. Seit einigen Jahren schon arbeitet er an dem Altar, seine Kraft ist fast verbraucht. Müde und erschöpft ist er, graugesichtig, hohlwangig. Er ist froh, in Matthias einen Bildschnitzer seines Ranges gefunden zu haben, denn trotz der vielen Gehilfen braucht die Arbeit einen handwerklichen Geist, der organisiert, ergänzt, anweist. Hagenau allein schafft es nicht mehr. Und obwohl Matthias noch fremd ist in Isenheim, fremd in diesem Siechenhospital, schnitzt er an den Figuren, als entsprächen sie einem Plan, der lange und geruhsam in seinem Inneren gereift ist. Hagenaus fertige Statuen sind ihm auf Anhieb so vertraut, als hätte er sie selbst geschnitzt.
Tagsüber arbeitet Matthias Seite an Seite mit dem schweigsamen Mann, schnitzt eine Predellafigur nach der anderen – Christus und die Apostel –, lässt sich immer wieder von der Kunstfertigkeit der bereits fertigen mannshohen Statuen der Heiligen Antonius, Augustinus und Hieronymus bezaubern. Am Gesprenge und am Aufsatz arbeiten die Gesellen nach seinen und Hagenaus Anweisungen, führen sorgsam die feinen Schnitzereien aus.
Am Abend streift Matthias durch die Gegend. Hier, in den sanften Ausläufern der Vogesen, findet er Ruhe und Stille zum Nachdenken. Noch immer weiß er nicht, was ihn in

Isenheim hält. Die Arbeit mit dem wortkargen Hagenau ist nach seinem Geschmack, das Leben der Antoniter vertraut, an die Siechen im Hospital hat er sich gewöhnt. Warum also sollte er weg von hier? Es gibt keinen Grund. Natürlich gibt es keinen Grund. Aber einen Grund für sein Festhalten, den muss es geben. Und dieser Grund ist so einfach, dass Matthias ihn fast übersehen hätte: Er ist glücklich in Isenheim. Glücklich wie noch nie in seinem Leben. Heimisch, er fühlt sich heimisch in Isenheim. Es ist, als ob er hierher gehört, schon immer hierher gehört hat, nur weg war für eine Zeit und nun nach Hause zurückgekehrt ist. Guido Guersi. Ein Großteil von Matthias' Wohlbefinden verbindet sich mit dem Präzeptor.
Es ist Liebe, die der junge Maler für den alten Mann empfindet. Nicht bloße Zuneigung, sondern Vertrauen, großes, umfassendes Vertrauen.
Bei Holbein war Matthias ein – zumeist – höflicher Schüler, Ratgeb ein aufrichtiger Freund, Riemenschneider ein achtender Sohn, Reizmann ein rätselhafter Bruder.
Können Menschen einander nicht näher kommen? Sich nicht mehr öffnen? Einander nicht mehr sagen? Wie oft hat er diese Sätze gedacht? Wie oft sich einen Menschen gewünscht, dem er sich offenbaren kann, zeigen kann, wie er ist, mit allen Schwächen, allen Tiefen, allen Zweifeln und allen Fragen, ganz und gar ohne Angst?
Und nun Guido Guersi. Welches Glück, sich ganz und gar durchschaut und doch geliebt und verstanden zu wissen! So muss auch die Liebe Gottes sein, die Liebe, nach der er noch immer sucht. Hier in Isenheim erhält er eine Ahnung davon. Gottes Liebe muss sein wie die Liebe des alten Präzeptors: allumfassend, allwissend, allverstehend, allgültig und allverzeihend.
Was sagte ihm Guersi beim letzten Gespräch? »Liebe kann man dem Wesen nach nur durch einen anderen

Menschen empfinden. Ja, der Mensch selbst kann sich nur durch einen anderen Menschen empfinden. Sogar der Ausdruck der Liebe Gottes bedarf des Menschen, denn Gott hat keine anderen Hände als die der Menschen.«

Und eines Abends, Matthias ist seit einem halben Jahr bei den Antonitern, fragt er den Alten auch nach der Entlassung aus der Schuld. Ratgebs Antwort hat ihm nicht genügt. Er, Matthias, empfindet seine Arbeit nicht als Schuldabtragung. Er malt und schnitzt, weil er malen und schnitzen muss. Er kann nichts anderes, hat nie etwas anderes gewollt. Pinsel, Palette, Mörser, Farben, Geißfuß, Hohlbeitel und all die anderen Werkzeuge sind für ihn Lebensmittel. Mittel zum Leben, Dinge, die ihn jeden Morgen erneut dazu bewegen, aufzustehen und sich dem Tag zu stellen. Erfüllung findet er also nur dann, wenn ihm etwas Außergewöhnliches gelungen ist. Selten, viel zu selten noch verspürt er dieses Glücksgefühl. Und auch darüber spricht er mit dem väterlichen Freund.

Guido Guersi schweigt lange, ehe er antwortet. Man sieht seinem Gesicht an, dass er Wichtiges zu sagen hat und nach behutsamen Worten sucht.

Schließlich beginnt er, legt dabei seine fast durchsichtige, von dunklen Adern durchzogene und mit Altersflecken bedeckte Hand auf den Arm des Jüngeren.

»Matthias«, sagt er beschwörend und sehr ernst. »Du könntest noch mehr erreichen, eines Tages. Wenn du nicht mehr wehleidig und ängstlich bist und dich davor fürchtest, dich bis ins tiefste Innere aufwühlen zu lassen, dann erst wirst du wahre Wunder in der Kunst bewirken. Doch wenn du weiter an der Oberfläche des Tages hängen bleibst und es nicht wagst, in die Nacht deiner Seele einzutauchen, wirst du niemals mehr als ein ausgezeichneter Handwerker sein. Der Sieg der Harmonie des Geis-

tes und der Seele über den Stoff, das ist deine Lebensaufgabe, ist die Aufgabe von jedermann.«
»Ich bemühe mich, ich ringe, ruhe nicht«, erwidert Matthias.
Guersi lächelt leise: »Der Sieg der Harmonie des Geistes heißt nicht ringen, nicht kämpfen, sondern im Gegenteil loslassen, fallen lassen, hingeben.«
Er sieht Matthias an und schweigt einen Augenblick, ehe er weiterspricht: »Dem geschnitzten Altarschrein fehlen noch Tafeln. Ich suche nach einem Maler dafür. Du könntest es sein, Matthias, aber noch bist du nicht so weit.«
»Ich verstehe Euch nicht, Vater. Erklärt mir, was Ihr meint«, drängt Matthias, spürt dabei an der Reaktion seines Körpers – schneller Herzschlag, rasender Puls –, dass ihm Guersi etwas Existenzielles mitzuteilen versucht, etwas, das Matthias' Innerstes berührt, ihm aber dennoch verschlossen ist.
»Erklärt mir, was Ihr meint«, bittet er fast flehentlich und sieht den Alten mit so heißen Augen an, dass dieser schließlich seufzt und nach Worten sucht: »Gott wählt unter den Menschen einen unter vielen, die Last einer Idee zu tragen. Und wie der Holzblock dem Geißfuß widersteht, so bäumt sich der Mensch auf und schreit: ›Warum ich? Warum soll ich das Schicksal tragen, das mich von den anderen unterscheidet, mich fremd und einsam macht unter ihnen?‹«
Matthias nickt und kann nicht verhindern, dass ihm Tränen in die Augen treten. »Ich weiß, was Ihr meint, Vater, ich kann es spüren. Eure Worte gehen mir durch Mark und Bein, lassen das Blut schneller fließen, das Herz rascher schlagen. Berufen bin ich, ich weiß es schon lange, aber bin ich auch auserwählt, diese Idee zu tragen, in die Welt zu bringen?«
Guersi zuckt die Schultern: »Ich weiß es nicht, Matthias.

Ich weiß nicht, ob du die Kraft hast dafür. Die Kraft, den Mut, die Stärke. Denn des Menschen innerstes Wesen ist die Auflehnung, der Widerstand gegen Gott.«
»Nein«, begehrt der junge Maler auf. »Nicht gegen Gott. Es ist ein Aufbegehren gegen die Schuld des Kreuzestodes.«
Guersi nickt. »Du magst Recht haben damit, Matthias, und du selbst weißt, dass wir nicht aus der Schuld entlassen sind, uns nicht selbst daraus entlassen können. Wo immer wir hinkommen, die Erlösungsbedürftigkeit jedes Einzelnen ist schon da. Der Mensch nach dem Kreuzigungstod erfährt sich selbst in der Gefangenheit seiner Schuld an diesem Tod, erfährt sich eben darum in der Einsamkeit seines Ichs. Eine Einsamkeit, die ihn auf ewig vom anderen trennt und ihn unfähig macht, tiefe und innige Liebe zu geben und sich schenken zu lassen. Nicht einmal von Gott.«
»Dann gibt es keine Liebe?«, fragt Matthias. »Und ohne Liebe keinen wahren Glauben?«
»Es gibt die Hoffnung«, erwidert Guersi. »Die Hoffnung und die seltenen Augenblicke der Erfüllung, des Einsseins mit sich, mit Gott, mit einem anderen Menschen. Ein jeder hofft und sehnt die Befreiung aus dem Käfig der Schuld und Ich-Einsamkeit herbei. Zum Beispiel durch die Liebe.«
Matthias schweigt eine Weile, hängt seinen Gedanken nach. Guersi lässt ihn, stört mit keinem Wort, mit keiner Geste.
Endlich hebt Matthias den Kopf, sieht den Präzeptor mit klaren Augen an und sagt fest und entschlossen: »Ich möchte die Tafeln für den Isenheimer Altar malen, Vater. Bereit bin ich, dafür in die tiefsten Untiefen meiner Seele hinabzutauchen.«
Etwas leiser setzt er hinzu: »Vom ersten Augenblick mei-

nes Hierseins an habe ich gespürt, dass Isenheim ein ganz besonderer Ort für mich ist. Eine Bestimmung, ein Zuhause. Ich finde die rechten Worte nicht, und doch weiß ich eines ganz genau: Ich möchte diesen Altar malen. Nichts gibt es, was ich mehr begehre.«
Guersi nickt. »Ich weiß, mein Sohn, doch es ist noch nicht so weit. Lass dir noch etwas Zeit. Diese Tafeln verlangen den ganzen Menschen, verlangen ihm alles ab. Doch dieser Mensch musst du erst noch werden.«
Der Präzeptor unterbricht sich, denkt nach, schüttelt den Kopf und sagt dann: »Du musst ein Meister sein, bevor du zurück nach Isenheim kommst. Nur einem Meister kann ich einen solch großen Auftrag erteilen.«
Matthias nickt, kann die Enttäuschung nicht verbergen.
»Du bist auf dem Weg, Matthias«, tröstet der Präzeptor. »Doch du hast noch eine Strecke vor dir bis zum Ziel. Niemanden deines Gewerkes, deiner Kunst kenne ich, der diesem Ziel so nahe ist wie du. Die Tafeln werden auf dich warten. Das verspreche ich dir.«

12. KAPITEL
Der Maler Gottes

Am Tag, als Matthias die letzte Figur der Predella zu Ende geschnitzt hat, kommt ein Bote nach Isenheim.
Aus Mainz ist er gekommen, von der Residenz des Erzbischofs, und er hat Nachrichten für Matthias. Im Beisein Guido Guersis übergibt er die Nachricht.
»Ich soll auf Antwort warten, es eilt«, berichtet der Bote. »Schon morgen früh werde ich zurückreiten.«
Matthias hat nicht die leiseste Ahnung, was der Erzbischof von ihm wollen könnte. Neugierig bricht er das Siegel, entfaltet die Pergamentblätter und liest.
Der Präzeptor von Isenheim beobachtet ihn dabei, sieht das Wechselspiel seiner Miene, sieht die Spannung und die leise Furcht – ein Brief von der Obrigkeit verheißt nicht immer Gutes –, dann die Entspannung, Freude und Stolz.
»Was ist?«, fragt Guersi. »Was schreiben dir die Mainzer?«
Matthias lässt das Blatt sinken, und sein Gesicht zeigt jetzt Ratlosigkeit. »Johann von Liebenstein ist gestorben. Neuer Erzbischof von Mainz ist nun Uriel von Gemmingen. Er fordert mich auf, nach Aschaffenburg zu kommen und Hofmaler in seinen Diensten zu werden.«
»Wirst du dem Ruf folgen?«, fragt Guersi.
Matthias zuckt mit den Achseln: »Meine Arbeit am Schrein ist fast vollendet. Ein paar Feinheiten noch an den Aposteln, mehr nicht. Hagenau und die Gesellen werden das Gesprenge und den Aufsatz ohne meine Hilfe schaffen.«
»Also gehst du?«
»Ich weiß es nicht. Hier werde ich nicht mehr gebraucht. Ihr selbst habt gesagt, dass ich die Tafeln jetzt noch nicht

malen kann. Aber zum Höfling tauge ich nicht. Ich habe keine Freude an Putz und schönen Gewändern, kein Vergnügen an Gesellschaften und höfischem Spiel. Ratet Ihr mir, Vater Guido, was ich tun soll.«
»Die Stelle als Hofmaler bedeutet Geld, Ruhm und Ansehen …«, erwidert Guersi, doch ein energisches Klopfen an der Tür unterbricht ihn. Der Mönch von der Pforte erscheint und berichtet ehrfürchtig von der Ankunft eines Stiftsherrn mit seinem Gefolge, der den Grünberger Maler zu sprechen wünscht. Er hat kaum zu Ende gesprochen, da wird er auch schon zur Seite gedrängt, und Heinrich Reizmann stürmt in den Raum.
»Matthias«, ruft er anstatt einer Begrüßung, »habt Ihr Euch schon entschieden?«
Dann erst bemerkt er den Präzeptor, der lächelnd die Begegnung verfolgt.
Ehrfürchtig verbeugt sich Reizmann, küsst dem alten Mann die Hand und entschuldigt sein Auftreten.
Noch immer lächelnd winkt Guersi ab, lässt Wein und ein wenig Essen zur Stärkung bringen.
Matthias steht mit hängenden Armen im Raum, seine Hand hält noch immer die Nachricht aus Mainz.
Er sieht die zwei Männer im Begrüßungsgespräch, und auf einmal ist ihm, als wären diese beiden die Repräsentanten der beiden Seelen, die in seiner Brust wohnen.
Reizmann als Verkörperung von Geld, Ruhm, Ansehen und höfischem Leben, Verkörperung der eigenen Werkstatt mit den Auftraggebern, mit Weib, Gesinde und Kindern. Verkörperung auch der Welt, zu der Matthias selten nur dazugehören wollte. Dazugehören, um nicht länger einsam und allein zu sein.
Daneben Guersi als Vertreter der ideellen Werte, als Inbegriff der von Gott geschaffenen Seele und der Gerechtigkeit vor Gott, ja, sogar der lang gesuchten und heiß er-

sehnten Nähe zu ihm, Sinnbild seiner Bestimmung, die nichts mit den irdischen und materiellen Werten gemein hat, aber die Hoffnung auf das Seelenheil birgt.
Matthias sieht Reizmann und Guersi, die Vertreter seiner beiden Seiten, Verkörperungen der irdischen und himmlischen Gerechtigkeit, Arm in Arm zu Tisch gehen.
Gibt es ein Heil außerhalb der Kirche? Wird mich die Stelle des Hofmalers für die Kirche instrumentalisieren? Wo liegt mein Heil? Werde ich es eines Tages mit Gottes Hilfe in mir finden, oder bestimmt die Kirche das Heil? Wer bestimmt meinen Wert? Wer den Wert meiner Bilder? Ich? Die Kirche? Werde ich nie da Gewesenes schaffen, weil die Kirche verfügt, dass es etwas nie da Gewesenes sei, gleichgültig, ob ich es ebenso empfinde? Bin ich als Diener des Erzbischofs von Mainz nur Werkzeug der Kirche, oder kann ich gleichzeitig ein Werkzeug Gottes, so wie hier in Isenheim, sein?
Und in Isenheim? Nützt es denn, nie da Gewesenes zu schaffen, wenn die Nachricht davon nicht über die Grenzen dieser Klostermauern dringt?
Wer beurteilt mich? Wer bewertet meine Bilder? Sind wir das, was wir in den Augen der anderen, der Obrigkeit, ganz gleich ob weltlich oder kirchlich, sind? Ist das die Richtschnur? Oder sind wir das, was wir vor Gott sind? Und woher wissen wir, was wir vor Gott sind?
»Matthias, was stehst du da und schaust? Willst du dich nicht zu uns setzen?«
Die Frage Guersis schreckt Matthias aus seinen Gedanken.
Am Tisch wiederholt Reizmann seine Frage: »Habt Ihr Euch entschieden, nach Aschaffenburg an den Hof Uriel von Gemmingens zu kommen?«
»Ich muss darüber nachdenken«, erwidert Matthias und weiß, dass ihm noch nie eine Entscheidung so schwer ge-

fallen ist. Er hat in Isenheim bei Guido Guersi nicht nur ein Zuhause gefunden, sondern fühlt sich zum ersten Mal in seinem Leben auch bei sich selbst zu Hause.

»Matthias«, drängt Reizmann und beugt sich dabei mit aufgestützten Armen über den Tisch. »Es war nicht leicht, Eure Berufung durchzusetzen. Noch seid Ihr kein berühmter Maler. Walter von Cronberg war es, der von Gemmingen auf Euch aufmerksam gemacht hat. Auch Jakob Heller hat sich für Euch verwandt. Eine große Ehre für einen 27-jährigen. Eine Ehre, die Eure Zukunft bestimmt. Was gibt es da zu überlegen? Jubeln solltet Ihr und Gott danken für dieses Geschenk!«

»Was geschieht, wenn ich dem Ruf nicht folge?«, fragt Matthias ruhig und macht keine Anstalten, in Jubel oder Dankesgebete auszubrechen.

Reizmann schaut erstaunt, dann lehnt er sich im Stuhl zurück, sein Gesicht wird streng, nimmt beinahe höfischen Ausdruck an. »Nun«, sagt er. »Rechnet es Euch selbst aus: Ihr habt einem der höchsten kirchlichen Würdenträger eine Abfuhr erteilt, habt Walter von Cronberg und Jakob Heller Lügen gestraft. So etwas spricht sich herum. Einem Maler, der den Erzbischof von Mainz, dem reichsten Patrizier Frankfurts und dem Hochmeister des Deutschherrenordens nicht zu Gefallen war – von Euch selbst gar nicht zu reden –, dem wird es in Zukunft an Auftraggebern mangeln. Wenn die Kirche ruft, so hat man ihrem Ruf zu folgen. Ihr wisst es, Matthias.«

Der junge Maler nickt. Ja, er weiß es, brauchte trotzdem noch einmal die Bestätigung aus Reizmanns Mund. Fragend sieht er zu Guersi. Doch Guersi antwortet nicht.

»Gut«, entscheidet Matthias dann. »Hier in Isenheim gibt es für mich keine Arbeit, in Aschaffenburg dagegen wird es einiges zu tun geben. Ich muss mich im Handwerk schulen, muss mich noch weiter ausprobieren. Die Stelle als Hofmaler verschafft mir dafür die rechte Gelegenheit. Auch für den Weg zum Seelenheil braucht man Proviant.«

Hat Matthias die ganze Zeit nur zu Guersi gesprochen, so wendet er sich nun an Heinrich Reizmann.

»Ich werde Euch nach Aschaffenburg begleiten«, sagt er mit fester Stimme.

»Wusste ich es doch, dass Ihr ein kluger Mann seid und eine solche Chance nicht ungenutzt in den Wind schlagt«, ruft Reizmann strahlend aus und klatscht in die Hände.

»Ruhm und Reichtum sind mir herzlich gleichgültig«, erwidert Matthias. »Ich werde als Maler und Bildschnitzer nach Aschaffenburg gehen, nicht als Höfling.«

Jetzt sieht er zu Guersi. Er beugt sich zu dem alten Mann, legt ihm die Hand auf den Arm. »Vater«, sagt er, »ob mein Entschluss der rechte ist, wird sich weisen. Doch wie soll ich herausfinden, wer ich bin, wenn ich nicht einige Dinge ausprobiere?«

»Das wahre Wesen des Menschen, sein innerster Kern, kommt von Gott, ist die Stimme Gottes. Wenn du deine Ohren vor dieser Stimme nicht verschließt, Matthias, und meinst, deine Sicherheit in der Überzeugung zu finden, du hättest das Leben unter Kontrolle, so kann dir nichts passieren. Egal, wo du bist, egal, was du bist, du wirst der werden, der du bist.«

Gerührt ist Matthias von diesen Worten. So bewegt, dass er aufsteht und den alten Mann im Überschwang seiner Gefühle umarmt. »Danke, Vater«, sagt er. »Ich danke Euch für alles.«

Guersi klopft dem Jungen auf die Schulter und sagt, bevor er ihm den Segen erteilt: »Vergiss nicht, Matthias, die Tafeln warten auf Euch. Sie sind Euch versprochen, sobald Ihr die Reife in Euch fühlt und den Meisterbrief in der Tasche habt.«

Am nächsten Morgen brechen sie auf.
Reizmann und Matthias reisen auf gut gepolsterten Sitzen in einer bequemen Kutsche mit dem Wappen des Erzbischofs und werden von zwei erzbischöflichen Wachmännern begleitet. Der Mainzer Bote ist schon weit voraus.
Sie sind noch nicht lange unterwegs, sind noch im Elsass, irgendwo zwischen Colmar und Straßburg, als die Kutsche am Rande eines Waldes plötzlich stehen bleibt.
Reizmann beugt sich hinaus, ruft dem Kutscher zu: »Hey, was ist los? Warum halten wir?«
Der Kutscher erwidert nichts. Reizmann sieht sich nach den Wachmännern um, doch er kann sie nirgends entdecken.
»Ich werde selbst sehen, was passiert ist«, seufzt er und öffnet den Kutschenschlag. Sein Fuß hat noch nicht den Boden erreicht, als er auch schon am Hals gepackt wird und eine scharfe Messerklinge an der Gurgel spürt. Mit vor Entsetzen weit aufgerissenen Augen sieht Reizmann nun auch die Wachmänner und den Kutscher, die gerade von einigen Männern an einen Baum gefesselt werden.
»Was wollt ihr?«, röchelt der Stiftsherr mit vor Angst dünner Stimme. »Was wollt ihr? Und wer seid ihr?«
Sein Angreifer lässt ihn los und stößt ihn von sich, so dass Reizmann in den Staub fällt. Er rappelt sich auf, dreht sich auf den Rücken und schaut nun in die Gesichter derjenigen, die für den Überfall verantwortlich sind. Fünf oder sechs Männer in bäuerlicher Kleidung, dazu noch zwei, die bei den Gefesselten an dem Baum stehen.
»Was wollt ihr?«, jammert er und nestelt mit feuchten Händen nach seiner Börse. »Hier, nehmt das Geld! Nehmt alles, was ich habe, doch lasst mir mein Leben.«
Zur gleichen Zeit zwingen zwei andere Bauern auch Matthias zum Aussteigen, stoßen ihn neben Reizmann in den

Wegstaub, halten die mitgeführten Dreschflegel zum Schlagen bereit.

Während Matthias trotz der augenscheinlichen Bedrohung keine Angst verspürt, hört er Reizmann neben sich jammern und betteln: »Verschont mich, ihr guten Leute! Ich bin ein Stiftsherr, ein Diener Gottes. Wenn ihr mir ein Leid tut, so verspielt ihr das ewige Leben. Habt Erbarmen.«

»Hört an, hört an, wie der Pfaffe jammern kann«, sagt einer der Bauern, ein Mann mit dunklem Bart und breiten Schultern, und die anderen lachen.

»Ihr guten Leute, ihr braven Leute«, winselt Reizmann weiter und windet sich wie ein Wurm im Staub. »Nehmt meine Börse und geht, dann werde ich für euer Seelenheil beten.«

»Halt's Maul, Pfaffe!«, donnert der Bärtige. »Lange genug habt Ihr und Euresgleichen uns mit Versprechungen hingehalten. Glaubt nicht, Ihr könnt uns mit der Hölle schrecken, die haben wir bereits auf Erden.«

Matthias liegt neben Reizmann, schweigt, bittet nicht, bettelt nicht, sondern betrachtet die Bauern, als sähe er sie zum ersten Mal. Er sieht die entschlossen gereckten, kräftigen Kinne, die müde, fahle Haut, die abgearbeiteten Züge, die Linien und Falten des Kummers, des Hungers und des Leides in ihren Gesichtern. Auch die Bauern scheinen zu wissen, dass ihnen von Matthias keine Gefahr droht, dass er nichts für ihr Unglück kann. Sie beachten ihn nicht, ja, sie verzichten sogar darauf, ihn nach Waffen oder Messern zu durchsuchen.

Der Bauer nestelt an seinem Kittel und holt ein Flugblatt daraus hervor. »Hört gut zu, Pfaffe, merkt Euch jedes Wort und erzählt dem Erzbischof zu Mainz, unter dessen Wappen Ihr fahrt, was Ihr hier erlebt habt.«

Der Bauer räuspert sich, und Matthias hört Reizmann neben sich erleichtert aufatmen. Wenn er dem Erzbischof berichten soll, dann heißt das ja, dass man ihm das Leben lässt.

»Ich höre, ich höre«, versichert er eifrig.

Der Bauer kneift die Augen zusammen und liest dann in der holperigen Art desjenigen, der das Lesen nicht gewöhnt ist:

»Wir Bauern verlangen unser altes Recht, das göttliche Recht. Weg mit dem großen Zehnt von der Ernte, weg mit dem lebendigen Zehnt an Pferden, Schweinen, Kühen, Schafen, Ziegen, Hühnern und Gänsen, weg mit dem kleinen Zehnt von Hopfen, Malz, Heu, Äpfeln, Milch, Eiern, Wein und Beeren. Weg mit dem Abschlag beim Tod des Familienoberhauptes, behalten wollen wir dies alles, dazu wollen wir fischen, jagen, Holz schlagen, unsere Tiere auf den Gemeinwiesen weiden lassen, und obendrein verweigern wir das beste Pferd, die beste Kuh.«

Der Bauer hält inne, das Lesen hat ihn angestrengt. Er kniet sich neben Reizmann in den Staub, packt ihn am Wams und zieht ihn mühelos ein paar Handbreit nach oben.

»Habt Ihr verstanden, Pfaffe?«, fragt er drohend.

»Gewiss, gewiss, guter Mann. Alles habe ich verstanden, jedes Wort, und werde es sogleich dem Erzbischof melden«, beeilt sich Reizmann zu versichern.

Der Bauer stößt den Stiftsherrn zurück in den Staub, nimmt ihm die Börse ab, nimmt auch den kostbaren Rosenkranz, die goldene Schließe, den ledernen Gürtel und die fein gearbeiteten Stiefel. »Lang genug habt Ihr Euch an diesen Kostbarkeiten geweidet. Es wird Zeit, dass die Dinge ihren rechtmäßigen Besitzern zurückgebracht werden.«

Er nimmt die Sachen und verteilt sie an seine Kumpane. Dann wendet er sich zu Matthias, nimmt auch dessen

Börse, lässt ihm die Stiefel, lässt ihm den Gürtel. Dann zwinkert er ihm zu und sagt: »Ich weiß nicht, wer Ihr seid, doch von dem Pfaffenpack seid Ihr keiner. Euer Gesicht ist zu ehrlich dafür. Verzeiht also, dass wir uns nehmen, was wir nötig haben, und vergelt es Euch Gott.«
Dann steht der Bauer auf, spuckt noch einmal vor Reizmann in den Straßenstaub. »Merkt Euch diese Worte gut, Pfaffe, und seid versichert, wir kommen und holen uns, was uns zusteht.«
Dann winkt er seinen Kumpanen, und die Bauern verschwinden im Dickicht des Waldes genauso schnell, wie sie gekommen sind.
Matthias hilft dem erschöpften Reizmann in die Kutsche, bindet die Wachmänner und den Kutscher los, gibt Befehl zur Weiterfahrt.
Während der Fahrt erholt sich Reizmann sichtlich von seinem Schrecken. Er klopft sich den Staub von den Kleidern, bedauert den Verlust seines Geldes und seiner Sachen und sagt schließlich: »Die Bauern muss man drücken, sonst drücken sie uns. Der Vorfall hat es bewiesen. Ich werde Beschwerde beim Erzbischof einlegen und dafür sorgen, dass diese Halunken, das Diebsgesindel und Lodderpack, schwer bestraft werden.«
Matthias könnte widersprechen, könnte Reizmann von der Armut dieser Leute erzählen, von der Last der Abgaben, vom Hunger der Kinder. Er kennt das alles aus Grünberg. Doch Matthias schweigt. Ich bin Maler, denkt er. Sollen sich die Bauern gegen die Kirche auflehnen, denn was haben sie schon zu verlieren? Ich kann es nicht, bin abhängig von der Obrigkeit, der Kirche auf Gedeih und Verderb ausgeliefert. Erst recht als Hofmaler.

Zwei Jahre lebt Matthias nun auf der Johannisburg in Aschaffenburg. Alles hat sich verändert, ist anders, als er geglaubt, als er gehofft hatte. Alles ist anders, auch er ist anders geworden. Er trägt jetzt einen Umhang aus schwerer Seide, ein besticktes Samtwams, Beinlinge in verschiedenen Farben, der rechte rot, der linke grün, und auf dem Kopf einen feinen Hut, der mit einer Pfauenfeder geschmückt ist.

Matthias müht sich, quält sich, ringt. Doch nicht um Bilder geht es bei seinem Ringen, sondern darum, den Erwartungen, die die höfischen Sitten stellen, gerecht zu werden. Doch es gelingt ihm nicht. Plump kommt er sich vor. Plump und ungewandt, wenig zierlich, eher grob und ungeschlacht. Seine Tischsitten unterscheiden sich nicht mehr von denen der anderen, und trotzdem hat Matthias das Gefühl, alles, was er macht, macht er falsch. Seine Kleidung kommt ihm trotz der teuren Stoffe armselig vor, seine Gespräche zu wenig geistreich, zu wenig vornehm, sein Verhalten den Frauen gegenüber zu wenig charmant und galant. Er tut sich schwer mit den Gewohnheiten am Hof, tut sich besonders schwer, weil sie seinem Wesen nicht entsprechen. Es ist, als hafte ihm der Geruch der Grünberger Bauern, der kleinen Werkstatt des Vaters, der Armut noch immer an, soviel er sich auch mit Sandelholzwasser parfümiert. Doch auch im Umgang mit dem Erzbischof selbst, dem Viztum und den anderen hohen Würdenträgern hat er Schwierigkeiten. Sie sprechen eine andere Sprache, ja, die meisten der Gespräche erscheinen Matthias als Geschwätz. Nie geht es dabei um die Dinge, die für ihn wichtig sind, alle Reden sind ihm hohl und oberflächlich. Bringt er einmal ein Thema ein, dann sehen ihn die Herren befremdet an, schlagen ihm auf die Schulter und sagen: »Ja, unser Hofmaler, er schwebt in anderen Welten.«

Als Hofmaler gehört er zum Gefolge des Erzbischofs Uriel von Gemmingen. Er trinkt, jagt, spielt mit den Herren des

Hofes und tanzt und plaudert ungeschickt, verhalten und ohne große Lust mit den Damen bei den abendlichen Geselligkeiten, die allzu oft in regelrechte Gelage ausarten.
Kurzum, Matthias fühlt sich unwohl. War Isenheim sein Zuhause, so fühlt er sich auf der Johannisburg als ungelegener Besucher, als einer, der sich in der Anschrift geirrt hat und sich plötzlich in einem falschen Leben wiederfindet.
All sein halbherziges Mühen nützt ihm nichts, im Gegenteil, sein Unbehagen wächst von Tag zu Tag, so dass er schließlich nicht einmal mehr malen kann. Sein Kopf, in dem die Ideen sonst wie Irrlichter umherflackern, ist leer, seine Hand zu schwer, um die Malwerkzeuge zu halten, sein Willen, seine Besessenheit sind einer dumpfen Melancholie gewichen. So fremd, wie er hier am Hofe ist, so fremd ist er sich selbst geworden. Ein Spielball ist er, ein Spielball der Höflinge, der Bediensteten, der Würdenträger, der Kirche. Unfähig ist er, die Intrigen des Hofes zu durchschauen, sich dagegen zu wehren.
Sein ärgster Spötter ist der Sekretär und Kammerdiener des Erzbischofs von Mainz.
Erst in der vergangenen Woche hat der ihn wieder vor dem gesamten Hof lächerlich gemacht. Matthias spürt noch immer die brennende Scham, als er nach dem Mittagsmahl grüßend über den Innenhof der Burg spazierte, gefolgt von Gekicher, Getuschel und Gewisper, auf das er sich keinen Reim machen konnte. Was war denn los? Warum grinsten die alle so? Sonst waren sie doch auch nicht so freundlich und fröhlich. Was war mit ihm? Hatte er einen Farbfleck auf der Nase, war sein Beinkleid gerissen?
Hastig eilte Matthias in seine Kammer und betrachtete sich aufmerksam in dem venezianischen Spiegel, ein Geschenk des Uriel von Gemmingen. Doch er konnte nichts Befremdliches, nichts Lustiges an sich entdecken. Er sah

aus wie immer. Erst als er den Umhang ablegte, bemerkte er das daran geheftete Ringelschwänzchen eines Schweines. Wütend war er aus der Kammer geeilt und hatte den Sekretär, in dem er den Übeltäter vermutete, zur Rede gestellt.

»Ein Schweineschwanz an Euerm Rock, sagt Ihr?«, hatte der Sekretär höhnisch und betont unschuldig gefragt. »Ei, wo der wohl hergekommen sein mag? Ja, die Natur spielt manchmal seltsame Streiche, aber letztlich findet wohl doch jeder Topf sein Deckelchen oder …« Der Sekretär hielt inne und verzog seinen Mund zu einem hämischen Grinsen. »… oder sollte ich lieber sagen: jedes Schwein sein Schwänzchen?«

Das Gelächter der anderen dröhnt Matthias noch immer schmerzhaft in den Ohren. Selbst Uriel von Gemmingen hatte seinen Mund verzogen, der Viztum sich kichernd abgewandt.

Jetzt ist er auf dem Weg in das Stift zu Heinrich Reizmann. Seit Matthias auf der Johannisburg lebt, hat er Reizmann oftmals bei den abendlichen Gelagen getroffen, und manchmal war der Kanoniker auch bei einer Jagd dabei.

Am Hofe wurde hinter vorgehaltener Hand über Reizmann getuschelt. Sogar Matthias waren die Gerüchte über die widernatürliche Neigung des Stiftsherrn zu Knaben zu Ohren gekommen. Auch erinnerte er sich an manchen Abend, da Reizmann ihm nach dem Genuss etlicher Becher Wein die Hand vertraulich aufs Knie gelegt hatte. An einer solchen Verbindung zu dem Kanoniker war Matthias nicht gelegen, er suchte bei Reizmann den Rat des Freundes.

»Die Stellung als Hofmaler macht mich krank«, vertraut er ihm wenig später in dessen Gemächern an. »Ich kann mich nicht in die Sitten des Hofes einfinden, alles erscheint mir schal und inhaltslos. Der Kirche wollte ich dienen, nicht der Eitelkeit der Herren, nicht der Spottlust der Höflinge.«

»Ihr seid zu stolz, Matthias«, findet Reizmann.

»Ich zu stolz? Nein, nein! Ihr täuscht Euch. Die Leute spotten über mich, lachen mich aus. Wie könnte ich da zu stolz sein?«

»Eben darum, Matthias. Ihr tragt eine unnahbare Miene zur Schau, beteiligt Euch lustlos an den Spielen und der Jagd, zeigt deutlich, dass Euch die Gesellschaft der anderen langweilt. Sie meinen, Ihr dünkt Euch etwas Besseres, deshalb spotten sie.«

»Ja? Ist das so?«, fragt der Maler. »Und wenn schon! Ich passe nicht an einen solchen Hof. Malen will ich, nichts sonst, und Gott dabei dienen. Monatelang schon verweigert mir der Pinsel den Dienst. Ich bin mir selbst fremd geworden hier, kein Bild will mir gelingen, kein Holzblock sein Geheimnis lüften. Helft mir, Reizmann, helft mir, hier wegzukommen, ohne dass es großen Schaden macht. Helft mir, ich bitte Euch, ich kann so nicht länger leben.«

Reizmann seufzt und sieht Matthias von oben bis unten wohlgefällig an.

»Es täte mir Leid, auf Eure Gesellschaft verzichten zu müssen, Matthias. Nennt mir einen Grund, warum ich begrüßen sollte, dass Ihr geht.«

»Der Grund heißt Freundschaft. Ihr könnt nicht wollen, dass ich weiterhin unglücklich hier bin, wenn es ist, wie Ihr sagt, wenn Ihr wirklich mein Freund seid.«

Reizmann macht ein nachdenkliches Gesicht, scheint zu überlegen. Matthias nimmt all seinen Mut zusammen. So dringend ist sein Bedürfnis, Aschaffenburg und der Johannisburg den Rücken zu kehren, dass er bereit ist, Dinge auszusprechen, die besser verschwiegen blieben.

»Reizmann, wenn Ihr mir helft, dass Uriel von Gemmin-

gen mich an einen anderen Auftraggeber ›verleiht‹, so zeigt es dem gesamten Hof, dass die Gerüchte um Euch nichts sind als eben nur Gerüchte.«
Reizmann schaut auf. Sein Gesicht verdüstert sich, er kneift die Augen zusammen, zwischen den Lidern funkelt und blitzt es.
»Wie meint Ihr das, Matthias?«
Matthias schluckt und hofft, sich nicht zu weit vorgewagt zu haben. Reizmann zum Feind zu haben kann seine Stellung hier nur noch verschlimmern. Jedes Wort will genau überlegt sein. Deshalb erwidert er vorsichtig: »Jeder weiß, dass ich nicht zuletzt Euch diese Stellung zu verdanken habe. Und beinahe jeder meint, dass ich nicht zum Hofmaler tauge. Empfehlt Ihr mich weiter, so hat der Hof seine liebe Ruh und ich ebenfalls. Keiner kann Euch nachsagen, Ihr hättet mir die Anstellung aus Eigennutz verschafft.«
Reizmanns Gesicht hellt sich auf. »Es ist etwas Wahres an Euren Worten, Matthias. Lasst mich sehen, was ich für Euch tun kann.«
Reizmann verschränkt die Arme vor der Brust, stützt sein Kinn auf die Faust und schaut aus dem Fenster hinaus auf das Treiben vor dem Stiftsbrunnen.
»Jakob Heller war kürzlich in Geschäften hier. Er sprach davon, dass er einen Maler sucht, der ihm vier Seitentafeln zu seinem Altar malt. Ihr wisst schon, den Altar, der bei Dürer in Auftrag ist. Der Hof hat Schulden bei Heller. Wenn der Frankfurter Kaufmann sich für Euch bei Uriel von Gemmingen verwendet, Euch sozusagen vom Hofdienst ›ausleiht‹, so dürfte der Erzbischof zustimmen müssen. Er kann es sich aufgrund der Finanzlage nicht leisten, den Patrizier vor den Kopf zu stoßen.«
Reizmann hält inne, blickt noch immer sinnend aus dem Fenster, vor dem es jetzt laut zugeht. Stimmen sind zu hö-

ren, Geschrei und Gekeife. »Hol Euch der Teufel, Büttel. Euch und das ganze erzbischöfliche Gesindel dazu. Leid sind wir es, Euch die dicken Wänste zu füllen, während unsere hungrig bleiben«, schreit einer wutentbrannt.
Dann hört man das Klatschen eines Stockes und das Wehgeschrei des Mannes. Auch der Büttel schreit: »Halt's Maul, Bauer, und fahr deinen Karren zur Burg. Und eil dich, sonst behalten wir dich da. Dich und das restliche Dreckspack, das seine Abgaben nicht pünktlich leistet.«
Ein Wagen rumpelt vorbei, die Stimmen werden leiser, verstummen schließlich.
Reizmann seufzt. »Ihr hört, Matthias, die Bauern verweigern der Kirche ihren Teil. Mit immer härteren Mitteln muss das Pack gezwungen werden, zu geben, was der Kirche gehört. Der Erzbischof musste die Anzahl der Herolde, Büttel, Wachmänner und Eintreiber erhöhen. Das alles kostet Geld. Geld, das die Kirche nicht hat. Die Kassen sind leer, der Hof auf den Hund gekommen.«
Matthias wundert sich. An den Tafeln und Geselligkeiten, an dem Prunk und Glanz des Hofes ist nicht zu merken, dass die Geldlade, in der nach alter Tradition ein Hund auf den Boden eingraviert ist, leer ist. So leer, dass die Gravur zu sehen, der Hof sprichwörtlich auf den Hund gekommen ist.
Reizmann dreht sich zu Matthias, lächelt über das ganze Gesicht und breitet die Arme aus. »Ein Plus für Euch, Matthias. Von Gemmingen kann Heller den Wunsch, dass Ihr die restlichen Tafeln des Altars malt, nicht abschlagen. Und Heller wird Euch mit Kusshand in seine Dienste nehmen, da bin ich sicher. Der Frankfurter schuldet mir noch einen Gefallen, der hier nichts zur Sache tut. Und der Ärger mit Dürer wird das Seinige dazu beitragen, dass Ihr schon bald Aschaffenburg den Rücken kehren könnt.«

»Und Ihr, Reizmann, was verlangt Ihr dafür von mir?«, fragt Matthias, der längst weiß, dass in dieser Gesellschaft nur der Tod umsonst zu haben ist.
Reizmann lächelt wieder, kneift die Augen zusammen.
»Eure Freundschaft, Matthias. Und ich verlange sie nicht, ich erbitte sie von Euch.«
»Meiner Freundschaft könnt Ihr gewiss sein, das wisst Ihr«, antwortet Matthias. »Doch lieber wäre mir, ich könnte sie Euch mit einem Bild lohnen.«
Reizmann nickt. »Ein Bild für mein Seelenheil? Glaubt Ihr, dass dies so nötig ist?«
Geschickt weicht Matthias aus. »Wir alle sind nicht frei von Sünde«, erwidert er.
Reizmann lacht jetzt. Das Lachen klingt hohl im Raum, wird als höhnisches Echo von den kargen Wänden zurückgeworfen. »Ich werde Euch an Euer Versprechen erinnern, Matthias«, erwidert er. »Doch noch habe ich nicht alle Sünden begangen. Ich werde Euch rufen, wenn es so weit ist.«

13. KAPITEL
Der Maler Gottes

Wieder einmal passiert Matthias die Stadttore Frankfurts. Und nie ist er dabei wohl so glücklich gewesen wie jetzt, im Frühjahr 1511. Ja, es ist, als sei ihm eine Zentnerlast von den Schultern geglitten. Er atmet frei, ist erlöst von den Erwartungen und Ansprüchen, von den Forderungen und Sitten des Aschaffenburger Hofes. Zusammen mit dem Hofgewand hat er auch die eigene Fremdheit abgestreift. Und allmählich entstehen wieder Bilder in seinem Kopf, der Blick ist nicht mehr der eines Höflings, sondern der eines Malers und Bildschnitzers, der die Welt mit Farben auf Holz oder Leinwand zu bannen gedenkt.

Im Dominikanerkloster bezieht er Quartier, allerdings in einer größeren, komfortableren Kammer als damals, da er hier bei Ratgeb und Holbein am Dominikaneraltar gearbeitet hat. Jetzt wird er die vier Seitenflügel für den Heller-Altar malen.

Der Blick aus seinem Kammerfenster zeigt Matthias die Judengasse am Wollgraben. Matthias sieht die rund 30 Häuser, das Tanzhaus, das Gemeindehaus, zwei Wirtshäuser, die Schule, die Synagoge und das Spital. Die meisten der schiefergedeckten Fachwerkbauten haben Schilder über den Haustüren, die die Hausnamen zeigen. Zur goldenen Rose, zum Hirsch, zum roten Löwen, zum schwarzen Ring, zur Krone. Zwischen den Häusern befinden sich Ställe, die Straße ist ordentlich gepflastert, sogar über einen eigenen Brunnen verfügt die Judengasse. Oft steht Matthias am Fenster und beobachtet das Leben und Treiben im Wollgraben. Bald weiß er, in welche Häuser die nicht ganz 100 Bewohner gehören. Der alte Mann mit dem weißen Bart, der sommers wie winters einen langen schwarzen Mantel trägt, das ist Mordechai. Er wohnt in dem kleinen Häuschen zwischen der weißen Rose und dem Haus des blinden Isaak. Salman, der Rabbi, hat seine Wohnung im Haus zum Buchsbaum, und im Färberhäuschen lebt Herschel mit seiner Frau und den vier Söhnen.

Auch das Haus von Abraham Cronberg kann Matthias sehen, und er kennt auch Hannah, die zweitälteste Tochter, die schon im heiratsfähigen Alter ist, doch ohne die Chance auf eine eigene Familie. Die Gemeinde ist so klein und oftmals miteinander verwandt oder verschwägert, dass nicht alle einen Heiratspartner unter den Glaubensgenossen finden. Außerdem gilt ein Ratsbeschluss, der besagt, dass nur die ältesten Töchter der jüdischen Familien heiraten dürfen und eben nur Männer jüdischen Glaubens. Matthias weiß, dass dieser Beschluss so oft gebrochen wird, wie es nur geht, schließlich geht es um den Fortbestand und die Vergrößerung der Gemeinde. Trotzdem gibt es im Wollgraben mehr ledige Frauen als in den anderen Vierteln Frankfurts. Doch Matthias denkt noch immer nicht ans Heiraten und beachtet Abraham Cronbergs schöne Tochter Hannah nur wegen der Namensgleichheit zu seinen Gönnern Johann und Walter von Cronberg. Eine seltsame Namensgleichheit zwischen der angesehenen adligen, christlichen Familie und der vergleichsweise armen und unbekannten jüdischen Familie des Abraham Cronberg im Wollgraben.

Aber Matthias hat wenig Zeit und wenig Neigung, sich darüber den Kopf zu zerbrechen. Die Arbeit an den vier Seitenflügeln füllt ihn ganz aus. Eine große Herausforderung für den 30-jährigen. Ein Kräftemessen vielleicht sogar zwischen Dürer, der den Hauptteil, das Mittelstück, gemalt hat, und Matthias. Seine Arbeiten werden die Dürertafel einrahmen, werden nebeneinander stehen und zum Vergleich zwischen den beiden Malern auffordern, von denen Dürer der ungleich Bekanntere und Berühmtere ist, ja, der als der beste Maler und Grafiker Deutschlands gilt.

Lange überlegt Matthias, wie er dieses Kräftemessen gestalten soll. Ist es gut, neben der figürlichen und räumlichen Gestaltung auch in einen Wettstreit der Farben zu treten? Oder wäre es besser, die Unterschiede, die zwischen der Malweise Albrecht Dürers und seiner eigenen bestehen, zu betonen?

Nur langsam merkt Matthias, dass er noch immer nach den intriganten Regeln des Hofes denkt. Wettstreit, Herausforderung, Gewinn, Ruhm, Triumph über einen anderen.

Warum soll ich Dürer denn übertrumpfen?, fragt er sich.

Ich habe doch einen eigenen Weg, ein eigenes Ziel. Ich muss mich nicht an die Art eines anderen dranhängen. Für einen Augenblick denkt er an die Tafeln des Isenheimer Altars und fühlt ein Flattern in der Bauchgegend dabei.

Dann konzentriert er sich wieder auf die vier Seitenflügel. Jakob Heller, der den Maler heute Morgen in seiner Klause besucht, wünscht sich die Abbildung von vier Heiligen. Für die oberen Flügel Laurentius und Cyriakus, darunter Elisabeth und Katharina.

Cyriakus. Matthias erinnert sich gut an die Geschichte des melancholischen Mönches Cyriakus aus Grünberg. Cyriakus, der sich aufgehängt hat und an dessen Anblick sich seine Mutter versehen haben soll. Ob es stimmt, was die Mägde redeten? Ist dieser Grünberger Cyriakus schuld an seiner Schwermut, an seiner immer währenden Traurigkeit? Oder ist seine Traurigkeit eine andere, ist sie die, von der im 2. Korintherbrief geschrieben steht: »Es gibt eine gottgewollte Traurigkeit, die eine innere Veränderung bewirkt und nicht bereut zu werden braucht. Es gibt aber auch eine weltliche Traurigkeit, die zum Tode führt.«

Die Traurigkeit des Mönches Cyriakus hat zum Tode geführt. Matthias aber hofft, dass seine eigene Traurigkeit von Gott gewollt ist, dass sie eine Veränderung bewirkt, die ihn eines Tages befähigt, den Isenheimer Altar zu malen.

Doch zunächst muss er die Seitenflügel für den Heller-Altar vollbringen. Das Gespräch mit dem Kaufmann dreht sich nur anfangs um die vier Heiligen, dann nimmt es eine Wendung, die Matthias nicht behagt.

»Ihr solltet heiraten, Matthias aus Grünberg. Heiraten solltet Ihr, das Bürgerrecht der Stadt damit erwerben, eine eigene Werkstatt gründen und Meister werden. Ihr wisst ja, die Voraussetzung für den Meisterbrief sind nun einmal der eigene Herd und die eigene Werkstatt samt Bürgerrecht.«

»Ich bin nicht geschaffen für Weib, Herd und Kinder«, erwidert Matthias knapp.

Heller lacht. »O doch, mein Freund. Ihr seid Maler, müsst leben. Wie wollt Ihr ohne eigene Werkstatt Aufträge bekommen? Wollt Ihr immer wie ein Geselle von Stadt zu Stadt ziehen, in der Hoffnung, irgendwo einen kleinen Auftrag für ein Altarbild der Dorfkirche zu ergattern? Ich denke, Eure Pläne sind weitreichender. Wollt Ihr nicht sogar den Isenheimer Altar malen? Meint Ihr, ein Geselle wäre gut genug für einen solchen Auftrag?«

Matthias macht eine wegwerfende Handbewegung und brummt Abweisendes vor sich hin.

»Könnt Ihr ein ehrliches Wort vertragen?«, fragt Heller, betrachtet den Maler nachdenklich und spricht weiter, ohne eine Antwort abzuwarten.

»Auch ich bin nicht gerade glücklich, die Seitenflügel des Heller-Altars von einem Gesellen malen zu lassen. Das schadet meinem Ruf. Hat der Heller kein Geld für einen großen Meister?, fragt man sich. Ihr, Matthias, könntet zu den ganz großen Meistern zählen, könntet so viel Geld verdienen, dass Ihr Euch nicht verdingen müsstet, sondern malen könntet, was Ihr wollt. Das ist der Grund, warum ich Euch auch ohne Meisterbrief beauftragt habe. Doch seid sicher, wenn von Eurer Seite kein Entgegenkommen zu spüren ist, sind dies die letzten Tafeln, die Ihr für mich malen dürft. Auf Erden zählt nicht nur die Leistung, sondern auch der Ruf. Andere, die weniger können als Ihr, haben sich als Meister längst einen Namen gemacht, hinter dem sich Euer Bekanntheitsgrad verstecken kann.«
»Ich bin mir nichts, warum soll ich den anderen etwas sein?«, brummt Matthias.
Im gleichen Augenblick fällt ihm ein, dass dieser Satz schon einmal in einem Gespräch mit Heller eine Rolle gespielt hat. Eigenartig, denkt er, dass ausgerechnet dieser reiche Geldsack mich immer wieder dazu bringt, mich vor ihm zu rechtfertigen.
Heller verdreht die Augen. »Was Ihr Euch seid, ist mir ganz gleich. Was Ihr aber in den Augen der anderen seid, ist mir sehr wohl wichtig. Begreift das doch endlich. Ihr müsst heiraten und eine Werkstatt gründen. Die Werke eines Meisters zählen überall mehr als die Werke eines wandernden Gesellen, den die Auftraggeber vielleicht erst noch im ganzen Land suchen müssen. Es gibt genügend Maler und Bildschnitzer hier in der Stadt, die den Meistertitel tragen.«
»Es gibt keine Frau, die mich zum Manne will, und keine, mit der ich den Rest meiner Tage unter einem Dach verbringen möchte«, antwortet Matthias in der Hoffnung,

dass Heller von ihm ablässt. Doch der denkt gar nicht daran.

»Gilt Eure Vorliebe etwa dem eigenen Geschlecht, Matthias aus Grünberg? Seid Ihr deshalb so eng mit Reizmann befreundet?«, fragt der Kaufmann lauernd.

»Nein!«, fährt Matthias auf. »Ich bin zwar ein Sünder vor dem Herrn, doch die Schuld der widernatürlichen Unzucht habe ich nicht auf mich geladen.«

»Na, also!« Heller reibt sich die Hände. »Dann fügt sich ja alles von selbst. Eine Frau für Euch habe ich nämlich schon.«

»Was? Eine Frau für mich? Haltet Ihr mich nicht für Manns genug, mir selbst eine zu suchen?«

Heller lacht: »Ehrlich gesprochen, nein. Ihr versteht nichts von Geschäften und wohl auch nichts davon, dass die Ehe ein Geschäft ist. Man muss das Für und Wider sorgsam abwägen. Die Frau, die ich für Euch ins Auge gefasst habe, verfügt über alle Anforderungen an eine Meisterin. Sie ist jung, hübsch und bringt eine reiche Mitgift ins Haus.«

»Ach, ja? Und warum sollte diese Perle ausgerechnet einen Mann wie mich haben wollen?«

»Ganz einfach: Weil sie eine Jüdin ist. Sie wird sich natürlich taufen lassen, das ist vollkommen klar. Nun, was sagt Ihr?«

Matthias sagt zunächst einmal gar nichts. Er sieht hinaus aus dem Kammerfenster auf die Judengasse. Er kennt die Vorurteile gegen die Lebensweise und den Glauben der Söhne und Töchter Abrahams, doch er hat in seinem Leben bisher noch nie engeren Kontakt zu Juden gehabt.

»Stimmt es, dass die Juden die Brunnen vergiften, Hostien schänden und kleine Kinder opfern?«, fragt er.

»Unfug!«, widerspricht Heller. »Ammenmärchen sind das, in die Welt gesetzt von denen, die um ihre Macht, ihr Geld und ihren Einfluss fürchten. Die Juden glauben an den gleichen Gott wie die Christen. Und im Übrigen ist Hannah Cronberg bereit für die Taufe und die Ausübung des christlichen Glaubens.«

Heller tritt neben Matthias ans Fenster, hat schon seinen Hut in der Hand und sagt, bevor er sich verabschiedet: »In der Bibel steht geschrieben: Liebe deinen Nächsten wie dich selbst. Wenn Ihr, Matthias, die Hannah Cronberg so liebt wie Euch selbst, dann ist sie zu bedauern.«

Er lacht keckernd und sagt, schon in der Tür stehend: »Ich erwarte Euch heute Abend in meinem Hause. Dort werdet Ihr Eure zukünftige Frau in Augenschein nehmen können. Übrigens wird Walter von Cronberg auch da sein.«

Kaum ist Heller gegangen, hält Matthias nichts mehr in seiner Kammer. Er muss hinaus, muss den Kopf auslüften, nachdenken. Eine Frau hat Heller für ihn gesucht! Als ob Matthias es nötig hätte, sich eine Frau suchen zu lassen. Andererseits hat Heller wohl Recht: Ewig kann er nicht Geselle bleiben. Er ist nun 30 Jahre alt, lange schon alt genug, um eine Familie zu gründen, sesshaft zu werden und sich den Meistertitel zu erringen. Außerdem will er, sobald es geht, die Tafeln für den Isenheimer Altar malen, und dazu braucht er, laut Guido Guersi, ebenfalls den Meisterbrief. Doch ohne Eheweib keine Werkstatt und kein Meister. Ums Heiraten wird er nicht herumkommen. Und Hannah Cronberg ist hübsch. Ob sie auch gut zu haben ist, wird sich weisen. Im Moment jedenfalls ist sie so gut wie jede andere auch. Für einen kurzen Augenblick denkt Matthias an Magdalena, doch dann verdrängt er den Gedanken schnell wieder. Magdalena ist verheiratet. Auch über Hannah Cronberg grübelt er nicht länger. Es kommt ohnehin, wie es kommen soll. Er muss sich jetzt auf andere, wichtigere Dinge konzentrieren, auf die Seitenflügel des Heller-Altars und darauf, wie er sie gestalten will.

Es regnet in Strömen, und jeder, der kann, verschiebt seine Geschäfte auf morgen, setzt sich auf die Ofenbank und wartet auf besseres Wetter. Die Straßen und Gassen sind menschenleer, kleine Bäche suchen ihren Weg zwischen Abfallhaufen, das Pflaster ist glatt und schmierig, die ungepflasterten Straßen verwandeln sich im Nu in verschlammte Tümpel mit rostbraunem, stinkendem Wasser. Matthias hat seinen Hut tief ins Gesicht gezogen, doch der Regen peitscht ihm von vorn ins Gesicht, läuft zwischen Umhang und Hemd, durchnässt die Beinkleider, die Schuhe. Mit wachem Blick läuft der Maler durch die Stadt, als bemerke er den Regen nicht. Er sucht in den Straßen und Gassen Frankfurts Gesichter, Mimiken, Gestiken. Matthias läuft, kneift beim Gehen die Augen zusammen und betrachtet die grautrübe Stadt, sucht nach Farben, nach Schatten und Schattierungen, sieht nur Schwarz und Weiß und sehr viel Grau, bleibt plötzlich wie angewurzelt stehen und stiert Löcher in die Luft. Nein, er stiert keine Löcher in die Luft, er stiert Bilder in die Luft, die Bilder der vier Heiligen des Heller-Altars. Als Grisaillen wird er sie malen!! Eine Malerei ausschließlich in Grautönen! Nicht auf die Farben will er sich konzentrieren, sondern auf Ausdruck und Form. Matthias weiß, dass eine monochrome Gestaltung höchste Meisterschaft verlangt, doch er will es wagen. Ganz sicher ist er, dass er es schaffen wird. So sicher, wie er hier im Regen auf dem durchweichten Lehmboden einer schäbigen Gasse steht und einer Hausfrau zusieht, die ein hellgraues Unterkleid trägt, ein dunkelgraues darüber, auf dem Kopf eine perlweiße Haube, die die Blässe des weißen Gesichtes noch unterstreicht. Matthias sieht die Bewegungen, mit denen sie einen Kübel grauen Schmutzwassers in den

Rinnstein gießt, sieht, wie sich das rasch durchnässte Kleid an den Körper schmiegt wie eine zweite Haut, betrachtet die Bewegungen, den Schwung des Armes, die Hand, die die verrutschte Haube zurückstreicht. Sieht wieder das Kleid, das nun an den Schenkeln klebt, die Form der Beine nachzeichnet, den gewölbten Hintern betont, die Brüste.
Plötzlich richtet sich die Frau auf und lässt dabei den Eimer fallen. Sie reckt ihr Gesicht dem Regen entgegen, wischt mit einer Bewegung die Haube vom Kopf, schüttelt das wallende blonde Haar, breitet die Arme aus, lässt die Tropfen aufs Gesicht prallen, reckt sich ihnen entgegen wie den zärtlichen Händen des Geliebten, steht weltvergessen da in einer monochromen Sinnlichkeit, die mehr betont, als alle Farben der Welt es vermögen.
Und Matthias steht da, hingerissen, sieht der Frau bei ihrem selbstvergessenen Spiel zu, genießt die Sinnlichkeit der Szene, die Sinnlichkeit des fast schon nackt erscheinenden Körpers und die Sinnlichkeit dieser Selbstvergessenheit und Hingabe.
Die Frau wirft den Kopf nach hinten, hat noch immer die Arme ausgebreitet, dreht sich einmal um sich selbst und lacht ein dunkles, geheimnisvolles, viel versprechendes Lachen, das Matthias die Wirbelsäule hinunterkriecht, sich heiß durch die Lenden wühlt und an ihm die bevorstehende österliche Auferstehung des Fleisches vorwegnimmt.
Die Frau öffnet den Mund, leckt sich die salzigen Regentropfen von den Lippen, trinkt sie wie einen Kuss, streicht sich mit beiden Händen über das eng anliegende Kleid, so dass Matthias die aufgerichteten Brustwarzen beinahe schon mehr fühlen als sehen kann. Er steht, schluckt, ist gebannt von der Schönheit und der Anmut der jungen Frau und möchte hinlaufen, sie in den Arm nehmen, ihr

die Tropfen vom Gesicht, vom Hals lecken, möchte ihr das Kleid herunterreißen, ihre Brüste dem Regen darbieten, ihren Bauch, die Schenkel, den Schoß, um hinterher mit bloßen Händen die Nässe der Haut und ihre Nässe zu spüren.

Jetzt dreht sich die Frau um, sieht ihn, sieht ihn an, lässt die Arme sinken, steht nur und schaut, während ihr der Regen übers Gesicht läuft und sich die Brust in schnellen Atemstößen hebt und senkt.

Und erst in diesem Moment erkennt Matthias Magdalena. Er möchte auf sie zurennen, sie in seine Arme reißen, er hat sie vier Jahre nicht gesehen, hat sie vermisst, weiß erst jetzt, wie sehr er sie vermisst, wie sehr er sich nach ihr gesehnt hat. Doch er bleibt stehen wie angegossen, denkt an den Henker, erwartet, dass sich die Tür des Hauses auftut, der dicke Mann herauskommt und nach Magdalena ruft.

Aber es öffnet sich keine Tür, kein Ruf ertönt. So stehen sie beide, ohne sich zu bewegen, und schauen sich nur an. Und ihre Blicke finden zueinander, wischen die vier Jahre einfach weg, wischen den Henker und alles, was sonst noch zwischen ihnen stand und steht, einfach zur Seite, wischen endlich auch die Starre weg. Langsam gehen sie aufeinander zu, strecken die Hände nacheinander aus, und dann sagt Magdalena: »Komm!«

Nicht mehr, nur dieses eine Wort, und sie spricht es mit einer Selbstverständlichkeit aus, als müsste es so sein.

»Und der Henker? Dein Ehemann?«, fragt Matthias.

»Gestorben. Vor zwei Jahren schon«, erwidert Magdalena und zieht Matthias ins Haus.

Die Haustür fällt mit einem leisen Plop ins Schloss, und Magdalena nimmt Matthias' Gesicht in ihre beiden Hände, streicht mit den Fingern über die Augenbrauen, den Nasenrücken, die Wangen, fährt behutsam und ganz zart über die Linien des Mundes. Ihre Blicke sind dabei ineinander verfangen. Sie schauen sich an, können spüren, dass sich ihre Seelen wieder berühren, dass nichts von dem Zauber zwischen ihnen verloren ging in den vier Jahren.

Sacht und suchend berühren sich ihre Lippen, die Münder öffnen sich zu einem Kuss, die Leiber pressen sich voller Sehnsucht aneinander, alles verbindet sich. Sie werden eins schon im Kuss, der immer heftiger, immer verlangender, immer leidenschaftlicher wird.

Nur mühsam können sie sich voneinander lösen. Wie im Traum lässt sich Matthias durch den dunklen Flur hinauf auf die Treppe ziehen – jede Stufe ein neuer Kuss –, bis sie endlich in Magdalenas Schlafkammer sind. Matthias sieht nur Magdalena, sieht ihre Schönheit, das nasse Haar, den roten Mund, die bebenden, verlockenden Brüste unter dem nassen Mieder. Er riecht nur Magdalena, saugt ihren Geruch ein, als wäre er das köstlichste Parfum, berauscht sich schier an ihrem Duft nach Zimt, warmem Brot und Milch.

Langsam und mit unsicheren, vor Begehren zitternden Händen öffnet er ihr nasses Mieder, streift es über ihre weißen, glatten Schultern und betrachtet hingerissen ihre Brüste. Ganz behutsam streicht er darüber, streichelt, liebkost das weiße Rund, erfüllt mit den Händen Magdalenas Beben. Und Magdalena greift mit beiden Händen in Matthias' Haar, stöhnt leise und presst seinen Kopf fest auf ihre Brüste. Das Begehren des einen steigert die Leidenschaft des anderen. Hastig und mit ungewohnter Wildheit schält er die Frau aus ihren nassen Kleidern, schon liegen sie nebeneinander, aufeinander, übereinander auf dem weichen Bett, erfreuen sich aneinander, erfreuen sich an den Händen, am Mund, an der Lust des anderen und werden endlich mit ihren Körpern ganz und gar eins, so eins, dass sie keinen Unterschied mehr spüren zwischen

der Haut des anderen und der eigenen, keinen Unterschied spüren in ihrer Lust, sich ineinander finden, miteinander verschmelzen, sich einander hingeben mit allem, was sie haben, mit allem, was sie sind.
Später liegt Magdalena in Matthias' Armen, und sie erzählen sich, was sie in den letzten Jahren erlebt haben, berichten Fakten, doch mit jedem Satz sagen sie sich auch, wie sehr sie einander vermisst, wie sehr sie sich nach dem anderen gesehnt haben.
Als die Dämmerung sich wie ein Schleier über die Stadt legt, zündet Magdalena die Lichter in der Schlafkammer an.
»Ich möchte dich zeichnen. Zeichnen, so wie du bist. Nackt.«
Magdalena zuckt zusammen, bedeckt mit den Händen plötzlich ihre Blöße, Traurigkeit und Enttäuschung verdunkeln ihren Blick.
»Was ist?«, fragt Matthias.
»Eine Frau, die ihre Nacktheit öffentlich zur Schau stellt, ist schlimmer als eine Hure«, erwidert sie mit leiser, tränenerstickter Stimme. »Ich dachte, du siehst in mir mehr als das, was ich einst war.«
»Nein! Nein, Magdalena! Denk bitte nicht so!«, fleht Matthias. »Ich bin Maler, möchte deine Schönheit festhalten, möchte diesen wunderbaren Tag mit dir festhalten für immer. Ich liebe dich, Magdalena, liebe dich, wie du bist, wie du warst und wie du sein wirst.«
Er läuft zu ihr, zieht ihr die Arme vom Körper, bedeckt Brüste, Bauch und Gesicht mit Küssen, nimmt sie in die Arme, wiegt sie hin und her. »Magdalena, mir ist, als hätte ich mein Leben lang auf diesen Moment gewartet, ja, als wäre alles, was gewesen ist, nötig, um heute so mit dir zusammen zu sein. Nichts hat mich bisher mehr berührt als du. Du bist ein Teil von mir, das weiß ich ganz genau.«

Langsam hebt Magdalena den Kopf, sieht Matthias an.
»Nie war ich glücklicher als in diesem Moment«, flüstert Matthias rau. »Es kann und darf keine Sünde sein, dieses Glück festhalten zu wollen.«
Ein zaghaftes Lächeln stiehlt sich bei diesen Worten um Magdalenas Mund. Sie macht sich los, posiert vor ihm, sagt auffordernd: »Hole Papier, hole den Stift. Zeichne mich! Auch ich will diesen Augenblick niemals vergessen.«
»Willst du das wirklich?«, fragt Matthias noch einmal.
»Ja! Ich will es, weil ich dich liebe«, erwidert Magdalena mit fester Stimme.
Da holt Matthias sein Skizzenbuch und den Silberstift, setzt sich nackt aufs Bett und sieht Magdalena an.
Und die Frau steht vor ihm, ganz entspannt, lächelt plötzlich und wirft mit Schwung ihr Haar auf den Rücken. Sie reckt ihm ihre Brüste entgegen, bietet sie seinem Stift dar, streicht sich über den Leib. Die Befangenheit dauert nur wenige Minuten, dann verwandelt sich Magdalena, verwandelt sich in eine Tänzerin, die sich in selbstvergessener Schönheit vor dem Maler bewegt, ihren Körper darreicht wie ein Geschenk, sich den Blicken, dem Stift hingibt im Spiel und doch um die Ernsthaftigkeit der Handlung weiß. Schweiß glänzt auf ihrem nackten Körper.
Er schimmert wie eingeölt und riecht nach Moschus und Salz. Der süße Duft ihres Schweißes. Während Matthias auf dem Bett sitzt und zeichnet, steigt er ihm in die Nase und stiehlt sich tief in seine Lungen. Die Nähe zwischen ihnen, zwischen Maler und Modell, ist so stark, so greifbar, dass sie das ganze Zimmer auszufüllen scheint. Es ist, als würden sie sich auf eine ganz besondere Art lieben, im vollkommenen Einklang zur Musik eines schwerelosen Tanzes. Sie sprechen nicht. Magdalena

posiert und scheint zu ahnen, was Matthias will, ohne dass er es ausspricht. Er sitzt und zeichnet und reagiert auf jede Bewegung Magdalenas. Und die Frau lockt und schmeichelt.
»Schau mich an. Küss mich hier! Berühre mich da!«, scheinen ihr Körper, ihre Bewegungen dem Maler zuzurufen.
Matthias gerät ins Schwitzen, beinahe schon kann er den Stift nicht mehr in den zitternden, feuchten Händen halten.
Matthias sieht eine Magdalena von geradezu himmlischer Schönheit. Ihr Mund eine aufblühende Rose, darüber die Narbe als einziger Dorn, ihre Brüste zwei reife, duftende Äpfel, ihr Schoß eine Lilienblüte von unglaublicher Zartheit, die Schenkel zwei griechische Säulen, die Arme Adlerschwingen, die sich hoch in die Lüfte erheben, dem Himmel zu.
Matthias' Hand fliegt über das Blatt, zeichnet Gestiken, Mimiken, Gebärden, tanzt mit dem Stift synchron zu Magdalenas Bewegungen über das Blatt. Ein wilder Tanz, ein Tanz aller Sinne, ein Tanz voller Zauber, Geheimnisse und Rätsel, deren Antwort nur die beiden kennen.
Das Licht flackert, malt die schönsten Muster auf Magdalenas nackten Leib, bestrahlt ihre Schönheit in überirdischem Glanz, begleitet ihren Feentanz, mit dem sie sich dem Geliebten zeigt und hingibt, ihm, ohne ihn zu berühren, so nahe kommt, dass sie erneut miteinander verschmelzen. Der Stift in Matthias' Hand wird zum Medium, sie vergessen Ort und Zeit, tauchen ein in ein Fest der Sinne, berauschen sich an sich selbst wie am köstlichsten Wein, mögen nicht aufhören mit diesem Tanz, halten schließlich doch erschöpft inne, sinken gegeneinander, ineinander, finden sich erneut, tauchen ein in die Lust, trinken sich aneinander satt und gleiten hinein

in die Nacht, die alles zudeckt. Ganz weich wird Magdalena in Matthias' Arm, ganz aufgelöst.

Erst als die Schläge der nahen Turmuhr wie von ferne in ihre selige Mattigkeit dringen, kehrt Matthias zurück in die Wirklichkeit von Magdalenas Schlafkammer. Behutsam streicht er ihr übers Gesicht, glättet ihr Haar, liebkost die Narbe.

»Ich muss gehen«, sagt er leise. Das Bedauern in seiner Stimme ist so groß, dass Magdalena einfach nickt.

Er steht auf, zieht sich widerstrebend an.

»Ich muss zu Jakob Heller«, erklärt er. »Morgen früh gleich komme ich wieder. Warte hier auf mich.«

Magdalena nickt, greift nach ihm, zieht ihn zu sich herunter und küsst noch einmal die roten wunden Lippen, streicht noch einmal über sein Gesicht, küsst auch seine Augen, seine Stirn.

Der Abend im Hause des Handelsherrn Jakob Heller rauscht an Matthias vorbei wie ein Irrlicht. Die Gespräche dringen an sein Ohr, doch sie erreichen nicht sein Inneres. Seine Blicke gleiten über die schöne Tochter des Abraham Cronberg, doch die Bilder bleiben nicht haften.

Alles, was Matthias hört, sieht, fühlt, ist Magdalena. Er denkt der Begegnung mit ihr hinterher, fühlt ihr nach, ist ganz ausgefüllt davon, so dass nichts anderes in ihm Platz hat.

»Nun, wie gefällt Euch Eure Braut?«, fragt Heller, als er Matthias schließlich zur Tür geleitet.

»Gut, sehr gut. Sie ist glanzvoll und ganz vortrefflich«, erwidert Matthias und meint doch Magdalena.

»Fein.« Jakob Heller reibt sich die Hände. »Auch Ihr habt Hannah Cronberg gefallen. Ich komme morgen bei Euch vorbei, damit wir die notwendigen Formalitäten klären und die Taufe und das Hochzeitsaufgebot bestellen kön-

nen. Walter von Cronberg wird der Taufpate sein. Das ist Euch doch recht so?«
»Ja, mir ist alles recht. Macht nur, wie Ihr es für das Beste haltet«, antwortet Matthias und denkt an den wundersamen Tanz der Magdalena und an sein Skizzenbuch, das diesen Tanz für immer festgehalten hat.
Schläft er in dieser Nacht? Er weiß es nicht. Immer wieder schiebt sich Magdalenas Bild vor seine Augen, dringt bis in seine Träume. Die Zeit scheint stillzustehen, der Morgen nicht zu kommen.
Als das erste Tageslicht durch das Fenster in seine Kammer dringt, springt Matthias auf und eilt wenig später mit fliegenden Beinen und klopfendem Herzen zu Magdalenas Haus.
Einmal klopft er, ein zweites und ein drittes Mal. Schließlich hämmert er mit beiden Fäusten gegen die Tür, die unter dem Druck nachgibt, sich öffnet und den Blick ins Haus gestattet.
Matthias tritt ein. Das aufgeregte Klopfen seines Herzens wird zur Angst, als die Stille im Haus so dicht wird, dass er meint, sie mit Händen greifen zu können. Eine bange Vorahnung beschleicht ihn, schnürt ihm die Kehle zu. Wie vom Teufel gehetzt stürmt er die Treppe hinauf in die Schlafkammer.
»Magdalena! Magdalena, wo bist du?«, ruft er, schreit er. Doch niemand hört ihn, niemand antwortet. Die Schlafkammer ist leer, die gestickte Bettdecke verschwunden, die Schranktüren offen, der Truhendeckel hochgeklappt, die Zeichnung über dem Bett nicht mehr da.
Er rennt hinunter in die Küche, findet auch hier nur Verlassenheit und Stille vor, rennt in alle Stuben und Kammern, ruft noch immer sinnlos nach Magdalena und weiß doch längst, dass sie fort ist, Frankfurt verlassen hat, ihn verlassen hat.

Matthias fragt nicht, warum Magdalena gegangen ist. Er weiß, dass nur sie die Antwort kennt, dass sie gute, schwerwiegende Gründe gehabt haben muss.
Wochen braucht er, ehe er am Heller-Altar weitermalen kann, und es ist kein Zufall, dass die erste der Grisaillen, die heilige Katharina, Magdalenas Züge trägt.
Doch alles, was um ihn herum geschieht, berührt ihn nicht, ja, dringt nicht einmal bis in seinen Kopf. Jakob Heller treibt die Vorbereitungen zur Taufe der Hannah Cronberg voran. Matthias sagt zu allem Ja und Amen, so gleichgültig ist ihm, was mit ihm und seinem Leben geschieht.
Als im August 1512 dann die Taufe stattfindet, seine zukünftige Frau den christlichen Namen Anna erhält, das herrschaftliche Taufmahl von den Antonitern ausgerichtet wird und zu den Gästen dieses Festes so hochrangige Besucher wie Walter von Cronberg, Komtur des Deutschherrenordens, oder der Stadtadvokat Dr. Adam Schönwetter zählen, nimmt Matthias diese Geschehnisse nur am Rande und ohne die geringste innerliche Beteiligung wahr. Es ist ihm, als wäre er gespalten, bestünde aus zwei oder gar noch mehr Personen: Matthias, der verlassene Geliebte, Matthias, der Maler, und, ganz blass, Matthias, der Bürger, Bräutigam, Auftragnehmer, das gesellschaftliche Individuum.
Einzig der Brief von Guido Guersi, den er als Antwort auf sein Schreiben erhält, in dem er dem Freund von Magdalena, der Arbeit am Heller-Altar, der bevorstehenden Vermählung mit Anna und der damit verbundenen Meisterwürde berichtet, reißt ihn aus seiner Lethargie.
In diesem Brief nämlich erteilt ihm der Präzeptor des Isenheimer Antoniterordens den größten Auftrag, der zu dieser Zeit in deutschen Landen vergeben wird: den Auftrag, den Isenheimer Altar zu malen.

14. KAPITEL
Der Maler Gottes

Als Matthias, noch immer als Hofmaler in den Diensten des Mainzer Erzbischofs Uriel von Gemmingen und von ihm für diesen großen Auftrag freigestellt, in Isenheim ankommt, fühlt er sich sofort wieder zu Hause. Alles, was in Frankfurt gewesen war, ist vergessen. Einzig die Arbeit am Altar hat in Kopf, Herz und Seele Platz.

In den Bergwerken der Vogesen findet er alle Materialien, die er zum Herstellen der Farben braucht: Zink, Eisen, Kupfer, Kobalt, Arsenik, Antimon, Zinkblende und andere.

Mit Guersi bespricht er die inhaltliche Darstellung, das Konzept. Guersi lässt dem Maler viel Freiraum.

»Johannes, der Täufer, sprach: ›Jener muss wachsen, ich aber muss abnehmen‹«, erklärt er Matthias. »Das ist das Thema. Alles andere überlasse ich dir.«

Bevor Matthias die erste Farbe anmischt, den ersten Pinselstrich ausführt, kehrt er noch einmal nach Frankfurt zurück, heiratet im November die 18-jährige Anna, geborene Cronberg, leistet den Bürgereid und kauft von den 93 Gulden, die Anna als Taufgeschenk erhalten hat, für 25 Gulden und 10 Schilling das Haus zum Löwenstein in der Kannengießergasse. Doch kaum sind diese Dinge erledigt, verlässt er seine junge Frau, sein Haus und die neu eingerichtete Werkstatt und eilt nach Isenheim zurück.

»Jener muss wachsen, ich aber muss abnehmen.«

Was bedeutet dieser Ausspruch? Welche grundlegende Botschaft verbirgt sich dahinter? Immer, wenn Matthias sich diesen Satz ins Gedächtnis ruft, spürt er eine Unruhe in sich, spürt etwas, das aus ihm herausbrechen will. Er spürt, nein, er weiß, dass sich hinter diesem Ausspruch der Sinn seines Lebens, die Antwort auf seine Fragen und

das Ziel auf seinem Weg zu Gott finden wird. Doch er kann dieses Etwas, für das er keinen Namen hat, nicht fassen, nicht begreifen. Er fühlt sich wie ein Kind auf einer Schaukel, das hoch und immer höher schaukelt, mit beiden Armen den Himmel fassen möchte, doch noch reicht der Schwung der Schaukel nicht, noch fehlt eine Handbreit, ein kleines Stückchen nur, dann, ja, dann könnte er durch die Wolkendecke dringen und sehen, was ihm bisher verborgen war. Nur eines weiß er mit Sicherheit: Der Isenheimer Altar ist mehr als der größte Auftrag der deutschen Lande. Er wird die Summe all seiner Erfahrungen und Erkenntnisse, all seines Könnens, seiner Irrtümer, seines Wissens, das Fazit seines bisherigen Lebens, möglicherweise sogar die Antwort auf die Frage nach Gott werden.
Doch wo steht er jetzt? Wie war, wie ist sein Leben? Welche Überzeugungen hat er gewonnen?
Matthias unternimmt eine Wallfahrt nach Thann, einem kleinen Städtchen im Elsass. Auf dem Fußweg dorthin zieht er Bilanz.
Die Bilanz seines Lebens. Zuerst der Anspruch. Ein Mensch auf der Suche nach Gott. Ein Maler auf der Suche nach dem einzig wahren Gottesbild. Die Stationen. Das Antoniterkloster in Grünberg, Fyolls Werkstatt, Holbeins Dominikaneraltar, die Wanderschaft, Riemenschneider, Luaks aus Kronach, Reizmann in Aschaffenburg, Heller in Frankfurt, die Schnitzereien in Isenheim, die Hofmalerstelle, wieder Frankfurt, die Hochzeit. Als Konstanten der Zweifel, die Angst, die Suche und Magdalena.
Ihm wird klar, dass er nur in Isenheim und bei Magdalena je richtig glücklich war. Glücklich und in Übereinstimmung mit sich und mit Gott. Magdalena, die Zauberin. Warum nur bei ihr dieses Glück? Er sieht sie vor sich, sieht sie, wie er sie zuletzt gesehen hat. Nackt und bloß,

sich ihm und dem Stift in seiner Hand hingebend. Hingebend? Ist es das? Matthias' Herz schlägt zum Zerspringen, er hat wieder das Gefühl, auf einer Schaukel zu sitzen und beinahe den Himmel greifen zu können. Er sitzt, ringt nach Atem, spürt den schnellen, heftigen Herzschlag. Möchte gern davonlaufen, weil er nicht weiß, was mit ihm passiert. Auch neue Gedanken und Erkenntnisse bergen Gefahren, sind Fremdkörper zunächst, mit denen man den Umgang erst erlernen muss. Und wohin führen sie? Sie zwingen, vertraute Bahnen zu verlassen, sich Neuem auszuliefern. Hinzugeben. Schon wieder dieses Wort. Hingabe. Als ob dies des Rätsels Lösung wäre. Die Lösung aller Rätsel. Kann das sein? Ist es die Hingabe, die ihm bisher gefehlt hat, um sich den Dingen, um sich Gott ganz und gar zu nähern?

Es stimmt. Matthias weiß es. Alles, was er bisher gesagt, getan und gefühlt hat, war kontrolliert. Von ihm kontrolliert. Nie, nie hat er zugelassen, etwas zu tun, etwas zu empfinden, das er nicht gleichzeitig in Worte oder Farben fassen, sich somit untertan machen konnte. Ja, Kontrolle über sich, über den Alltag, das schien ihm bisher das Wichtigste in einer Welt, die sich so rasch wandelt, dass sie nicht mehr kontrollierbar scheint. Menschen lassen sich nicht kontrollieren, also mied er sie. Hingabe aber ist das genaue Gegenteil. Kontrollverzicht als Voraussetzung für Hingabe, einmal nur hat er das zugelassen. Damals in der Kirche in Kronach. Und dann noch einmal in Magdalenas Haus. Doch das war etwas anderes.

Dann das Münster in Thann. Ein wunderschöner Bau. Den ganzen Tag sitzt er darin, denkt, grübelt, fühlt nach. Am Abend versteckt er sich hinter einer Säule, lässt sich einschließen. Will allein sein in diesem Münster. Allein mit sich, allein mit Gott, allein mit dem Satz: Jener muss wachsen.

Matthias will es jetzt wissen. Jetzt ist er bereit, sich dem Brodeln in seiner Seele, in seinem Herzen und seinem Kopf hinzugeben. Er schließt die Augen, lauscht nach innen, sieht nach innen, spürt, wie die Flut in ihm steigt und sein Herzschlag noch schneller wird. Er fühlt sich wie ein Gefäß, das zum Bersten gefüllt ist. Und jetzt, jetzt wird er übermannt von einer Erkenntnis, die über ihn strömt wie ein Platzregen: Magdalena hat seine Seele berührt. Hat sie berühren dürfen, weil er es zugelassen hat. Nur sie allein. Nicht der Holbein'sche Altar, nicht die Schnitzereien Riemenschneiders, nicht seine Frau Anna, die ihm noch immer so fremd ist wie das Mädchen, das er aus einem Fenster des Dominikanerklosters im Wollgraben erblickt hat. Sie, Magdalena. Und Glück ist, wenn die Seele berührt wird, wenn man gleichzeitig zulassen kann, dass sie berührt wird. So einfach. So schwer.
Guersis Satz: »Jener muss wachsen, ich aber muss abnehmen«, treibt ihn weiter, weiter in die Tiefe seiner Gedanken und Gefühle. Matthias wagt sich in Gebiete vor, die er nie zuvor betreten hat. Jetzt muss es sein. Es geht um den Isenheimer Altar, es geht um ihn, um das Verstehen seiner Vergangenheit, um die einzig richtige Gegenwart, um die Gestaltung der Zukunft. Er hat Angst, schreckliche Angst. Kann er das, was da in ihm hochsteigt, aushalten? Oder wird er verrückt werden dabei? Er fühlt sich wie am Rande eines Sumpfes, eines Moores, in dem es gefährlich blubbert und seufzt, aus dem Blasen aufsteigen, Nebel quellen. Wird das Moor über ihm zusammenschlagen und ihn verschlingen? Oder wird er Grund finden, einen Boden, auf dem er mit beiden Beinen fest stehen kann?
Alles hängt mit allem zusammen. Nur wie? Er spürt es, doch er kann es nicht greifen. Die innere Unruhe, das Aufgewühltsein treibt ihn vorwärts. Auch die Angst

ist eine Triebkraft. Was er einmal dunkel geahnt hat, wird ihn begleiten wie ein Schatten, wenn er sich nicht stellt.

Auge in Auge sitzt Matthias vor dem Jesus des Altars. Schon einmal hat funktioniert, damals in Kronach, was er jetzt wieder versucht. Er versenkt sich in sein Gegenüber, wischt alle Gedanken aus seinem Kopf, schaut nur, schaut und schaut. Lange Zeit passiert gar nichts. Matthias wird ruhiger, das ist alles. Sein Atem geht gleichmäßig und regelmäßig, fast wie im Schlaf. Er ist ganz entspannt, ganz auf sich konzentriert.

Plötzlich ein Erzittern. Ein Beben durchdringt seinen Körper, hebt ihn hoch, hebt ihn aus der Kirchenbank. Warm wird ihm, heiß gar, er möchte zerspringen. Tränen steigen auf, fließen über die Wangen, fallen auf das Wams, sein Puls rast, das Blut strömt wie Funkenregen durch seinen Körper, sein Herz trommelt gegen die Rippen, als wolle es herausbrechen. Suchet, so werdet ihr mich finden. Was jetzt geschieht, ist Erkenntnis. Es ist weit mehr als Wissen, berührt nicht nur den Kopf, sondern das ganze Sein. Matthias begreift. Er ist verantwortlich für das Machbare, aber das Wesentliche geschieht. Geschieht in diesem Augenblick. Gott ist schon da. Er ist überall. Wohnt in Kopf, Herz und in der Seele, und nur dort kann er gefunden werden, gleich, an welchem Ort sich der Körper befindet. Es bedarf dieser besonderen Bereitschaft, ihm zu begegnen. So bereit, wie es Matthias in diesem Augenblick ist. Dann, nur dann, kann man ihn spüren. Hingabe. Zuerst geht es um Hingabe. Und dann begegnet man der Liebe, einer Liebe, nicht von dieser Welt. Gott ist diese Liebe.

Ein Schluchzen steigt aus Matthias' Brust, wirft ihn vor dem Altar zu Boden. Er liegt vor Jesus, und Schauer durchjagen seinen Körper. Er weint, stöhnt, möchte

schreien, rufen, hinausrennen, doch er bleibt liegen, schlingt die Arme um sich, fühlt Gott wie einen Sonnenstrahl, der seinen Körper wärmt, streichelt, beruhigt. Das Schluchzen wird ruhiger, gleichmäßiger. Stille zieht in Matthias ein. Eine Stille, so wohltuend, dass er sich darin einrichten möchte. Eine Stille, die aus seinem Herzen kommt. Und jetzt begreift der ganze Mensch. Be-greift die Liebe Gottes, die Liebe Magdalenas, das Wesen der Liebe an sich. Begreift Hingabe durch Hingabe.
Dann steht er auf, nimmt die größte Kerze von allen, die er am Vortag gekauft hat, steckt sie an, kniet sich davor und betet für Magdalena, die sich jetzt vergeistigt hat. Es ist ein Dankgebet, und es sind viele Worte, viele Sätze, die er Magdalena hier sagt. Und mit diesen Worten holt er sie nach Hause, holt sie in sein Herz, gibt ihr Raum in sich, gibt sich ihr hin. Sie hat ihn die Liebe gelehrt. Jetzt hat er verstanden.
Die nächste Kerze entzündet er für Guersi. Und auch ihm dankt er. Dankt ihm für die Wegweiser, die er ihm aufgestellt hat und die ihn in dieser Nacht an diesen Ort und zu sich selbst geführt haben.
Der Morgen bricht sich langsam durch die Kirchenfenster Bahn, als Matthias glücklich und erschöpft auf der Kirchenbank ruht. Er hat seinen Umhang als Kissen unter den Kopf geschoben und fühlt sich sicher, warm und wunderbar geborgen wie in einem weichen Daunenbett. Doch Matthias schläft nicht. Er will das Glück, das er in diesem Moment empfindet, festhalten. Langsam formt sich der Mund zu einem Gebet, das mehr ist als nur ein Gebet. Es beinhaltet die Vergangenheit des Malers, die Gegenwart des Isenheimer Altars und ist Ausblick in die Zukunft: »Jesus, liebster Herr, ich bitte dich, dass du mich annimmst zum Docht auf der Lampe, zu der du das Öl gibst. Es geht mir nicht darum, ob mein

Leib verdorrt wie Gras und mein Name verweht wie Rauch. Um dein Bildnis in mir geht es. Zünd dein Licht an und lass mich sein wie ein Heiliges Feuer am Rande der finstern Öde, damit die im Dunkeln wissen, wo du zu finden bist.«

15. KAPITEL
Der Maler Gottes

Von 1512 bis 1516 malt Matthias Grünewald den Isenheimer Altar. Jeden Tag verbringt er in der Werkstatt im Antoniterkloster. Er malt, malt wie besessen. Der Altar ist alles, was zählt. Nichts sonst. Er isst und trinkt, weil sein Körper Nahrung braucht. Er schläft, um ihm die lebensnotwendige Ruhe, aus der die Kraft rührt, zu geben. Ansonsten braucht er nichts. Nicht einmal das Bewusstsein seiner selbst. Er braucht dieses Bewusstsein jetzt nicht, er ist ein Werkzeug Gottes, auf der Erde nur, um diesen Altar zu malen. Zur Ehre Gottes und zur Verheißung seiner Liebe. Alles andere hat keine Bedeutung.

Am 9. Februar 1514 stirbt Uriel von Gemmingen, und seine Anstellung als Hofmaler erlischt. Schon am 9. März des gleichen Jahres ist ein neuer Erzbischof bestimmt, Albrecht von Brandenburg, der Matthias nicht in seinen Dienst übernimmt.

Matthias erfährt es, doch er nimmt es nicht zur Kenntnis. Briefe aus Frankfurt treffen in Isenheim ein. Seine Frau schreibt ihm, schildert ihr Leben in der Stadt, klagt über Geldnot. Matthias liest es, doch es dringt nicht in sein Bewusstsein.

Im Elsass, in Schwaben, überall erheben sich die Bauern, werden aufständisch, die Aufstände jedoch zunächst niedergeschlagen. Alle Zeichen stehen auf Veränderung. Matthias hört davon, doch er kann mit diesen Informationen nichts anfangen.

Mager wird er, hohläugig mit tiefen Augenschatten. Sein Gesicht verändert sich, nimmt einen asketischen Ausdruck an. Sein Kinn wird noch kantiger, die Nase scheint noch länger, das Haar wächst ihm bis auf die Schultern, zeigt einzelne graue Strähnen schon. Matthias sieht nichts davon. Er malt den Isenheimer Altar, sonst nichts. Tage, Wochen, Monate, Jahre vergehen so.

Als Guido Guersi zu Beginn des Jahres 1516 krank wird, so krank, dass jeder weiß, der Präzeptor steht nicht wieder auf von seinem Krankenlager, wird Matthias' Streben noch intensiver. Der Altar muss fertig sein, bevor Guersi stirbt. Das allein zählt noch. Fieberhaft arbeitet er, nimmt sich nicht mehr die Zeit zum Essen, zum Schlafen. Manchmal schläft er vor Erschöpfung beim Malen ein, findet sich auf dem kalten Steinboden wieder, den Pinsel noch in der Hand. Dann schüttelt er sich, streicht das Haar aus der Stirn, trinkt einen Schluck Wasser und malt weiter, immer weiter.

Seine Beinkleider sind ihm lange schon zu weit, rutschen bei jeder Bewegung, vermögen es kaum noch, seine Magerkeit zu verdecken. Matthias nimmt einen Kälberstrick, knotet ihn sich um den Leib und malt weiter. Sein Kittel ist steif vor Farbe, schränkt seine Beweglichkeit ein. Matthias reißt ihn vom Körper und malt mit nacktem Leib weiter. Seine Augen sind rot und entzündet, manchmal verschwimmt ihm der Blick. Er schüttet sich Wasser ins Gesicht und malt weiter. Von den giftigen Bestandteilen der Farben sind seine Hände rissig und entzündet, mit blutigen, eitrigen Wunden bedeckt. Matthias reißt ein Stück Stoff in Streifen, verbindet die Hände und malt weiter.

Figur um Figur, Szene für Szene, Tafel für Tafel entsteht. Schon ist die erste Schauseite fertig: die Kreuzigung Christi, der rechte Standflügel des heiligen Antonius, der linke mit dem heiligen Sebastian.

Die Magdalena auf der Kreuzigungsszene trägt Magdalenas Züge. Natürlich tut sie das. Wen sollte Matthias sonst malen?

Die zweite Schauseite, links mit der Verkündigung an Ma-

ria, in der Mitte das Engelskonzert, Jesus in Marias Arm, rechts die Auferstehung Christi. Diesmal ist es die Maria, die Magdalenas Züge trägt.
Die dritte, die letzte Schauseite. Der rechte Flügel zeigt die Versuchung des heiligen Antonius, in der Mitte die Schreinsfiguren des Antonius, Augustinus und Hieronymus, geschnitzt vor Jahren von Nikolas von Hagenau, darunter die Predella mit den Figuren des Christus und der Apostel, geschnitzt vor Jahren von Matthias. Der linke Flügel zum Schluss. Er zeigt den Besuch des heiligen Antonius beim heiligen Paulus. Antonius trägt die Züge Guido Guersis, Paulus scheint das Konterfei des Matthias aus Grünberg zu sein. Das Konterfei als alter Mann, den nicht das Alter an sich, sondern die Erkenntnis, die Erfahrung eines langen Lebens und die daraus gewonnene Weisheit ausmachen. Und so fühlt Matthias, als er die letzten Pinselstriche ausführt: Der Isenheimer Altar ist fertig. Er hat ihn so gut gemalt, wie es ihm möglich war. Alles hat er gegeben für diesen Altar. Alles, was er hatte, alles, was er ist. Der Altar ist die Summe seines Lebens. Alles, was jetzt noch kommt, kann nur Wiederholung sein. Matthias ist erst 35 Jahre alt und weiß doch, dass er die Aufgabe seines Lebens, Gottes Auftrag auf Erden, bereits erfüllt hat. Nun ist er fertig, hat seine Schuld am Kreuzestod Jesu beglichen.
Nur Guido Guersi muss den Altar noch sehen. Gemeinsam mit einem Pfleger des Hospitals setzt Matthias den alten, kranken Mann in einen Sessel. Gemeinsam tragen sie den Präzeptor vor den Altar. Der alte Mann sitzt und schaut. Stumm ist er, vor Bewegung stumm. Die Tränen rinnen still über seine eingefallenen Wangen. Matthias sieht es, und plötzlich fallen ihm Magdalenas Worte ein: Die Menschen werden vor deinen Bildern stehen und weinen. Da steigen auch ihm Tränen in die Augen.

Magdalena, ruft er sie in Gedanken, Magdalena, ich habe es geschafft. Warum bist du jetzt nicht bei mir?
Nach einer langen Zeit der Stille erst nimmt Guersi Matthias' Hand und sagt: »Ich wusste, dass du der einzig Richtige für dieses Bild bist. Nur ein Maler, der das Kreuz selbst getragen hat, kann so malen wie du. Du, Matthias aus Grünberg, hast uns den Heiland vom Himmel zurück auf die Erde gebracht. Du hast auf alles, was man heute gemeinhin Leben nennt, verzichtet, um Jesus den Lebenden zurückzubringen. Du hast geopfert, was du hattest, so wie er sich für uns geopfert hat.«
Guersi hält erschöpft inne. Die Worte haben ihn angestrengt. Nur mühsam hebt er die Hand, um Matthias zu segnen. Sein letztes Wort, fast nur ein Hauch, lautet: »Danke«.
Wenige Stunden später schließt Guido Guersi für immer die Augen. Wenige Tage später verlässt Matthias Isenheim und seinen Altar, um nie wieder zurückzukommen. Er wird seinen Altar nie wieder sehen. Seine Aufgabe, mehr noch, sein Leben hat sich hier erfüllt.

16. KAPITEL

Alles, was noch kommt, kann nur Wiederholung sein, hat Matthias in Isenheim gedacht. Er hat sich verausgabt, hat sich erschöpft, alles aus sich herausgeholt.
Er kehrt nach Frankfurt zurück, doch was ihn zu Hause erwartet, ist alles andere als erfreulich. Geldnot herrscht im Haus zum Löwenstein in der Kannengießergasse. Es fehlt an jeder Ecke, an jedem Ende. Auch seine Ehe verläuft alles andere als befriedigend. Anna ist ihm fremd, es gibt zwischen ihnen keine Nähe, keine Gemeinsamkeiten. So fremd, so absolut gleichgültig ist ihm die Frau in seinem Haus, dass er manchmal sogar überlegen muss, wie sie heißt.
Selbst die ehelichen Freuden, die Matthias und wohl auch Anna von Anbeginn an als Pflicht betrachtet haben, sind nichts weiter als ein Akt, der nur betrieben wird, um Kinder zu zeugen, um den Verdacht der Unfruchtbarkeit zu widerlegen. Sobald sich Matthias nachts seiner Frau nähert, fällt Anna in einen Zustand der Duldungsstarre. Den Blick starr zur Decke gerichtet, duldet sie die Handlungen ihres Mannes und dreht sich anschließend mit einem Seufzer der Erleichterung an den äußersten Rand des Bettes. Gespräche gibt es zwischen den Eheleuten weder am Tag noch in der Nacht. Sie gehen einander aus dem Weg, besprechen allein die Notwendigkeiten des Alltages.
Anna macht Matthias Vorwürfe, weil er sie nicht ernähren kann. Sie will ein Kind, will nicht länger die Schande der Kinderlosigkeit als Strafe Gottes auf sich ziehen! Aber wie soll das gehen? Das Geld, das Matthias nach Hause bringt, reicht nicht einmal zum Nötigsten. Selbst um seinen Lohn für den Isenheimer Altar, der nach dem Tod

Guido Guersis noch immer nicht gezahlt wurde, kümmert er sich nicht.

»Ich habe den Altar nicht für Geld gemalt«, ist alles, was er auf ihre Vorwürfe erwidert. Dann zieht er sich in seine Werkstatt zurück und versinkt immer öfter in Melancholie, zuweilen sogar in leise Todessehnsucht. Ihm ist, als hätte der Isenheimer Altar sämtliche Lebenskraft aus ihm herausgezogen. In Isenheim hat er sich als Werkzeug Gottes gefühlt, als Mensch mit einer wichtigen Aufgabe. Sein Leben hatte dort einen Sinn. Und jetzt? Seine Lebensaufgabe ist erfüllt, es gibt keine Steigerung. Matthias ahnt das nicht nur, er weiß es. Er sitzt in Frankfurt in einer Werkstatt, die er nie wollte, lebt in einem Haus, das er sich nie gewünscht hat, und mit einer Frau, für die er nicht das Geringste empfindet und für die er eine Verantwortung trägt, die er nicht tragen will. Er fühlt sich müde und kraftlos. Der Drang, Bilder zu malen, ist ihm verloren gegangen. Er weiß, dass er niemals wieder einen Altar wie den Isenheimer schaffen wird. Warum also überhaupt noch den Pinsel in die Hand nehmen? Mühsam ist es für ihn, jeden Morgen aufzustehen und einen weiteren Tag in einem Leben, das er so nicht wollte, zu ertragen.

Um Anna und seinen Pflichten als Ehemann gerecht zu werden, bewirbt sich Matthias schließlich um das städtische Amt des Holzmessers. Vergeblich.

Immer wieder wird er gerichtlich aufgefordert, seine Schulden zu bezahlen. Der Bäcker gibt ihm schon lange kein Brot mehr auf Kredit.

Tag und Nacht dreht sich alles nur ums Geld. Wie soll ein Maler da etwas schaffen? Die Arbeit am Maria-Schnee-Altar, den Heinrich Reizmann bereits 1514 in Auftrag gegeben hat, kann so nicht gelingen. Viel wichtiger als ein neues Bild ist es, jetzt und sofort Geld zu verdienen. Nur

wie? Die Welt scheint sich gegen ihn verschworen zu haben.
Matthias fühlt sich in seinem Haus wie ein Eindringling. Dazu soll er sich um Dinge zu kümmern, die ihm wesensfremd sind, die nichts mit ihm zu tun haben. Heimlich sehnt er sich zurück nach Isenheim. Alles, was er dort empfunden, als gut und richtig und von Gott gewollt erkannt hat, ist in Frankfurt im Handstreich getötet worden durch die Zumutung, Werkstattbesitzer und Ehemann sein zu müssen. Wenn ich wie Guido Guersi in Isenheim gestorben wäre, denkt er wehmütig und sehnsüchtig, dann wäre ich glücklich gestorben. Hier in Frankfurt bin ich zum Leben verdammt.

Ein weiteres Ereignis stört die Schaffensruhe des Malers, der nun endlich mit der Arbeit am Altar begonnen hat: Am 31. Oktober 1517 schlägt der Mönch Martin Luther 95 Thesen gegen den Missbrauch des Ablasses an die Schlosskirche zu Wittenberg. Diese Thesen breiten sich binnen 14 Tagen in ganz Deutschland aus. Jörg Ratgeb ist begeistert. Am liebsten würde er nach Wittenberg gehen, um den bewunderten Dr. Martin Luther selbst in Augenschein nehmen zu können. Doch der Auftrag, ein Wandgemälde im Karmeliterkloster zu malen, hält ihn in Frankfurt. Nächtelang kann Ratgeb enthusiastische Reden halten: »Die Pfaffen, die verfluchten Säcke, predigen von den Kirchenkanzeln den Menschen zur Bedeutungslosigkeit herab, zu einer Bedeutungslosigkeit, die er selbst nur mit Ablassbriefen aufheben kann. Doch das wird sich jetzt ändern!«
Auffordernd sieht er Matthias an, doch der Freund scheint durch ihn hindurchzusehen. Ratgeb legt ihm die Hand auf die Schulter, will ihn aufrütteln.
»Matthias, wenn die Menschen in der Lage waren, Gottes

Sohn zu töten, dann sind sie auch in der Lage, Gott selbst zu töten. Und sie tun es, indem sie den Menschen, den Gott nach seinem Bild geschaffen hat, zur Bedeutungslosigkeit verdammen. Aber gemeinsam mit Martin Luther werden wir die Pfaffen das Fürchten lehren.«
Matthias antwortet resigniert mit einem Bibelspruch, der ihm mittlerweile zum Wahlspruch geworden ist.
»Der Mensch ist nichts als Staub am Weg«, sagt er und meint, was er sagt. »In Isenheim hat meine Seele gefunden, was sie zeitlebens gesucht hat. Ich habe den Himmel gesehen, bin mit meinem Altar zu Gott aufgestiegen, habe zu Füßen des Herrn gekauert und gemalt. Seit ich in dieser Stadt bin, schweigt Gott wieder. Frankfurt ist das Grab meiner Seele. Hier schweigt auch sie, hüllt sich ein vor der Kälte meines Zuhauses, versteckt sich vor dem Sturm, der durch die Lande zieht und von dem du, Ratgeb, so ergriffen scheinst.«
Darauf weiß auch Ratgeb keine Antwort mehr. Er sieht, dass Matthias sich in sich selbst zurückgezogen hat, nicht erreichbar ist für ihn, den Freund, nicht erreichbar für alles, was um ihn herum geschieht.
»Matthias, du hast dich selbst aufgegeben. Das ist nicht gut«, stellt er traurig fest und weiß nicht, wie er dem Freund helfen kann.

Die Geldnot in der Kannengießergasse nimmt kein Ende. 1518 fordert der Anwalt des Heilig-Geist-Spitals von Matthias für die Jahre 1515 bis 1518 jeweils 1 Gulden und 12 Schillinge als Pachtzins für das Haus in der Kannengießergasse. Matthias hat das Geld nicht, muss sich nun noch mit Anwälten und der Gerichtsbarkeit herumschlagen.
1519 ist der Maria Schnee-Wunder-Altar gemalt und hängt in der Stiftskirche zu Aschaffenburg. Matthias be-

zahlt mit dem Honorar, 25 Gulden, seine Schulden, kauft für Anna und für sich die notwendigsten Dinge. Ein paar neue Kleider, etwas Geschirr, dann ist das Geld schon wieder aufgebraucht, und Annas Vorwürfe werden schriller. Sie gebärdet sich, als hänge ihr ganzes Glück von ein paar Gulden ab und als sei eben die Geldnot schuld an ihrer Kinderlosigkeit, unter der sie immer mehr leidet. Manchmal scheint sie Matthias regelrecht hysterisch, von einem bösen Geist besessen, so wie sie dasteht, die Haare wirr im Gesicht hängend und mit funkelnden Augen wüste Drohungen ausstoßend.

»Sieben Jahre Ehe und noch immer kein Kind«, keift sie. »Ein Fluch lastet auf uns. Der Fluch des Bösen. Du hast ihn aus Isenheim mitgebracht, Matthias. Gott verdamme dich dafür.«

Matthias schweigt. Was soll er auch antworten? Ihm ist selbst, als stünde sein Leben in Frankfurt unter einem denkbar schlechten Stern. Wie soll er das ändern?

Monate später bewirbt sich Matthias, von Anna beinahe mit Gewalt gedrängt, um die Stelle des Bauknechtes und um die Pförtnerstelle der Heilig-Geist-Pforte. Wieder vergeblich. Das Unglück scheint im Hause zum Löwenstein festen Unterschlupf gefunden zu haben.

Immer öfter zeigt Anna Anzeichen geistiger Erschöpfung. Es gibt Tage, an denen sie nur heulend wie ein Wolfsjunges im Bett liegen bleibt, nichts isst, nichts trinkt und taub ist für alles gute Zureden. Manchmal scheint es Matthias gar, als wäre sie bar jeder Vernunft. Nun hat er noch eine Sorge mehr. Am liebsten würde er sein Bündel packen und fortgehen, weit fortgehen. Doch wohin?

Da endlich fällt ein Lichtblick in das Leben des Matthias aus Grünberg. 1519 erhält er vom Komtur der Deutschherren, Walter von Cronberg, den Auftrag zu einer neuen

Altartafel, der Stuppacher Madonna. Sofort macht er sich an die Arbeit. Doch er malt, weil er malen muss, nicht mehr, weil er es so möchte, weil er gar nicht anders kann als malen. Jeglicher innerer Antrieb ist erloschen, und je drängender die äußeren Umstände ihn zwingen, Farben zu mischen und auf die Leinwand zu bringen, umso schwerer fällt ihm die Arbeit. Dass seine Bilder trotzdem Meisterwerke werden, ist wohl nur der Tatsache zu verdanken, dass Matthias sein Handwerk beherrscht wie kaum ein anderer.

Doch auch um Anna muss er sich sorgen. Ihr Zustand hat sich weiter verschlechtert. Nur unter großen Mühen gelingt es ihm, eine Pflegerin zu finden, die sich für wenig Geld und viele gute Worte um seine Frau kümmert.

Matthias verlässt im Frühjahr 1520 nach einem langen, harten Winter trotzdem seine Frau, um im Mainzer Dom drei Altäre zu malen, die von Kardinal Albrecht von Brandenburg, Erzbischof von Mainz, in Auftrag gegeben worden sind. Zur selben Zeit malt Jörg Ratgeb das Wandgemälde im Kapitelsaal des Mainzer Domes. Beinahe täglich sehen sich die Freunde, bereden auch hier die Ereignisse der Zeit. Ratgeb drängt Matthias, sich dem Neuen zu öffnen, doch Matthias hat keine Kraft für Neues. Immer öfter findet er das Leben zu schwer, um es noch länger ertragen zu können. Seit Jahren schon hat er nicht mehr gelacht, sich nicht mehr frei und unbeschwert gefühlt. Es ist, als herrsche in seiner Seele immer während Nacht. Eine Nacht, die niemals zu Ende geht. Die Zustände im Land, der Aufruhr unter den Bauern ängstigen ihn. Er sehnt sich nach Ruhe und Beständigkeit. Unabhängig möchte er sein, unabhängig von den Zeiten, unabhängig auch finanziell, unabhängig besonders von Anna und den Frankfurter Verpflichtungen. Doch es fehlt ihm an Energie, etwas an seinem Leben zu ändern. Was auch? Und

wie? Und wozu? Der Sinn seines Daseins hat sich in Isenheim erfüllt. Der Rest ist Warten auf den Tod.
Gleich anschließend malt er, ebenfalls im Auftrag von Kardinal Albrecht, die Erasmus-Tafeln. Nur kurz weilt er in Frankfurt bei Anna, dann geht er nach Halle, um die Erasmus-Tafeln für die Hallenser Stiftskirche zu malen. Er muss Geld verdienen, doch er nimmt diese Verpflichtung gleichzeitig als Vorwand, von zu Hause zu fliehen. Weg will er von Anna, weg inzwischen auch von Ratgeb, dessen Begeisterung Matthias nur noch schwermütiger werden lässt.
Der Bildersturm beginnt. Überall im Land plündern Bauern die Kirchen und Klöster, verbrennen die Altarbilder und Schnitzfiguren. Matthias erschreckt diese Stürmerei bis ins Mark. Soll ihm, dem Heimatlosen, Weltverlorenen, nun auch noch die Arbeit, die Existenz, die Lebens-, Daseinsberechtigung genommen werden? Soll das Einzige, für das sich sein Leben bisher gelohnt hat, seine Bilder, ein Opfer der Brandleger und Unruhestifter werden? Wenn man seine Bilder vernichtet, vernichtet man ihn, richtet ihn hin, nimmt ihm das Leben, ohne seinen Körper berühren zu müssen.
Besser nicht darüber nachdenken. Besser Augen und Ohren noch fester verschließen. Besser sterben als leben.
1521/22 löst Jörg Ratgeb seine Frankfurter Werkstatt auf. Er geht nach Hause, geht zurück ins Schwäbische. Dort will er sich den Bauern anschließen, will selbst für die neue Zeit kämpfen. Sie treffen sich ein letztes Mal.
Ratgeb nimmt den widerstrebenden Freund in die Arme und sagt: »Wir haben uns unterschiedlich entwickelt. Du hast dich zurückgezogen, bist in ein inneres Exil geflüchtet. Ich aber will kämpfen, will in der ersten Reihe stehen, wenn die neue Zeit anbricht.«
Matthias antwortet: »Ich habe gekämpft, habe in Isenheim

eine große Schlacht geschlagen. Ein Maler war ich, auf der Suche nach Gott. Inzwischen habe ich alles, was ich einst gefunden geglaubt, wieder verloren. Ich bin zu müde zum Kämpfen.«

Am 12. Februar des Jahres 1523 ergeht ein Ratsbeschluss, nach dem Anna »wegen böser Vernunfft« und »bis uff Besserung« ins Spital genommen werden soll. Matthias ist wieder in Frankfurt. Der Ratsbeschluss erleichtert und ängstigt ihn zugleich. Er muss sich nicht mehr um die Frau kümmern, die sich gebärdet wie eine Wahnsinnige, doch gleichzeitig fragt er sich, ob es wirklich so ist, wie ihm Anna in ihren wenigen klaren Momenten vorwirft: »Alle meine Schwestern haben Kinder. Nur ich nicht. Es liegt an dir, Matthias. Du bist verdammt und ich mit dir.«

Nur selten besucht Matthias seine Frau im Spital. Er ekelt sich vor den Gerüchen nach Angst und Sterben, die wie eine Wand durch den Schlafsaal mit den vielen Kranken wabern. Er fürchtet sich vor dem Stöhnen, vor den Schreien und Seufzern, vor dem Elend und dem Wahnsinn, der im Spital herrscht.

Zögernd läuft er an den Bettstellen vorbei, die oft mit zwei und mehr Kranken belegt sind. Er sieht in jedes einzelne Gesicht, betrachtet die grotesken, verzerrten Züge, hört auf das Jaulen und Wimmern, möchte davonlaufen und geht doch weiter, sieht weiter in jedes Gesicht.

»Matthias!«

Wie ein Hauch dringt das Wort durch den Krankensaal, wie ein Hauch frischer Luft dringt es in Matthias' Bewusstsein. Er bleibt stehen, sieht sich um, sucht das Gesicht seiner Frau und weiß doch genau, dass der schwache Ruf nicht von ihr gekommen ist.

Eine Hand, eine knochige, von entzündeten Wunden bedeckte Hand schiebt sich aus einem der Betten, will nach

ihm greifen. Matthias weicht der Hand aus, geht trotzdem näher und betrachtet das verwüstete Antlitz einer Frau, sieht das lange, strähnige, einstmals wohl blonde Haar, die glanzlosen blauen Augen, den blutleeren Mund, sieht auch die Wunden überall, riecht Urin, Eiter, Blut und Kot – und erkennt in diesem unwürdigen, entstellten Menschenbündel Magdalena. Ihr Anblick erschüttert ihn, ihr Bild legt sich wie ein Ring aus Eis um sein Herz. Ohne es zu merken, steigen ihm Tränen in die Augen. Er kniet neben dem Bett nieder, fasst nun doch nach der Hand und streichelt behutsam darüber.
»Magdalena«, flüstert er. »Was ist geschehen?«
Die blutleeren Lippen verziehen sich und geben den Blick auf zahnlose Kiefer und eine geschwollene Zunge frei.
»Ich habe die Franzosenkrankheit«, flüstert Magdalena und schluckt schwer. »Ich werde sehr bald sterben, Matthias.«
Sie sehen sich an und wieder, so, als ob nichts zwischen ihnen stünde, als ob es die Jahre der Trennung nie gegeben hätte, berühren sie mit ihren Blicken die Seele des anderen. Und Matthias' Seele erwacht, will hinaus aus der selbst gewählten Gefangenschaft der endlosen Nacht, will sich aufschwingen zu Magdalena, zum Leben. Er fühlt wieder das Blut durch seine Adern rinnen, spürt seinen Herzschlag, spürt das Leben in sich, das er längst verloren glaubte.
»Nein, Magdalena, du darfst nicht sterben. Nicht jetzt, da ich dich endlich wiederhabe. Magdalena, verlass mich nicht. Ich könnte es nicht ertragen.«
Die Empfindungen in Matthias' Herz überschlagen sich. Magdalena. Er hat sie wieder. Sie, die ihm gezeigt hat, was Liebe ist, was Leben bedeutet. Er braucht sie doch. Nur mit ihr kann auch er wieder zu Liebe und Leben gelangen. Sie darf nicht sterben!

»Ich liebe dich, Magdalena«, flüstert er und bedeckt die Wunden übersäte Hand mit Küssen. »Ich brauche dich.«
»Ich liebe dich auch; Matthias. Ich habe dich immer geliebt«, flüstert Magdalena, dann schließt sie erschöpft die Augen.
»Stirb nicht, Magdalena«, bittet er und kann die Tränen nicht länger zurückhalten. »Bleib bei mir, bitte«, drängt er, streicht ihr das wirre Haar aus dem Gesicht, streichelt ihre eingefallenen Wangen, rüttelt leicht an ihren knochigen, spitzen Schultern.
Ein Pfleger kommt, zieht Matthias behutsam von der Sterbenden weg. »Geht nach Hause«, sagt der Pfleger mit Nachdruck. »Geht nach Hause, Ihr könnt nichts für sie tun. Kommt morgen wieder, gleich in der Frühe. Am Morgen haben die Kranken noch die meiste Kraft. Vielleicht könnt Ihr dann noch einmal mit ihr sprechen.«
Matthias lässt sich willenlos zum Ausgang führen. Anna hat er längst vergessen. Er denkt nur noch an Magdalena, und in seiner Seele kämpft die Freude darüber, dass er sie wiedergefunden, endlich wiedergefunden hat, mit dem Schmerz, sie schon sehr bald zu verlieren. Für immer zu verlieren. Er weiß, wenn Magdalena stirbt, dann ist auch sein Leben zu Ende. Bis jetzt hatte er tief in seinem Herzen die leise Hoffnung, ihr eines Tages doch wieder zu begegnen, sie wiederzufinden. Diese leise Hoffnung war es, die ihn bisher am Leben hielt. Wenn sie stirbt, dann wird auch er endgültig zu Staub.
Die ganze Nacht verbringt er betend auf den Knien. Wieder hält er Zwiesprache mit Gott, wartet auf eine Antwort von ihm, wartet darauf, dass er seine Gegenwart spüren kann. Doch vergebens. Die Worte verklingen scheinbar ungehört. Als die Dämmerung hereinbricht und das Läuten der Kirchenglocken den Anbruch des neuen Tages verkündet, eilt Matthias zum Spital zum Heiligen Geist.

Seine Beine tragen ihn, so schnell es nur geht, doch in seinem Herzen trägt er bereits die Gewissheit, dass er zu spät kommt.
Der Pfleger sagt kein Wort, legt ihm nur leicht eine Hand auf die Schulter, als Matthias die leere Stelle in der Bettstatt sieht, auf der gestern noch Magdalena gelegen hat.
Dann fragt der Pfleger: »Seid Ihr der Maler und Bildschnitzer Matthias aus Grünberg?«
Wortlos nickt Matthias. Der Pfleger reicht ihm ein versiegeltes Papier, sagt: »Dies hier hat sie bereits vor Wochen hinterlegt. Nach ihrem Tode sollte ich Euch suchen und das Schreiben übergeben. Nur Euch, keinem anderen. Gott hab sie selig.«
Noch immer unfähig, ein Wort zu finden, nimmt Matthias den Brief, läuft durch die Gassen zurück nach Hause, läuft, als wäre er blind und taub, stößt auf seinem Weg gegen Passanten, die ihm empört nachschauen, doch er sieht nichts, hört nichts. Erst als er in seinem Haus ist, öffnet er den Brief und erkennt darin Magdalenas Handschrift, einen Brief, den sie Wochen vor ihrem Tod, Wochen vor ihrem Wiedersehen mit ihm geschrieben hat, in der sicheren Hoffnung, dass dieses Schreiben, auf welchem Weg auch immer, ihn erreichen wird. Und diese Tatsache, in der noch einmal das ganze Ausmaß ihrer Liebe zu ihm ausgedrückt wird, schmerzt ihn beinahe mehr als ihr Tod. Gleichzeitig wird ihm durch diesen Brief erst unweigerlich bewusst, dass er Magdalena nun verloren hat – und zwar für immer.
»Lieber Matthias!«, schreibt sie.

> »Wenn du diesen Brief in den Händen hältst, werde ich tot sein. Du sollst wissen, dass ich als glücklicher Mensch gestorben bin. Glücklich deshalb, weil ich dich kennen und lieben durfte. Und glück-

lich besonders, weil ich in deinen Armen erkannt habe, dass auch du mich liebst. Unsere Liebe ist das Wertvollste in meinem Leben, ist mein größtes Glück, eine Gnade Gottes. Das, was zwischen uns besteht, ist so mächtig, dass es uns zeichnet wie eine Narbe. So tief zu lieben, selbst wenn der Mensch, der uns so liebt, den wir so lieben, gerade nicht oder nie mehr da ist, wird uns zeit unseres Lebens stärker machen.
Unsere Liebe hat Früchte getragen. Ja, Matthias, du hast, wir haben eine Tochter! Sie heißt Margarete und lebt seit meiner Einweisung in das Heilig-Geist-Spital im Haus der Amme Christina in der Eulengasse.
Ich bitte dich, Matthias, kümmere dich ein wenig um sie.
Gott segne, bewahre und schütze dich, Geliebter.
        Deine Magdalena.«

Matthias lässt das Blatt sinken, fällt auf einen Schemel und starrt vor sich hin.
»Ich bin Vater. Ich habe eine Tochter.«
Immer wieder flüstert er diese Worte vor sich hin wie eine Beschwörung. Plötzlich lacht er auf. »Magdalena wird weiterleben. Nein, sie ist nicht tot. Wir haben eine Tochter, in der sie weiterlebt.«
Hastig springt er auf und macht sich auf den Weg in die Eulengasse. Er zeigt der Amme Magdalenas Schreiben. Christina nickt und führt den Maler in eine Kammer, in der ein Mädchen am Spinnrocken sitzt. Sie ist so vertieft in ihre Arbeit, dass sie die Anwesenheit ihrer Ziehmutter und des Fremden nicht bemerkt. Ungestört betrachtet Matthias seine Tochter. Die Trauer um Magdalena wühlt wie ein bissiges Tier in seinen Eingeweiden, als er die

Ähnlichkeit zwischen Magdalena und Margarete erkennt. Ohne es zu wollen und ohne es zu merken, rinnen leise Tränen über seine Wangen.
Jetzt dreht sich das Mädchen um, sieht fragend von ihrer Ziehmutter zu dem Fremden und fragt: »Wer ist der Mann? Was will er hier?«
Die Amme legt dem Mädchen eine Hand auf die Schulter, glättet mit der anderen das lange, seidenweiche, blonde Haar. »Er ist dein Vater, mein Kind.«

Nur langsam gewöhnt sich Margarete daran, dass ihr Vater, in dessen Haus sie nun lebt, sie Magdalena nennt. Er hat ihr oft erklärt, dass sie ihn in allem an ihre Mutter erinnert und dass er sie deshalb mit deren Namen anspricht. Dem Mädchen ist es recht, denn es hat nur gute Erinnerungen an die Mutter. Die kleine Magdalena besorgt den Haushalt in der Kannengießergasse, so gut sie es versteht. Manchmal geht sie ihrem Vater sogar in der Werkstatt zur Hand. Oft begleitet sie ihn auf seinen Reisen.
Zwischen den Jahren 1523 und 1527 hält sich Matthias mehrfach zu Kurmainz-Aschaffenburg auf und verrichtet dort kleinere Arbeiten für den Erzbischof von Mainz, Kardinal Albrecht.
Das Haus in der Kannengießergasse steht wochenlang leer. Noch immer liegt Anna im Heilig-Geist-Spital. Bestand am Anfang noch eine geringe Hoffnung auf Genesung, so muss sie spätestens jetzt, 1525, aufgegeben werden. Für Anna gibt es keine Hoffnung. Sie ist vom Wahnsinn befallen, erkennt ihren Mann bei den seltenen Besuchen nicht. Matthias' Zustand verschlimmert sich ebenfalls. Fast beneidet er Anna um ihre Krankheit, die sie davor bewahrt, sich mit der Welt auseinander zu setzen. Immer tiefer gerät Matthias in einen Zustand tiefer

Melancholie und Schwermut. Depressionen quälen ihn, die Todessehnsucht ist seine ständige Begleiterin. Einzig Magdalena hält ihn noch am Leben. Ihre Gegenwart, ihre schüchterne Liebe zu dem wortkargen Vater, ihr seltenes Lachen bewirken, dass Matthias am Morgen aufsteht und weiterlebt.

Seit seinem Aufenthalt in Halle hat er keinen Pinsel mehr zur Hand genommen. In der Kannengießergasse vertrocknen die Farben, die Leinwand wird brüchig. Doch das alles interessiert Matthias nicht. Stundenlang sitzt er in der Werkstatt auf einem Schemel, den Kopf in beide Fäuste gestützt, und stiert blicklos auf den Fußboden.

Im Sommer des Jahres 1525 klopft ein Bote an Matthias' Tür. Er berichtet von den Ereignissen in Würzburg, erzählt von Riemenschneiders Verhaftung, den Folterungen, ja, er will sogar gehört haben, dass man dem Freund die Hände gebrochen habe. Nach Wochen erst sei er aus der Haft entlassen, habe sein Vermögen verloren, wurde aus dem Rat ausgestoßen.

Matthias hört es – und will es nicht glauben. Der Bote lässt einen aufgewühlten Matthias zurück. Jetzt hält es ihn nicht mehr allein in der Stille seines Hauses. Seit Monaten verlässt er erstmals wieder seine Wohnung, mischt sich unter das Volk, hört in den Gassen und Schenken, was sich im Lande tut. In einem Gasthaus, in dem sich die Maler treffen und in dem auch Hans Fyoll verkehrt, erfährt er vom Schicksal seines Freundes Jörg Ratgeb, der auf dem Markt zu Pforzheim als Aufständischer geviertelt worden ist.

Das Schicksal seiner Freunde erschüttert Matthias bis ins Innerste. Er hat nun alles verloren, ganz und gar alles. Es gibt nichts mehr, was ihn noch auf der Erde hält. Noch nicht einmal das Kind gibt ihm Halt. Das Leben des Matthias aus Grünberg hat endgültig jeden Sinn verloren.

Kann es sein, dass seine Arbeit, seine Erfahrungen, Gedanken und Gefühle, sein ganzes Dasein umsonst gewesen sind? Was bleibt noch? Wozu hat er gelebt?
Auf der Schwelle zwischen Aufgeben und Neuanfang entschließt er sich für den Aufbruch, für den letzten Aufbruch in seinem Leben. Er will Magdalena eine Zukunft geben, will für ihr Auskommen sorgen. Sonst will er nichts mehr.
Am 2. Mai 1527 verkauft er sein Haus in der Kannengießergasse und verlässt mit seiner Tochter Frankfurt. Er tritt in die Dienste derer von Erbach und bezieht mit Magdalena eine Kammer auf dem Schloss Fürstenau in Michelstadt-Steinbach. Magdalena arbeitet als Kammerjungfer im Schloss.
Und dort, im Odenwald, sammelt er noch einmal seine letzten Kräfte und findet endlich die Ruhe zum Malen. Überall brodelt es im Land. Die Bauern rüsten zu Aufständen, Martin Luther wird verfolgt.
Matthias weiß, dass auch er seinen Beitrag leisten muss. Für die Freunde Tilman Riemenschneider und Jörg Ratgeb, die nun beide zum Schweigen verurteilt sind, muss er den Pinsel wieder in die Hand nehmen. Er muss versuchen, das in seinen Bildern auszudrücken, wofür die beiden gekämpft und gelitten haben. Dafür hat er den Aufbruch noch einmal gewagt. Er muss malen, muss dem Leben wieder etwas abverlangen, nach dem Sinn seines Lebens suchen, den er in den letzten Jahren verloren hatte. Es kann, es darf nicht alles umsonst gewesen sein. Seine Verzweiflung schlägt in Tatendrang um. Eine blinde Malwut erfasst ihn und treibt ihn dazu, mehr und intensiver zu arbeiten als je zuvor.
Im Jahr 1528 malt er zwei Bilder, die Karlsruher Kreuztragung und die Karlsruher Kreuzigung. Er hat nun selbst Schriften von Luther gelesen und sich darin Anregungen

und Gedanken für diese beiden Bilder geholt. Im gleichen Zeitraum entsteht eine Tafel für einen Hausaltar, die Washingtoner Kreuzigung.

Die Welt, die den Maler umgibt, ändert sich rasend schnell. Nichts ist mehr, wie es einmal war. Ist er noch derselbe? Matthias zeichnet ein Porträt von sich, sucht in ihm nach sich selbst.

Ein Jahr später, 1530, malt er seinen letzten Altar. Es ist die Aschaffenburger Beweinung, die, zusammen mit der Predella, in der Stiftskirche von Aschaffenburg zu einem Altar für Dietrich von Erbach (gest. 1459), Erzbischof von Aschaffenburg, gehören wird.

Eine Krankheit befällt ihn. Auch das Kind wird angesteckt, stirbt daran. Matthias' Erschöpfung und seine Müdigkeit sind so groß, dass er dem Mädchen am liebsten nachfolgen würde. Doch noch kann er die Welt nicht verlassen. Ein Bild, ein letztes Bild muss er noch malen. Bis jetzt hat er keine Vorstellung davon in seinem Kopf. Er läuft durch die Gegend, versucht das, was in ihm arbeitet und lebt, in Farben und Formen zu bringen. Er ringt mit sich, ringt um das Bild, das seine Altersbotschaft enthalten soll. Und am Abend des 23. Februar 1532, am Vorabend seines 51. Geburtstages, ist es so weit. Matthias aus Grünberg-Neustadt mischt die Farben für sein letztes Bild.

Epilog

Der Maler Gottes

Steif und kalt fühlen sich seine Hände an. So steif und kalt wie die seiner Tochter Magdalena, die vor wenigen Tagen gestorben ist. Gestorben am Bluthusten. Noch immer liegt sie in der Seitenkapelle der Burg, weil der Boden zu fest gefroren ist, um den jungen Körper in sich aufzunehmen.

Matthias sitzt seit Stunden neben der aufgebahrten Leiche und erinnert sich an die Worte des Geistlichen, der Magdalena ausgesegnet hat.

»Diejenigen, die Gott liebt, holt er früh zu sich«, hat der Priester gesagt und Matthias auf die Schulter geklopft. Dann ist er schnell gegangen, um das Mittagessen nicht zu verpassen, und hat Matthias allein gelassen.

Es ist nicht ungewöhnlich, dass Kinder und Jugendliche sterben. Nicht einmal die Hälfte schafft es, erwachsen zu werden. Und schon gar nicht in einem solchen Winter. Seit Wochen liegt der Odenwald unter einer dichten Schneedecke. Die Seen und Flüsse sind vereist, selbst der Main trägt eine so dicke Eisschicht, dass er mit Fuhrwerken befahren werden kann. Die Vorräte werden allmählich knapp. Täglich erfrieren Menschen und Tiere. Kein Wunder bei diesem Wetter. Kein Wunder zu dieser Zeit, im Jahre 1532. Kein Grund, in Schwermut zu versinken.

»Diejenigen, die Gott liebt, lässt er leiden«, murmelt Matthias, der Maler, und wünscht sich in diesem Augenblick mit der ganzen Kraft seiner Gedanken an die Stelle der Tochter. Er hat genug gelitten. Er ist müde, zum Sterben müde und erschöpft. Und er friert. Die Kälte ist ihm in alle Glieder gekrochen. Seine Knochen fühlen sich spröde und zerbrechlich wie Eis an.

Wem gilt die Liebe Gottes? Die Liebe, um die er sein ganzes Leben lang gerungen hat und noch immer ringt? Um die er ringt wie Jakob in der Bibel. Wie ist sie, diese Liebe? Und was ist sie wert?

Ein Bild steigt in seinem Innern auf, und er versucht, es zu verdrängen. Er betrachtet das Gesicht seiner Tochter, das aussieht wie das einer alten Frau. Grau, gequält, schmerzverzerrt, klagend, nicht verstehend. Auch der Tod hat es nicht glätten, nicht besänftigen können. Er sieht die Hände, ineinander gefaltet, die nichts mehr halten.

Matthias Grünewald steht auf und verlässt die Kapelle. Draußen vor der Tür überfällt ihn der Husten. Seine Brust zieht sich zusammen. Schweißperlen stehen auf seiner Stirn. Er würgt, keucht, muss sich an der Mauer halten, um nicht in die Knie zu sinken. Er spuckt aus und sieht ohne Erschrecken, wie sich sein Blut mit dem weißen Schnee vermischt. Wieder hustet er, wieder spuckt er Blut. Wieder steigt das Bild aus seinem Inneren auf, erst verschwommen, dann klar und immer klarer werdend. Der Maler stöhnt auf und taumelt über den Burghof, der nur vom Mond erhellt ist, in seine Kammer.

In der gleichen Nacht setzt endlich Tauwetter ein, doch Matthias Grünewald bemerkt nichts davon. Er steht in seiner Kammer in einem Seitengebäude der Burg Fürstenau in Michelstadt-Steinbach und lässt den Pinsel auf einer Lindenholztafel tanzen. Es ist ein wilder Tanz, und das Holzblatt, das im Rhythmus gegen die Steine der Wand schlägt, spielt die Musik dazu.

Langsam fällt der Mond dem Horizont entgegen, das Talglicht in der Kammer blakt, die vor Stunden noch steif gefrorenen Lumpen vor dem Kammerfenster tauen auf und hängen schwer, doch auch davon bemerkt Matthias

Grünewald nichts. Er hat alles vergessen, sogar sich selbst. Wichtig ist nur der Pinsel in seiner Hand, der schneller malt, als der Kopf denken kann, der anders malt, als der Kopf es will. Trommelwirbelgleich klackt er gegen das Holz, dem Gesetz seines Meisters nicht gehorchend, und malt eigenwillig ein Bild, das lange schon da war, sich jetzt endlich Bahn bricht, heraus will aus seinem Versteck, heraus aus dem Herzen, aus der tiefsten Seele des Malers. Gegen den Verstand, gegen den Willen des Malers. Es ist seine Magdalenenklage.
Sie zeigt den Gekreuzigten, den Herrn der Liebe, der, abgewandt vom Betrachter, abgewandt von Matthias Grünewald, die Welt verlassen hat. Nur in Magdalena, die ihm zu Füßen sitzt, beinahe herausfällt aus dem Bild, ist Jesus noch vorhanden. Nur ihr Gesicht, in das die Qual des Todes gezeichnet ist, spricht noch von ihm. Doch der Mund, leidvoll verzerrt, bleibt stumm. Die Hände, ineinander verschlungen, halten nur noch einander.
Als der letzte Pinselstrich getan ist, der Maler sehenden Auges sein Bild betrachtet, erschrickt er. Er sieht die Farben: Schwarz, unzählige Brauntöne, Umbra, weiße Schattierungen bis ins Graue. Er weiß um die Symbolik – Trauer und Tod, Demut, Wahrheit und Reinheit.
War es das, ist es das, was am Ende bleibt? Trauer und Tod? Demut? War das, ist das sein Leben? Und die Wahrheit verwaschen, verschwommen, fast nicht erkennbar. Auch sie von Trauer und Tod überschattet?
Schwarz, Braun, Grau. Ist das wirklich alles, was nach 51 Jahren Leben bleibt? Wo sind Liebe, Glaube, Hoffnung, Leidenschaft?
Ein neuerlicher Hustenanfall unterbricht Grünewalds Gedanken. Er schmeckt Blut in seinem Mund.
Blut. Das Symbol für die Farbe Rot. Die Farbe der Märtyrer und deren Blut. Die Farbe der Macht und der Herr-

schaft über Leben und Tod, aber auch die Farbe der Erfüllung, der Liebe und des Glaubens.
Ja, auch Glaube, Erfüllung und Liebe hat es in seinem Leben gegeben. Zu wenig, viel zu wenig aber, als dass es für ein ganzes Leben gereicht hätte.
Der Maler nimmt den Pinsel und malt dem Gekreuzigten einen dünnen roten Blutfaden über das linke Schienbein bis hinab zum Fuß.
Ein wenig Rot zwischen all dem Schwarz und Braun und Grau. Ein wenig Hoffnung, Glaube und Liebe zwischen Trauer, Demut und Tod.
Matthias Grünewald legt den Pinsel zur Seite und betrachtet erneut sein Bild. Das Erschrecken bleibt. Jesus hat sich abgewandt, hat die Welt, die Menschen, hat ihn, Matthias Grünewald, verlassen, hatte ihn allein gelassen, mit dem Kreuz, das er selbst zu tragen hat, das ihm schwerer geworden ist von Tag zu Tag, von Jahr zu Jahr. So schwer, dass der Maler es nun nicht mehr länger tragen kann.
Die Qualen, die ein Gekreuzigter zu erleiden hat – Matthias Grünewald kennt sie aus eigenem Erleben. Am eigenen Leib spürt er in dieser Nacht die Nagelwunden, die nur wenig bluten, aber umso schmerzhafter sind.
Ist es der Fieberwahn, Begleiter des todbringenden Bluthustens, der ihm vorgaukelt, er werde gekreuzigt bei lebendigem Leibe? Jetzt, in dieser Kammer auf der Burg Fürstenau in Michelstadt-Steinbach? Jetzt, in der Nacht, die dem Tag des heiligen Matthias vorangeht und Tauwetter bringt?
Er sieht sich selbst auf dem Holzkreuz liegen, spürt die Nägel durch sein Fleisch dringen. Jeden einzelnen. Zuerst durch die Füße, dann durch die Handwurzeln. Er krümmt die Hände, verdreht die Füße, spreizt die Finger, die Zehen in tobendem Schmerz. Jetzt wird das Kreuz hochgezogen.

Die Arme zum Zerreißen angespannt, die sich ins Fleisch bohrenden Nägel, das Reißen der Wundränder.
Manchmal lassen die Zerrungen ein wenig nach, um dann beim Erlahmen der Muskeln umso schmerzhafter wieder zurückzukommen. Als würden alle Dämonen der Hölle an seinem Körper ziehen und ihre Zähne und Krallen in sein Fleisch schlagen.
Matthias Grünewald empfindet die Qual in aller Deutlichkeit und sieht sich gleichzeitig als Betrachter, als Zuschauer der eigenen Kreuzigung daneben stehen.
Er sieht die Rötungen und Entzündungen der Rutenwunden, die durch die vorangegangene Geißelung entstanden sind, spürt jeden einzelnen Dorn der Spottkrone auf seiner Stirn und der Kopfhaut. Er spürt das Blut über sein Gesicht rinnen, das Fieber, hat namenlosen Durst, wird durch Myriaden von Fliegen gequält. Einen Schluck Wasser, nur einen einzigen, winzigen Schluck Wasser, um die aufgerissenen Lippen, die geschwollene Zunge zu benetzen. Ein Tropfen nur. Ein Tropfen Wasser um Christi willen.
Er hängt am Kreuz, zur Unbeweglichkeit verdammt, und fühlt die Überanstrengung seines Herzens. Die Arme hochgerissen, so dass das Blut nicht zirkulieren kann. Die Schmerzen der anfallartigen Starrkrämpfe machen ihn fast wahnsinnig. Jetzt kommt die Erstickungsangst durch die Blutstauung in den Lungen dazu. Stoßweiser Atem, keuchend, pfeifend. Grünewald sieht, wie sich sein am Kreuz hängender Körper langsam blau verfärbt, die Venen anschwellen, die Finger- und Zehennägel jede Farbe verlieren, wirken, als wären sie aus grauem, uraltem Stein. Auch die Wundmale am Körper schwellen an, die Haut reißt entzwei, das darunter liegende rohe Fleisch wird sichtbar. Schweiß rinnt in Strömen an ihm herab. Er fühlt seinen Hals, sein Gesicht anschwellen. Die Nasen-

löcher blähen sich in Atemnot, die Wangen hängen schlaff herab, die Lippen blau, halb geöffnet, die Zähne gebleckt. Noch immer nach Luft ringend, um jeden Atemzug kämpfend. Dazu der Durst. Nur einen Tropfen Wasser ...
Langsam verschwimmt ihm der Blick. Nur Magdalena, die zu seinen Füßen am Kreuz kniet, in unsäglicher Qual zu ihm aufschaut und dabei die Hände ringt, kann er noch erkennen. Er fühlt die Kraft aus seinem Körper rinnen wie Flüssigkeit aus einem lecken Gefäß. Auch Kot und Urin lassen sich nun nicht mehr länger halten, entladen sich in einem Schwall. Ein letzter Krampf, der hoffentlich, endlich den Tod bringen wird. Aus rauer, entzündeter Kehle die letzten Worte, die letzte Frage: »Mein Gott, warum hast du mich verlassen?«
Ein neuer Hustenanfall bringt den Maler Matthias Grünewald aus dem Fieberwahn zurück in die Gegenwart seiner zugigen Kammer. Schweißüberströmt und doch am ganzen Körper zitternd, findet er sich auf dem Boden vor seinem Bild wieder, die Augen noch immer fest auf den gekreuzigten Jesus gerichtet. »Mein Gott, warum hast du mich verlassen?«
Fast gewaltsam löst er den Blick von seinem Bild, von seiner Magdalenenklage. Mühsam rafft er sich hoch, schwankt, taumelt, steht endlich fest, atmet mehrmals tief ein und aus.
Dann dreht er sich um und verlässt seine Kammer. Er macht sich auf den Weg, flieht beinahe aus der Kammer in das erste Morgenlicht, hastet in Richtung Dorf. Mit eigenen Augen will er sein Bild Lügen strafen. Das, was seine Hand in der Nacht gemalt hat, soll der Morgen ungeschehen machen oder doch wenigstens wegwischen, glätten, besänftigen. Mit eigenen Augen will er sehen, dass der Gekreuzigte noch immer dort ist, wo er hingehört: in der

Kirche, auf dem Altar, dem Betrachter zugewandt, der Welt zugewandt. Der Gottessohn Auge in Auge mit dem Menschenkind.

Mühsam ist es, auf den verschlammten Wegen zu gehen. Das Tauwetter hat den Boden, der gestern noch fest gefroren war, in tiefen Matsch verwandelt, doch Matthias Grünewald bemerkt nichts davon. Die Schuhe versinken bei jedem Schritt im Sumpf, sind bald durchnässt und erdschwer. Seine Beinkleider sind bis zu den Oberschenkeln hinauf mit Dreck bespritzt. Er achtet nicht darauf. Mit nach vorn gebeugtem Oberkörper kämpft sich der Maler den Weg entlang. Er friert, obendrein hat er den Umhang zu Hause in seiner Kammer vergessen. Noch immer hockt der Frost in seinen Gliedern, noch immer fühlen sich Finger und Zehen kalt wie Steine aus alten Zeiten an. Eine Kälte, die von innen kommt, sich in seinem Innern eingenistet hat, eigensinnig dem warmen Föhnwind trotzt und auch durch einen warmen Umhang nicht zu lindern gewesen wäre. Im Laufen schlägt der Maler die Arme um sich, vergebliche Versuche, den Frost zu vertreiben, schüttelt sich, klappert mit den Zähnen. Dabei stehen Schweißtropfen auf seiner Stirn, kalter Schweiß, Fieberschweiß. Immer wieder muss er innehalten, um Atem zu schöpfen, um zu husten, zu spucken.
Im ersten Morgenlicht, das violett, silbergrau und schwefelgelb über dem Dorf und der Burg Michelstadt-Steinbach liegt, schleppt sich Grünewald vorwärts, die Augen fest auf die kleine Kirche gerichtet, die sich langsam aus dem Grau der Nacht schält und in den Tag gleitet. Klar und immer klarer sieht der Maler die Umrisse des Gebäudes hervortreten. Und diese Klarheit scheint ihm einzige Rettung, scheint ihm Erlösung zu sein. Das Bild,

seine Magdalenenklage, liegt schwer auf seinen Schultern, drückt ihn nieder, lässt ihn daran schleppen wie an einem Kreuz. Hat Gott ihn wirklich verlassen?

Nein, Gott hat ihn, hat die Welt nicht verlassen. In der Kirche hängt er, über dem Altar, den Menschen zugewandt, ihre Schuld tragend. So wie immer. Unmissverständlich, klar, bestimmt. Und dorthin treibt es den Maler. Dorthin in die Unmissverständlichkeit, Beständigkeit, Bestimmtheit. Dorthin zu Glauben, Hoffnung und dem Versprechen auf Erlösung. Er muss Jesus jetzt gegenübertreten, muss ihm ins Gesicht schauen, sich seiner versichern. Denn es darf nicht wahr sein, was nicht wahr sein soll. Jesus darf die Welt und ihn, den Maler und Bildschnitzer Matthias Grünewald, nicht verlassen haben.

Jeder Schritt kostet unendlich viel Kraft. Immer schwerer wird jeder neue Tritt, die Schuhe hängen wie Blei an den Füßen, Schlamm klebt in dicken Klumpen an den Beinkleidern, Nässe kriecht an ihm hoch. Dazu der Bluthusten. Die Brust krampft sich zusammen, die Anfälle kommen in immer kürzeren Abständen, lassen den Maler sich krümmen. Zweimal schon ist er in die Knie gesunken, beide Hände fest auf den Brustkorb gepresst, würgend, keuchend, mit pfeifenden, schmerzenden Lungen nach Atem ringend. Sein Mund fühlt sich staubtrocken an, die Lippen sind aufgerissen und wund. Er hat Durst, hätte gern Wasser gehabt, einen Schluck Wasser nur, um die Lippen zu benetzen, den Blutgeschmack wegzuspülen.

Endlich ist der Maler an dem kleinen Weiher angelangt, der zwischen ihm und der Kirche liegt. Der Weg führt in einem Bogen um den Weiher herum, doch Matthias Grünewald fehlt es an Kraft für die längere Strecke durch Schlamm und Matsch. Noch liegt Eis auf dem Wei-

her, scheint der kürzeste Weg zur Kirche zu sein. Gestern ist die gefrorene Schicht armdick gewesen, hat Fuhrwerke ausgehalten. Er hat es mit eigenen Augen gesehen.
Taub für das Klirren und Knirschen unter ihm, läuft er auf das Eis. Blind für die Pfützen auf der gefrorenen Fläche, in denen sich nun die ersten Sonnenstrahlen spiegeln, geht er Schritt für Schritt weiter auf den Weiher hinaus. Zehn Meter ist er schon vom Ufer entfernt, zehn Meter der Kirche, der Klarheit, Unmissverständlichkeit, Bestimmtheit näher. Dreißig Meter noch von der Rettung, der Erlösung entfernt.
Als die klirrende, spiegelnde Eisfläche unter ihm bricht, streckt Matthias Grünewald den Arm Halt suchend nach der Kirche aus. Die Hand greift ins Leere. Die schweren Kleider, die rasch mit Wasser gefüllten Stiefel ziehen ihn tief und tiefer in das kalte Nass hinab. Noch könnte er nach dem Eisrand greifen. Noch könnte er um Hilfe rufen, schreien. Vielleicht würde ihn jemand hören. Vielleicht würde ihm jemand helfen. Vielleicht würde er sich sogar selbst retten können.
Doch Matthias Grünewald ruft nicht, schreit nicht, greift nicht mit beiden Händen nach dem Eisrand.
Matthias Grünewald, Maler und Bildschnitzer aus Grünberg-Neustadt, Schöpfer des Isenheimer Altars, Freund Tilman Riemenschneiders und Jörg Ratgebs, ehemaliger Hofmaler des Erzbischofs von Mainz, jetzt in den Diensten derer von Erbach stehend, Matthias Grünewald rührt sich nicht, bleibt stumm. Er lässt sich einfach sinken, tief und tiefer in das eiskalte Wasser hinein. Noch immer streckt er den Arm nach der Kirche aus, geht ganz langsam unter. Noch könnte er den Eisrand packen. Nur ein Augenblick bleibt ihm dafür. Doch der Maler lässt auch die letzte Chance ungenutzt verstreichen, versinkt tiefer im Weiher, den Arm nach oben gestreckt, mit der Hand

ins Leere greifend. Mein Gott, hast du mich doch verlassen?

Das Wasser schwappt ihm in den Mund, dringt in die Augen. Er sieht nicht mehr den Priester aus der Kirche kommen, auf das Eis blicken, aufgeregt rufen. Er hört nicht mehr die Leute, die der Priester herbeigeschrien hat, sieht nicht die Stangen, die sie heranschaffen, auf den Weiher schieben, näher und näher heran an das Loch, in dem er unaufhaltsam versinkt, den Arm noch immer nach oben gestreckt, mit dem Finger auf die Kirche zeigend.

Auch sein Kopf ist nun verschwunden, doch der Arm, der Arm ist noch sekundenlang zu sehen, ehe auch er im Wasser versinkt.

Aus der Ferne kommen die Kinder, angelockt von der Menschenansammlung am Weiher vor der Kirche, angelaufen. Sie ahnen nicht, was vorgefallen ist, singen unbekümmert den Vers, mit dem sie das Tauwetter, den Vorboten des nahenden Frühlings, die Hoffnung auf Erneuerung, auf Wachsen und Werden, den Matthias-Tag begrüßen.

»Matheis bricht's Eis«, heißt es in einem Lied.

NACHBEMERKUNG

Auf eine Bibliographie der Primär- und Sekundärliteratur habe ich verzichtet, da ich in den Jahren, in denen ich mich mit dem Leben des Matthias Grünewald beschäftige, so viele Bücher, Aufsätze und Artikel gelesen habe, dass die Aufzählung allein ein eigenes Buch ergeben würde.

Ich möchte mich bei all denen bedanken, die mich bei diesem Roman unterstützt haben: meinen Berliner Freunden Arna Vogel und Jürgen Tallig für jahrelange Buchbeschaffung, den Grünewaldforschern Fritz Ruppricht, Karlsruhe, und Karl-Heinz Mittenhuber, Fränkisch-Crumbach, für wertvolle Hinweise und Anregungen, dem Historiker Dr. Harry Neß, Darmstadt, für geschichtliche Beratung, Nicoletta Vogel, Isernhagen, für die Korrekturen, Ingrid Jope, Frankfurt, für theologische Erläuterungen und dem Maler Ulf Puder, Leipzig, für die Erklärung der künstlerischen Techniken.

Eine große Hilfe bei meiner Arbeit waren auch das Hessische Staatsarchiv in Darmstadt, das Stadtarchiv in Grünberg, die Fürstlich-Fürstenbergischen Sammlungen in Donaueschingen, das Städelsche Kunstinstitut Frankfurt und das Historische Museum Frankfurt.

Ein herzliches Dankeschön auch an meinen Agenten Joachim Jessen, der ganz einfach so ist, wie man sich einen Literaturagenten wünscht.

Frankfurt, den 8. Juni 2001   Ines Thorn